Röschen Taschenbuch

v. Rosemarie
15.3.13

Röschen-Verlag

Johanna-Kirchner-Str. 20, D-60488 Frankfurt/Main
Internet: www.roeschen-verlag.de
E-Mail: frankdemant59@yahoo.de

Lektorat: Stefanie Reimann
Satz: SLG Peter Ripper · peter.ripper@t-online.de
Druck: Verlagsservice Niederland, Mörfelden-Walldorf
1. Auflage

Stadt ohne Seele

Ein Kriminalroman von Lutz Ullrich

Handlung und Personen sind – abgesehen von historischen Personen und solchen des Zeitgeschehens – frei erfunden. Ähnlichkeiten mit lebenden oder bereits verstorbenen Personen sind rein zufällig und nicht beabsichtigt.

Wenn Juárez eine Stadt Gottes ist, dann nur,
weil selbst der Teufel Angst hat herzukommen.

(Mexikanisches Sprichwort)

Der Autor

Lutz Ullrich, Jahrgang 1969, studierte Politik und Rechtswissenschaften, schrieb für verschiedene Zeitschriften, betätigte sich in der Politik und arbeitet heute als Rechtsanwalt. Er lebt mit seiner Familie in der Nähe von Frankfurt. Mehr Informationen gibt es unter www.lutzullrich.de.

In der Tom-Bohlan-Reihe sind bisher folgende Bücher erschienen:

Der Kandidat (2009)
Tod in der Sauna (2010)
Tödliche Verstrickung (2011)
Stadt ohne Seele (2012)

Prolog

Seit Tagen lag eine Schwüle in der Luft, die das Leben, das in Juárez sowieso schon kein Zuckerschlecken war, schier unerträglich machte. Josefina und Maria gingen zügig über den von der Sonne aufgeheizten schwarzen Asphalt. Die jungen Mädchen waren etwa gleich alt und ähnelten sich wie Zwillinge. Ihre langen, kastanienbraunen Haare waren zu hohen Zöpfen zusammengebunden, die bei jedem Schritt hin und her wippten. Beide trugen bauchfreie T-Shirts und abgerissene blaue Jeans. Josefinas Bauch war flach, beinahe ein wenig muskulös, was vermutlich von den Aerobic-Übungen herrührte, die sie jeden Tag in ihrem Zimmer absolvierte. Sie hasste den Ort, an dem sie geboren war. „Eine Stadt, die keine Seele hat." Die Worte ihrer Freundin Maria klangen in ihrem Gedächtnis. Wie recht sie doch hatte. Eingekeilt zwischen Wüste, Gebirge und einem Grenzzaun, ließ sich allenfalls ein trostloses Dasein fristen. Der Grenzzaun, von den Amerikanern abfällig „Tortilla-Vorhang" genannt, trennte Arm von Reich. Für Drogen und ihre Schmuggler war er löchrig wie ein Schweizer Käse. Normale Menschen indes konnten ihn nur schwer überwinden. Schweigend gingen die beiden Mädchen nebeneinander her. Sie arbeiteten in einer Maquiladora und produzierten Autoteile für eine europäische Firma. Den Lohn von fünfzig Dollar die Woche versuchte Josefina nach Möglichkeit für ein besseres Leben zu sparen. Ihr Blick war nach vorne gerichtet. Geh schnell, verliere keine Zeit, sagte sie sich immer wieder. In den letzten Monaten waren einige junge Mädchen spurlos verschwunden, um Wochen später als Leichen irgendwo im Sand der Umgebung wieder aufzutauchen. Die Morde an den Frauen waren das Thema in der Stadt. Am liebsten war es ihren Eltern, wenn sie den Job in der Fabrik kündigen würde. Andererseits brauchte die Familie das Geld, das sie verdiente. Jeden Morgen musste sie ihrer Mutter versprechen, vorsichtig zu sein und nach Möglichkeit nicht alleine durch die Straßen zu laufen. Doch was sollte das ändern? In der letzten Woche war eine ganze Gruppe junger Frauen auf dem Weg zur Fabrik entführt worden. Josefina glaubte weder an die Versprechen der Polizei noch an die Verheißungen der Justiz. Als Frauenmörder hatte man sehr gute Chancen, ungestraft davonzukommen. Das Einzige, was die Polizei auf die Beine gestellt hatte, war, unzählige Theorien darüber in Umlauf zu setzen, wer für die Morde verantwortlich sein könnte. Mal waren es Organhändler, dann Satanisten oder Video-Produzenten, die Sexmorde filmten, um die Videos im Ausland zu verkaufen. Josefina glaubte nicht an die Theorien der Polizei. Wahrscheinlicher war für sie, dass Banden von Drogendealern dahintersteckten, die als Aufnahmeritus den Mord an einer Frau verlangten. Auch das Gerücht, es seien die Söhne einflussreicher Familien, die aus Lust mordeten, erschien ihr nicht sehr abwegig. Josefina erschauderte bei dem Gedanken, ihr Leben als Lustobjekt eines dieser Schweine zu beenden. Sie wollte schnell nach Hause, etwas essen und dann in der Sicherheit ihres Zimmers vor dem Fernseher sitzend von einer besseren Welt träumen. Vor dem Einschlafen würde sie wie jeden Abend voller Sehnsucht den Wimpel der Dallas Cowboys aus der National Football League betrachten, den ihr Vater ihr einmal besorgt hatte. Irgendwann würde sie ein Spiel live sehen, dachte sie, dann, wenn ihr Traum wahr geworden war und sie in den USA leben würde.

Ein Schlag auf den Kopf schien der Anfang vom Ende ihres Traums zu sein. Man band ihre Hände und Füße mit Schnürsenkeln zusammen und schleifte sie über den Boden. Als sie aus ihrer Bewusstlosigkeit erwachte, lag sie auf einem Tisch. Sie roch den üblen Schweiß, den die Geilheit der Männer ausstrahlte, die sie vergewaltigten. Ihr wurde speiübel. Sie musste sich mehrfach übergeben, während sich die Männer an ihr befriedigten. Manchmal glaubte sie, zwischen dem Schweißgeruch Duftreste eines teuren Parfüms wahrzunehmen.

Als José Fernandez, ein Fabrikarbeiter, am nächsten Morgen auf dem Weg zu seiner Arbeitsstätte ein brachliegendes Baumwollfeld durchquerte, stieg ihm plötzlich ein eigenartiger Geruch entgegen, der in einem Bewässerungskanal seinen Ausgang zu nehmen schien. Dies an sich war nichts Außergewöhnliches. Der herumliegende Müll und die stinkende Kloake verströmten jeden Tag einen ziemlich übelriechenden Gestank. Doch heute lag noch etwas mehr in der Luft. Zunächst konnte er nichts Ungewöhnliches entdecken. Doch dann, bei genauerem Hinsehen, sah er einen Klumpen, der aus dem Wasser herauszuragen schien. Mit einem mulmigen Gefühl schlich er näher. Als er nur wenige Meter entfernt war, erkannte er die Konturen eines menschlichen Körpers. José stieß einen Schrei aus, bevor er auf dem Absatz kehrtmachte und wegrannte. Als die Polizei einige Stunden später eintraf, fand sie insgesamt acht weibliche Leichen. Die Täter hatten die Haare abgeschnitten und die Arme mit Schnürsenkeln auf dem Rücken zusammengebunden. Der Fund übel zugerichteter Frauenleichen war nichts Besonderes. Meist kam die Polizei, barg die Leichen und versuchte, deren Identität zu ermitteln. Für jeden Vorfall wurde eine Akte angelegt und eine Nummer vergeben. Die Polizei versuchte den Eindruck zu vermitteln, dass sie mit Hochdruck auf Tätersuche war, in Wahrheit dümpelten die Akten in der Registratur und warteten darauf, irgendwann abgelegt zu werden. Das Außergewöhnliche an diesem Leichenfund aber war, dass eines der Mädchen wie durch ein Wunder überlebt hatte.

Donnerstag

Hauptkommissar Tom Bohlan warf eine große schwarzblaue Sporttasche in den Kofferraum und blickte ein letztes Mal auf sein Hausboot, das etwas verloren im Wasser schunkelte.

„Steig ein. Dein Boot wird schon nicht wegschwimmen“, sagte Peter Wengen und klopfte Bohlan beinahe tröstend auf die Schultern. Natürlich würde es das nicht. Schließlich lag es schon seit Jahrzehnten an der gleichen Stelle im Wasser der Nidda, die wenige Meter später in den Main mündete. In den Neunzehnhundertsechziger Jahren war das Boot während des damaligen Schlossfestes mit einem alten Kapitän an Bord in Höchst aufgetaucht. Seitdem lag es an der gleichen Stelle und war ungeachtet des Fehlens einer Anlegegenehmigung zu einer Institution geworden. Bohlans Vater hatte sich mit dem alten Kapitän zur See angefreundet und es ihm wenige Monate vor dessen Tod abgekauft. Tom Bohlan wiederum hatte es von seinem Vater geerbt. Anfangs hatte er es verkaufen wollen, doch dann war es zu jenem denkwürdigen Ereignis gekommen, das Bohlans Leben von jetzt auf gleich auf den

Kopf gestellt hatte. Sein damaliger Assistent war bei einem Schusswechsel mit einer kriminellen Bande ums Leben gekommen und Bohlan war in eine tiefe Sinnkrise gestürzt. Er hatte den Dienst quittiert, seine Wohnung gekündigt und war Hals über Kopf auf dem heruntergekommenen Schiff eingezogen. Nach und nach war der alte Kahn sein Lebensinhalt geworden. In mühevoller Kleinarbeit hatte er ihn restauriert und auf Vordermann gebracht. Das Ergebnis erfüllte ihn noch heute mit Stolz. Bohlan stieg in den Wagen ein und Wengen startete den Motor.

„Dann wollen wir mal. Ich freue mich richtig auf das Wochenende. Wird bestimmt eine große Gaudi." In der Tat stand den beiden ein kleines Abenteuer bevor, für das Bohlans Freundin Barbara Weber verantwortlich war. An einem Sonntag vor Weihnachten hatte sie Bohlan einen Artikel aus der Sonntagsausgabe der Frankfurter Zeitung unter die Nase gehalten.

„Tom, schau mal, wär das nichts für dich?"

Bohlan hatte seinen Kaffee geschlürft und verschlafen nach der Zeitung gegriffen. „Bauen Sie Ihren Ski selbst", hatte dort in großen Lettern gestanden. Skeptisch hatte er den Artikel über ein Skibauseminar gelesen, das eine kleine Eventfirma irgendwo im bayerischen Nirgendwo veranstaltete. Das Konzept war genauso abgedreht wie genial. Jeder Teilnehmer des Seminars baute an einem Wochenende einen Ski nach Wunsch aus Holz und Carbon. Der Veranstalter schwärmte von den hervorragenden Fahreigenschaften der selbstgebauten Skier und von den unendlichen Möglichkeiten, das Design selbst zu entwerfen. Je mehr Bohlan sich mit dem Gedanken beschäftigte, umso faszinierter war er. Tatsächlich hatte er noch am Nachmittag Peter Wengen angerufen und ihm von dem Seminar erzählt. Auch sein alter Freund, den er vor zwei Jahren anlässlich der Ermittlungen um den Tod des Startrainers Klaus Momsen nach Jahren wieder getroffen hatte, war von der Idee, einen selbstgebauten Ski zu fahren, sofort begeistert. Noch am gleichen Abend hatten sich die beiden angemeldet.

„Ich bin auch gespannt, was uns dort im Allgäu erwartet", antwortete Bohlan und kramte die Ausdrucke über das Wochenende aus seiner Tasche. Wengens BMW passierte mittlerweile das Frankfurter Kreuz.

Als Linus Möller die Empfangshalle des Marriott-Hotels betrat, versuchte er seine Anspannung im Zaum zu halten. Der großgewachsene, beinahe hagere Mann war schon seit dem Morgen von einer inneren Unruhe befallen. Er war Mitte vierzig, hatte schwarze, leicht gelockte, dichte Haare, die fast bis zu seinen Schultern hingen. Für gewöhnlich trug er Jeans, schwarzes Hemd und darüber einen dunklen Mantel. Wenn alles gut ging, würde er an diesem Abend ein weiteres wichtiges Puzzleteil erhalten, das sein neuestes Projekt einen großen Schritt weiterbringen würde. Seine ehemaligen Mitstreiter der weltweit führenden Enthüllungsplattform würden große Augen machen. Möller sah bereits sein Konterfei von den Titelseiten der deutschen Nachrichtenmagazine hinablächeln. Eine Vorstellung, die seine Brust erheblich anschwellen ließ. Aber noch war es nicht so weit. Noch galt es, weitere Informationen zu sammeln und vor allem das technische Know-how zu vollenden. Er blieb auf halbem Weg zwischen Eingangstür und Rezeption stehen und blickte sich in der erstaunlich leeren Halle um. An der Rezeption standen zwei Japaner und diskutierten mit den Angestellten. Möller klemmte seine Tasche unter den Arm und schlenderte zu einer Sitzgruppe in einem abgelegenen Bereich. Der Mann am Empfang musterte ihn kurz mit einem prüfenden Blick und wandte sich wieder den Japanern zu. Offenbar gab es Verständigungsprobleme. Möller blickte auf seine Armbanduhr. Halb neun. Seine Informantin schien es mit der Pünktlichkeit nicht allzu genau zu nehmen. Hoffentlich hatte sie es sich nicht anders überlegt. Sicher, er hatte zusammen mit seiner Kollegin schon einiges an Informationen zusammengetragen, aber noch fehlte der ganz große Knaller, das entscheidende Beweisstück. Wenn die Informantin jetzt einen Rückzug machen würde, wäre das ein herber Rückschlag. Eine Situation, beinahe so, wie wenn ein Marathonläufer auf der Zielgeraden stolpert. Er rief sich noch einmal die nahezu unglaubliche Geschichte ins Gedächtnis, die sie ihm am Telefon mitgeteilt hatte. Angeblich arbeitete sie seit Jahren bei einer Projektentwicklungsgesellschaft, die für deutsche Kommunen Großprojekte finanziert. Sie sei in Besitz von Unterlagen, die bewiesen, dass es in Wahrheit darum ging, Schwarzgeld aus kriminellen Geschäften in die legale Wirtschaft zu schleusen.

Genau an diesem Thema arbeitete Möller seit Monaten. Der Clou an der ganzen Sache: Die Informantin wollte ihm die Dokumente kostenlos zur Verfügung stellen. Möller kaute nervös auf einem Kaugummi und blickte erneut auf seine Uhr. Viertel vor zehn. Wie lange sollte er warten? Er hatte keinerlei Möglichkeit, seine Informantin zu erreichen. Er wusste weder ihren Namen noch ihre Adresse oder Handynummer. Sie hatte es bislang vorgezogen, anonym zu bleiben, was in Anbetracht der Brisanz der Dokumente absolut verständlich war. Er griff nach seiner Tasche. Sie war aus LKW-Plane gefertigt und enthielt alle lebensnotwendigen Dinge: eine Zahnbürste und Möllers Heiligtum, das er überallhin mitnahm, einen Laptop. Er wollte ihn gerade herausziehen, als er eine Bewegung neben sich wahrnahm. Erschrocken blickte er auf.

„Linus Möller?"

Vor ihm stand eine zierliche, drahtige Frau. Dunkler Teint, braune Augen, lange kastanienfarbene Haare. In ihren ausgewaschenen Jeans und dem schwarzen Rolli wirkte sie ziemlich unscheinbar. Möller scannte ihre Erscheinung und überlegte, ob er ihr schon einmal irgendwo begegnet war. Ergebnis: negativ. Ihr Alter schätzte er auf dreißig. „Und mit wem habe ich die Ehre?"

„Nennen Sie mich einfach Emi. Der Rest tut nichts zur Sache." Sie sprach deutsch mit einem leichten Akzent. Möller überlegte, welche ihre Muttersprache sein könnte. Er tippte auf Spanisch.

„Okay, Emi. Ich freu mich, dass Sie da sind. Ich hatte schon die Befürchtung, es könnte etwas dazwischengekommen sein."

Emi lächelte. „Entschuldigen Sie die Verspätung. Ich muss mich bei allem, was ich tue, absichern. Ich habe Sie schon einige Zeit beobachtet und wollte sichergehen, dass Sie wirklich alleine gekommen sind."

„Sie können mir vertrauen. Für mich ist die Sache genauso gefährlich."

Emi verzog das Gesicht. „Ich möchte Ihnen nicht zu nahe treten, aber Sie haben nicht die leiseste Ahnung, was dies alles für mich bedeutet. Viel mehr als für irgendjemanden sonst. Ich setze alles aufs Spiel. Meine Familie, meinen Job, mein Leben."

Möller wusste nicht, was er antworten sollte. Auch sein Leben war nicht ganz ungefährlich. Er hatte nicht den leisesten Schimmer, was über ihn hereinbrechen würde, wenn die ganze Story online sein würde. Für einen Moment fragte er sich, ob er das alles zu sehr auf die leichte Schulter nahm. Emi blickte sich um, dann sagte sie ziemlich leise: „Lassen Sie uns in die Hotelbar gehen. Da können wir ungestörter reden."

Der Schneefall setzte ein, als Wengen das Auto auf die Landstraße Richtung Landsberg lenkte, und verwandelte das Allgäu innerhalb kürzester Zeit in eine wie verzaubert wirkende Winterlandschaft. Sie fuhren die Landstraße weiter, vorbei an Garmisch-Partenkirchen, und durchquerten Ramsau. Wengen fuhr wie der Teufel. Er ließ sich weder durch die gefährlichen Kurven noch von der schneebedeckten Landstraße beeindrucken. Wenn Bohlan nicht rechtzeitig, „Achtung, da vorne!" geschrien hätte, wären sie mit Sicherheit an der Abbiegung nach Gschwendt vorbeigefahren. Wengen riss das Lenkrad herum und der BMW schlitterte um die Kurve auf einen kleinen Weiler vor Bad Bayersoien, den das Navigationssystem als Ziel auswies. Im dichten Schneetreiben erreichten sie einen alten Hof, an dem auf einem kleinen Holzbrett der Hinweis „Skiwerkstatt" angebracht war.

„Hier muss es sein", sagte Wengen, hielt den Wagen an und stieg aus. Bohlan fluchte, weil Wengen die Tür offen gelassen hatte und kalte Winterluft das Innere des Wagens flutete. Wengen stand unschlüssig vor der Werkstatt, die im völligen Dunkeln lag und klopfte schließlich an die schwere Holztür des benachbarten Wohnhauses. Es vergingen einige Minuten, bis das Licht im Flur eingeschaltet wurde und sich die Tür mit einem lauten Knarren öffnete. Eine alte Dame mit weißen Haaren und Hausfrauenkittel stand im Türrahmen und blickte Wengen mürrisch an.

„Guten Abend. Wir suchen die Ferienwohnung der Skiwerkstatt."

„Grias erna Gott, da saans scho richtig. Oan Moment", knurrte die Alte und verschwand wieder im Haus. Wengen schaute schulterzuckend zu Bohlan, der seinerseits ausstieg und sich eine Daunenjacke überstreifte. Die alte Dame kehrte mit einem Schlüsselbund bewaffnet zurück und öffnete die Tür der Skiwerkstatt. Über einen mit Holz und Werkzeug vollgestellten Flur gelangten sie zu einer Treppe, die ins Obergeschoss führte.

„I hob scho a'moi o'gschürt", sagte sie, während sie die knarrende Holztreppe nach oben stapfte.

„Suacht's euch a Kammerl raus. Moign ummara achde bring i euch d'Semmen auffe."

Die Tür fiel hinter der alten Dame ins Schloss. Bohlan und Wengen begutachteten die Schlafzimmer, die jeweils mit einem Doppelbett, einem Schrank und zwei Stühlen ausgestattet waren.

„Dann lass uns mal die Taschen raufbringen", sagte Bohlan zufrieden und dachte dabei vor allem an die Bierflaschen, die sich in seiner befanden.

Dr. Magnus Sartorius, Anfang fünfzig, groß gewachsen und körperlich ganz gut beieinander, orderte einen Whisky. Es war bereits sein zweiter an diesem Abend, aber auch den würde er locker wegstecken. Er hatte einen harten Arbeitstag hinter sich und war mit der Welt und sich zufrieden. Den Morgen hatte er damit zugebracht, mit den Entscheidungsträgern der Stadt Frankfurt das im Stadtwald gelegene Areal rund um das Fußballstadion abzuschreiten. Man hatte gemeinsam im neu gebauten Sporthotel an der Otto-Fleck-Schneise gespeist und in einem mit allen technischen Raffinessen ausgestatteten Konferenzraum getagt. Die Vertreter der Stadt, allen voran der Bau- und der Sportdezernent, hatten nicht schlecht geguckt, als er ihnen seine Vorstellungen zum Ausbau des Frankfurter Sportparks vorgestellt hatte. Mit einer Mischung aus Verzückung und ungläubigem Staunen hatten sie seinen Ausführungen gelauscht, vor allem als er zu dem Punkt der Finanzierungsfragen kam. Er hatte das Leuchten in ihren Augen gesehen und war sich sicher, dass sie ihm aus der Hand fressen würden wie ausgehungertes Wild. Alles lief wie am Schnürchen, wäre da nicht dieser vermaledeite Computerfreak, der am anderen Ende der Hotelbar saß und sich Papiere durchlas. Dr. Sartorius kniff die Augen zusammen und führte das Whiskyglas an seine Lippen. Er taxierte Möller, der unruhig auf seinem Stuhl hin und her rutschte, während er in den Unterlagen blätterte. Dr. Sartorius hatte nichts als Verachtung für ihn übrig. Was bildete sich dieser dahergelaufene Hacker ein, sich in seine Geschäfte einzumischen? Menschen wie ihm hatte er es zu verdanken, dass die Projekte so schwierig geworden waren. Wo auch immer ein neues Großprojekt angestoßen wurde, gab es Probleme. Meist fand sich innerhalb kürzester Zeit eine Bürgerinitiative, die dagegen war, oder es gab Journalisten oder Idealisten, die alles und jedes hinterfragten. Was hatte es die Bevölkerung zu interessieren, wie die Finanzierung neuer Sportstätten aussah? Die Leute sollten froh sein, dass einer wie er das Geld in die Hand nahm und investierte. Zum Glück war einer seiner Mitarbeiter rechtzeitig auf Möller aufmerksam geworden, so hatte man ihn und seine Aktivitäten im Griff und in nur wenigen Stunden würde das Problem ein für alle Mal erledigt sein. Sartorius trank sein Glas leer. Sein Handy, das vor ihm auf dem Tisch lag, fing an zu leuchten. Er warf einen Blick auf das Display und nahm das Gespräch an. Während er über den Tag referierte und mehrfach versicherte, dass er gerade dabei sei, das Hauptproblem zu lösen, sah er, wie Möller die Unterlagen zusammenschob und an Emi zurückreichte, die ein verführerisches Lächeln aufsetzte. Die beiden standen auf und verließen zusammen die Bar in Richtung Aufzug.

Freitag

Julia Will wartete, bis der letzte Tropfen Kaffee den Weg in ihre Tasse gefunden hatte, gab einige Stücke Würfelzucker obendrauf und setzte sich an ihren Schreibtisch. Sie genoss die Ruhe an diesem Morgen. Tom Bohlan war gestern Abend ins Allgäu gefahren, Steinbrecher und Steininger waren noch nicht da und ihr Schreibtisch war ziemlich leer. Es versprach, ein ruhiger Freitag zu werden. Sie musste noch ein, zwei Berichte schreiben und würde spätestens am frühen Nachmittag in ein wohlverdientes Wochenende starten, an dem sie möglichst viel Zeit mit Alex Feth, ihrem Freund, verbringen wollte.

Gerade als sie ihre letzte Mail gelesen hatte, wurde die Bürotür aufgerissen und Steinbrecher stürmte herein.

„Moin." Er hängte seine schwarze Lederjacke an den Kleiderhaken. Will verdrehte die Augen und griff eine der beiden Akten, die auf ihrem Schreibtisch lagen. Obwohl sie wusste, dass Steinbrecher sie gleich in ein morgendliches Gespräch verwickeln würde, täuschte sie Geschäftigkeit vor. Vielleicht würde er sich abschrecken lassen und mit seinem starken Kaffee hinter seinem Bildschirm verschwinden. Schließlich war Tom nicht da und so fehlte sein erster Ansprechpartner.

„Schon Pläne für das Wochenende?"

Will schaute auf. Steinbrecher saß tatsächlich an seinem Schreibtisch. Er hatte die Beine auf dem Tisch übereinandergeschlagen und schlürfte seinen Kaffee.

„Möglichst wenig tun", sagte Will und wandte sich wieder der Akte zu.

„Klingt nach einem guten Plan." Steinbrecher nahm einen weiteren Schluck. „Ich muss heute etwas früher los. Mein neuer Flachbildfernseher soll am Nachmittag geliefert werden."

Will konnte sich nicht daran erinnern, eine Frage gestellt oder Interesse geheuchelt zu haben. Sie mochte Steinbrecher als Kollegen und schätzte seine kriminalistischen Fähigkeiten. Es war auch in Ordnung, dass sie als Team ab und an etwas privat unternahmen. Ein gemeinsamer Äppelwoi oder ein Feierabendbier war meistens eine launige und kurzweilige Abwechslung vom Alltagsstress. Sie selbst hatte sogar im letzten Jahr einen gemeinsamen Konzertbesuch in Offenbach organisiert. Tatsächlich hatten sie es geschafft, den Mord an dem Privatdetektiv Claudius Jäkel rechtzeitig aufzuklären, sodass das Konzert den obligatorischen Umtrunk nach einem gelösten Fall ersetzt hatte. So verschieden die Charaktere der Kriminalisten der Mordkommission auch waren, sie harmonierten als Team hervorragend. Ein jeder hatte sich mit den Macken der anderen arrangiert. Doch wie in einer guten Beziehung war es wichtig, nicht allzu sehr aufeinanderzukleben und den anderen Freiheiten und Absonderlichkeiten zu gewähren. Aus diesem Grunde wollte Will auch nicht über jedes Detail aus dem Privatleben ihrer Kollegen informiert sein. Wenn sie etwas abgrundtief hasste, dann war es Geläster und Getuschel am Arbeitsplatz.

„Na, dann steht einem Wochenende vor der Glotze nichts mehr im Wege", antwortete sie beiläufig.

„Wo denkst du hin? Den Fernseher habe ich mir nur bestellt, weil die alte Glotze über den Jordan gegangen ist. Ich werde mir allenfalls ein oder zwei Filme reinziehen. Morgen kommt mein Sohn in die Stadt. Mit dem will ich möglichst viel Zeit verbringen."

Will horchte auf. Sie konnte sich nicht daran erinnern, dass Steinbrecher schon einmal irgendwas von einem Sohn erzählt hatte. Die Welt steckte voller Überraschungen.

„Ich wusste gar nicht, dass du ein Kind hast."

„Hab ich eigentlich auch nicht. Na ja, natürlich ist es mein Sohn, aber ich habe ihn auch schon lange nicht mehr gesehen."

„Klingt nach einer komplizierten Geschichte." Wills Interesse war wider Erwarten geweckt.

„Das Übliche. Junges Paar bekommt ein Kind. Man merkt, dass es doch nicht so gut zusammen funktioniert. Frau verliebt sich in einen anderen, verlässt die Stadt. Natürlich kommt das Kind mit. Der Vater bleibt auf der Strecke. So ist das Leben."

Steinbrechers Worte klangen monoton und sachlich, doch Will spürte eine tiefe Verletztheit. Wie viel Kummer und Schmerz hatte es ihren Kollegen gekostet, seinen Sohn nicht aufwachsen sehen zu können? Vielleicht war dies einer der Gründe für Steinbrechers Eigenbrötlerei.

„Wie lange hast du ihn denn nicht gesehen?"

„Fünf Jahre. Seine Mutter hat es nicht zugelassen."

Will schluckte. „Du hast als Vater doch auch gewisse Rechte, warum hast du nichts unternommen?"

„Natürlich hätte ich den Umgang einklagen können, aber ich wollte nicht noch mehr Ärger. Es war so schon schwierig genug. Ich dachte mir, wenn er größer ist, wird er von selbst kommen." Steinbrecher schaute versonnen an die Decke und fügte dann hinzu: „Und so ist es nun ja auch gekommen. Jetzt kann uns seine Mutter nichts mehr anhaben."

„Wie alt ist er denn?"

„Achtzehn. Seit ein paar Wochen."

Will brannten tausend Fragen auf der Zunge, aber aus irgendeinem Grund traute sie sich nicht, sie zu stellen. Stattdessen sagte sie nur: „Na, dann werdet ihr ja einiges zu besprechen haben."

Steinbrecher nickte. Für einige Sekunden schwiegen beide. Es war eine merkwürdige Stille. Und es gab nur zwei Möglichkeiten. Entweder das Gespräch fortsetzen – dann würde es vermutlich in eine nie dagewesene persönliche Tiefe gehen – oder aber abbrechen und sich der Arbeit zuwenden. Will war sich unschlüssig, wie sie sich verhalten sollte. Wieder einmal war es die aufgehende Tür, die ihr die Entscheidung abnahm. Jan Steininger betrat mit unbekanntem Elan den Raum. Will warf ihm einen Blick zu und wunderte sich, dass heute alles anders war als üblich. Irgendetwas an Steininger hatte sich verändert. Schon die vergangenen Wochen hatte sie einige Merkwürdigkeiten und Wesensveränderungen an ihrem jungen Kollegen wahrgenommen. Es waren keine großen Dinge gewesen, nur kleine Nuancen. Aus diesem Grund hatte sie der Sache keine weitere Beachtung geschenkt. Doch plötzlich fiel es ihr wie Schuppen von den Augen. Steininger hatte seinen schleichenden, fast unterwürfigen Gang abgelegt. Er strahlte plötzlich ungewohntes Selbstvertrauen aus. Eine gewisse Neugierde keimte in Will auf. Da sie aber für heute mit persönlichen Gesprächen bedient war, beschloss sie, die Aufklärung dieses Sachverhaltes auf später zu vertagen und wandte sich wieder ihrer Akte zu. Es ging um eine Messerstecherei, die zwei Banden im Bahnhofsviertel angezettelt hatten. Es hatte mehrere Verletzte und einen Toten gegeben. Die Ermittlungen waren weitgehend abgeschlossen. Das Einzige, was noch fehlte, war der Schlussbericht und ein Gespräch mit der Staatsanwaltschaft. Will hatte beide Aufgaben übernommen und las sich den Entwurf des Abschlussberichtes durch, den sie gestern Abend geschrieben hatte. Sie war so vertieft in ihre Formulierungen, dass sie das Klingeln des Telefons genauso überhörte wie das Gespräch, das Steinbrecher führte. So bekam sie nicht mit, wie Steinbrecher den Hörer ablegte, bewegungslos auf seinem Stuhl saß und abwesend auf die Notizen starrte, die er sich gemacht hatte. Die Buchstaben verschwammen vor seinen Augen. Eigentlich war es mal wieder so wie immer. Das Verbrechen schlug zu, wenn man es am wenigsten gebrauchen konnte. Das Wochenende war nun völlig vermasselt. Wie sollte er jetzt noch seinen Flachbildfernseher entgegennehmen? Auch an eine entspannte Zeit mit seinem Sohn war nicht mehr zu denken. Mit einem Mal entlud sich die aufgestaute Aggression und seine Faust schlug mit einem donnernden Schlag auf die Tischplatte.

„Scheiße“, brüllte er. Er sah, wie Julia Will zusammenzuckte und verschüchtert aufsah. Steininger, der das Telefongespräch mit angehört hatte, saß abwartend und ungewohnt breitschultrig an seinem Tisch.

„Was ist denn los? Klappt etwas mit deinem Wochenende nicht?"

„In der Tat klappt etwas mit dem Wochenende nicht." Steinbrechers Worte klangen ungewohnt ruppig. „Zieht eure Jacken an, es gibt Arbeit."

Das Marriott residiert in Frankfurts höchstem Hotelgebäude in bester Innenstadtlage vis-a-vis zur Messe. Mit seinen fast tausend Gästezimmern in gehobener Preisklasse gehört es zu den besten Übernachtungsmöglichkeiten der Stadt. Als die Kommissare die Lobby betraten, deutete nichts darauf hin, dass es in einem der Gästezimmer in der Nacht zu einer schrecklichen Tragödie gekommen war. Eine Mitarbeiterin des Reinigungspersonals hatte am Morgen in einem der Zimmer eine Leiche gefunden, deren Anblick sie dermaßen geschockt hatte, dass sie fluchtartig das Zimmer verlassen und schreiend über den Flur gerannt war. Einer der Hotelmanager hatte die Tür zum Zimmer wieder verschlossen und die Polizei alarmiert.

Will schritt zielstrebig zur Rezeption. Dort traf sie auf einen jüngeren Hotelmitarbeiter, der bei Vorlage ihres Dienstausweises regelrecht zusammenzuckte und stotternd darum bat, einen Moment zu warten. Der Leichenfund ist wohl doch nicht so spurlos am Personal vorübergezogen wie es in der Lobby den Anschein machte, dachte die Kommissarin. Nach wenigen Minuten erschien ein Mann in mittlerem Alter. Er trug einen schwarzen Anzug, weißes Hemd und hellblaue Krawatte. Seine ergrauten, wohlfrisierten Haare erinnerten Julia Will ein wenig an Richard Gere.

„Die Damen und Herren von der Polizei." Der Mann begrüßte alle drei per Handschlag. „Mein Name ist Dieter Fischer. Ich bin der Hotelmanager. Folgen Sie mir bitte." Ohne auf eine Antwort zu warten, drehte sich Fischer um und verschwand durch eine Tür hinter der Rezeption. Die Kommissare hatten Mühe, ihm zu folgen.

„Darf ich Ihnen einen Kaffee bringen lassen?", fragte Fischer, als sich alle gesetzt hatten.

„Danke, sehr nett, aber vielleicht sollten wir uns erst mal um die Leiche kümmern", antwortete Will.

„Sicher", über Fischers Gesicht huschte ein Lächeln, das Will in diesem Moment für unangebracht hielt. Doch vermutlich lächelte Fischer zu neunzig Prozent des Tages. Will hielt den Hotelmanager für eine jener Personen, die selbst die schlechtesten Nachrichten freundlich verpackt übermitteln konnten. „Ich bin mir nur nicht so ganz sicher, dass Sie nach der Leichenschau noch in der Lage sind, einen Kaffee zu trinken. Ihr Anblick ist ...", Fischer suchte einen Moment nach Worten, „... nicht gerade appetitlich."

„Das lassen Sie mal unsere Sorge sein. Wir haben schon mehr als eine Leiche zu Gesicht bekommen", antwortete Will mit einem schroffen Tonfall, den sie schon bereute, als die Worte ihre Lippen verlassen hatten. Möglicherweise wäre es gar nicht so dumm, zunächst einmal ein paar Hintergründe über den Leichenfund zu erfahren. Der Tatort war ja verschlossen und weglaufen konnte das Opfer auch nicht mehr. Sie blickte kurz zu Steinbrecher, der ihre Gedanken zu erraten schien.

„Okay, dann lassen Sie uns erst ein wenig reden", schaltete sich Steinbrecher ein. Fischer nickte zufrieden, griff zu einem Telefon und orderte knapp, aber bestimmt, eine Kanne Kaffee. Nachdem er den Hörer wieder aufgelegt hatte, blickte er die drei Kommissare nacheinander an. „Die Leiche in Zimmer 5021 wurde heute Morgen um halb elf entdeckt, und zwar von Viktoria Böhmer, einer jungen Praktikantin. Der Anblick muss schrecklich gewesen sein. Sie erlitt einen Schock und befindet sich in ärztlicher Behandlung." Fischer machte ein trauriges Gesicht.

„Wissen Sie, wer die Leiche ist?"

„Das Zimmer wurde von einem Herrn Möller angemietet. Von einer weiblichen Begleitung war uns nichts bekannt."

Es klopfte kurz an der Tür. Als sie geöffnet wurde, erschien ein Verpflegungswagen, der von einer adretten Blondine hereingeschoben wurde. Die Blondine verteilte das Geschirr und schenkte jedem eine Tasse Kaffee ein, bevor sie geräuschlos den Raum wieder verließ.

„Wo ist dieser Herr Möller?", fragte Will. Sie griff sich vier

Tütchen Zucker, riss sie nacheinander auf und gab den Inhalt in ihre Tasse.

„Das wissen wir nicht. Frau Böhmer hat niemanden im Zimmer gesehen. Vermutlich wird er abgereist sein."

Geflohen wäre wohl das passendere Wort, dachte Will und rührte nachdenklich in ihrem Kaffee.

„Sie haben aber doch sicherlich die Daten des Herrn Möller?", fragte Steininger.

„Selbstverständlich. Ich habe die Buchungsunterlagen bereits kopieren lassen. Die können Sie sich an der Rezeption aushändigen lassen. "

„Na wunderbar", warf Will ein. „Wir müssten noch Frau Böhmer befragen."

„Wie gesagt, sie befindet sich in ärztlicher Behandlung und steht unter Schock. Ich kann Ihnen aber auch ihre Daten zukommen lassen."

„Das wäre nett", erwiderte Will.

Fischer nickte erleichtert. Er schien über das Befinden seiner Praktikantin sehr besorgt.

„Können Sie noch etwas zu Opfer und Gast sagen?"

Für einen kurzen Augenblick schaute Fischer ein wenig ratlos. „Nein", sagte er nach kurzem Nachdenken. „Wir haben hier so viele Gäste. Ich glaube nicht, dass ich Herrn Möller kenne. Ich bin auch nicht so stark in das Tagesgeschehen involviert."

„Wäre es möglich, dass Sie eine Liste zusammenstellen, welcher Ihrer Angestellten gestern Abend wo Dienst hatte? Irgendjemand muss doch gesehen haben, wann diese Frau oder Herr Möller in das Zimmer gegangen sind. Vielleicht ist auch den Zimmernachbarn etwas aufgefallen?", sagte Will.

Fischers Gesicht wurde ernst. Wahrscheinlich wurde ihm so langsam die ganze Tragweite der Sache bewusst. Der Gedanke, dass die Polizei das Personal und womöglich auch noch Gäste befragte, schien ihm nicht in den Kram zu passen.

„Selbstverständlich", sagte er nach kurzem Zögern. „Wenn es für die Ermittlungen nützlich ist. Es gibt noch eine Sache, die ich erwähnen muss. Wir haben in allen Fluren Überwachungskameras. Doch ausgerechnet in diesem Flur gab es in der Tatnacht einen Defekt." Merkwürdig, dachte Will, ließ dies aber unkommentiert. Fischer fuhr fort: „Ich würde Sie nur bitten, die ganze Sache mit größtmöglicher Diskretion zu behandeln. Ein Mord in einem Hotel ist nicht gerade dienlich für das Geschäft."

„Wir werden unser Bestes geben", versicherte Will. „Je schneller der Fall aufgeklärt wird, desto weniger Unannehmlichkeiten wird er Ihnen bereiten."

Linus Möller war am Ende seiner Kräfte. Er hatte die ganze Nacht kein Auge zugetan und war ziellos durch die Stadt geirrt. Die Ereignisse des gestrigen Abends hatten sich in sein Hirn eingebrannt wie Brandzeichen in Pferdehaut. Dabei hatte alles so viel versprechend angefangen. Die Frau, die sich Emi nannte, hatte einen authentischen Eindruck gemacht. Er hatte fast so etwas wie eine Seelenverwandtschaft gespürt. Die Geschichte über eine verlorene Kindheit, die sie ihm erzählte, war aufwühlend und niederschmetternd zugleich und erinnerte ihn an seine eigene. Sein Vater hatte sich schon bald nach Möllers Geburt verdrückt und war untergetaucht, ohne irgendeine Spur zu hinterlassen, geschweige denn, Unterhalt zu entrichten. Seine Mutter, eine liebenswerte Frau, liebte ihn mehr als alles andere. Wenn man von ihren zahllosen Männerbekanntschaften einmal absah, durch die sie zu einer rastlosen Person geworden war, die es von Ort zu Ort zog. Wurzeln konnte er nirgends schlagen. Früh hatte er seine Liebe zum Computer entdeckt und war nach und nach in diese Wunderbox eingetaucht. Es war eine herrliche Möglichkeit, der Realität zu entfliehen, und das Geniale an einem Computer war, dass er nicht weglaufen konnte. Vielmehr konnte man ihn überall mit hinnehmen. Noch heute war der Laptop sein ständiger Begleiter. Auch als Erwachsener war er nie sesshaft geworden und zog wie ein Vagabund durch das Leben. Den Wohnsitz in Berlin, an dem er sich nur selten aufhielt, verdankte er seiner Mutter. Vor einigen Jahren hatte sie einen Mann kennengelernt. Endlich, nach zahllosen Affären schien sie die Liebe für den Rest ihres Lebens gefunden zu haben. Doch auch diesmal kam es anders als gedacht – wie meistens im Leben. Der Krebs schlug in all seiner Erbarmungslosigkeit zu und raffte den einst lebensfrohen Mann innerhalb kürzester Zeit dahin. Neben der ganzen Tragik hatte die Geschichte insoweit eine positive Wendung genommen, als seine Mutter ein beachtliches Vermögen geerbt hatte.

Eigentlich hatte er Emis Lebensgeschichte gar nicht hören wollen. Er war nur am letzten Teil ihrer Geschichte interessiert, genau genommen auch nur an gewissen Dokumenten, die ihr im Rahmen ihrer Arbeit in die Hände gefallen waren. Emi aber hatte die Dokumente nicht ohne Lebensgeschichte übergeben wollen. Und so hatte er in den sauren Apfel gebissen. Im Nachhinein betrachtet wäre es klüger gewesen, schon zu Beginn des Gespräches darauf hinzuwirken, dass es nur um die Dokumente ging. Wahrscheinlich wäre dann alles anders gekommen. Vielleicht wäre der ganze Deal geplatzt, was sehr bedauerlich gewesen wäre. Mit Sicherheit hätte ihn der Abend aber nicht in das Schlamassel geführt, in dem er nun steckte. Und das war die weitaus größere Katastrophe.

Vielleicht ließ sich alles noch retten, wenn er sich so schnell wie möglich vom Acker machte. Schließlich wusste im Hotel niemand seinen Namen und Spuren hatte er eigentlich auch nicht viele hinterlassen, so hoffte er zumindest. Soweit er sich erinnern konnte, waren seine Daten, Fingerabdrücke und DNA-Spuren nicht polizeilich registriert. Mit einigem Geschick und etwas Glück würde die Polizei ihn niemals mit der ganzen Geschichte in Verbindung bringen. Wenn sie ihm jedoch auf die Spur kommen würde, hätte er schlechte Karten. Wenn er sich auch nicht mehr an alles erinnern konnte, was am Abend passiert war, so war er doch intelligent genug, eins und eins zusammenzuzählen. Für jeden Ermittler wäre er der Tatverdächtige.

Nachdem er das Marriott in einem Anfall von Panik und Wut verlassen hatte, war er zunächst ziellos durch die Gegend geirrt. Irgendwie war er in Bockenheim gelandet und dann in das Buga-Gelände geraten. Er hatte sich auf eine der Parkbänke legen und einschlafen wollen. Doch angesichts der winterlichen Temperaturen wäre dies sein sicherer Tod gewesen. So war er die Strecke zurückmarschiert und hatte schließlich eine Gaststätte gefunden, die die ganze Nacht über offen war. Dort hatte er sich noch ein, zwei Bier reingekippt und sich vor allem Hände und Füße gewärmt. Danach hatte er seinen Laptop aus der Tasche geholt und an seinem Projekt gearbeitet. Nach und nach waren die schlechten Gedanken in einer hinteren Ecke seines Gehirns verschwunden. Je mehr er sich in seine Dateien vertiefte, desto mehr verflüchtigten sich die Erinnerungen an einen Horrorabend. Erst am Morgen, als die Putzfrau kam und der freundliche Wirt seine Kneipe schließen wollte, klappte er seinen Laptop zu und die Erinnerungen kehrten zurück.

Die drei Kommissare fuhren – begleitet von Dieter Fischer – in den fünften Stock. Julia Will spürte ein aufkeimendes Unwohlsein. Ihr Magen zog sich zusammen und die Anspannung stieg ins Unermessliche. Sie schaute kurz zu ihren Kollegen, deren Gesichter wie versteinert wirkten. Nun war es wieder so wie immer. In wenigen Minuten würden sie vor einer Leiche stehen, und es würde höchstwahrscheinlich kein allzu schöner Anblick werden. Der Tod für sich genommen hatte schon etwas Beklemmendes. Zusammentreffend mit den Spuren eines Mordes, verstärkte sich diese Wirkung enorm.

Fischer steckte die Karte in das Lesegerät von Zimmer Nummer 5021. Die Tür sprang auf und der Hotelmanager machte einen Schritt zur Seite, um die Kommissare vorbeizulassen. Schon der erste Blick genügte, um die Situation zu erfassen. Wills Puls schlug schneller und das Grummeln in ihrem Magen steigerte sich zu einem stärker werdenden Brechreiz. Sie wandte sich kurz ab, um ihren Körper wieder unter Kontrolle zu bekommen. Dann wagte sie einen zweiten Blick. Auf dem Bett lag eine nackte Frau in seitlich gekrümmter Haltung. Die Arme waren mit dünnen Riemen am Handgelenk auf den Rücken gebunden. Will trat um das Bett herum, um die Tote von vorne zu sehen. Sie hatte braune Haare, dunkle Haut und einen schlanken, beinahe zerbrechlich wirkenden Körper. Ihr Gesicht wies Blauverfärbungen auf und wirkte etwas aufgedunsen. Am Mundwinkel, unterhalb der Nase und an den Ohren waren die Reste leichter Blutungen zu erkennen.

„Sieht nach einem Sexualdelikt aus." Steinbrechers Worte rissen Will aus ihren Betrachtungen. „Dafür spricht auch, dass es offenbar keinerlei Koffer und Habseligkeiten des Opfers gibt", ergänzte Steininger zustimmend.

„Vermutlich habt ihr recht", antwortete Will etwas abwesend. Sie zeigte auf eine dünne, bräunliche Hautvertrocknung, die entlang des Halsumfanges verlief. „Ich tippe auf Tod durch Erdrosseln, aber ich möchte unserem verehrten Dr. Spichal nicht vorgreifen." Will kramte einen Satz Plastikhandschuhe aus ihrer Tasche und streifte sie über. „Dann wollen wir mal sehen, ob wir irgendwas Verwertbares finden."

„Alles recht übersichtlich", bemerkte Steinbrecher. „Hier ist nichts außer den Kleidern, die die Tote vermutlich gestern getragen hat."

„Ich vermutet mal, der Herr Möller hat sich eine Nutte ins Hotel geholt und sich an ihr verlustiert", sagte Steininger.

Will wandte den Blick von der Toten ab und scannte das Zimmer. Plötzlich erblickte sie eine moderne Handtasche, die auf dem Stuhl lag, der unter den Tisch geschoben war.

„Schau doch mal in ihre Handtasche. Vielleicht hilft uns das weiter", sagte Will zu Steinbrecher, der am nächsten zum Schreibtisch stand.

Steinbrecher nahm vorsichtig die Tasche und öffnete sie.

„Und?", fragte Will ungeduldig.

„Bingo, hier ist ein Portemonnaie." Steinbrecher zog es heraus. „Alles drin. Geldkarte, Kreditkarte, Personalausweis." Er las sich das Dokument durch. „Die Dame heißt Esmeralda Gonzales und ist in Frankfurt gemeldet."

Linus Möller schloss die Tür zu der Wohnung auf, in der er seit einigen Wochen Unterschlupf gefunden hatte. Sie lag in der Rotlintstraße im Frankfurter Nordend. Er mochte die Altbauwohnung mit hohen Räumen und knarrenden Holzdielen. Sicher, es war keine ruhige Wohnlage. Aber das war Möller egal. Er war es gewöhnt, dort zu wohnen, wo das Leben pulsierte. Möller schloss leise die Tür. Vermutlich schlief Maria noch und das war gut so. Was Möller jetzt am wenigsten gebrauchen konnte, waren Fragen zum gestrigen Abend und zu seinem Verbleib. Er brauchte dringend ein paar Stunden Schlaf, um neue Energie zu tanken. Danach wäre er vermutlich in der Lage, wieder klarer zu sehen und seine Gedanken zu ordnen. Möglicherweise wäre er dann auch fähig, mit Maria ein Gespräch über den gestrigen Abend zu führen. Er kannte Maria schon seit einigen Jahren. Sie war Hackerin genau wie er. Selten hatte er eine Frau getroffen, die sich so gut mit Computern auskannte, abgesehen von Lisbeth Salander vielleicht. Aber das war keine reale Person. Im Scherz hatte er Maria einmal gefragt, ob sie irgendwann in ihrem Leben Stieg Larsson über den Weg gelaufen sei. Manchmal fragte er sich, wie Maria ihr Leben finanzierte. Vielleicht hatte sie geerbt, vielleicht verdiente sie mit ihren Computerkenntnissen Geld, vielleicht drehte sie manchmal ein paar krumme Dinger? Jedenfalls verfügte sie über genug finanzielle Mittel, um sich, ihre kleine Tochter und ihre Mutter zu finanzieren, die in der Wohnung über ihr wohnte. Möller hatte sie nicht danach gefragt, weil er wusste, dass es eine sinnlose Frage gewesen wäre. Obwohl er jetzt seit einigen Monaten mit ihr zusammenarbeitete, bei ihr wohnte und mit ihr schlief, hatten sie sich nicht allzu viel aus ihrem bisherigen Leben erzählt. Kennengelernt hatten sie sich vor vielen Jahren auf einem internationalen Hacker-Symposium. Sie hatten kurz miteinander geplaudert, sich sympathisch gefunden und die Nacht miteinander verbracht. Danach hatte Funkstille geherrscht, bis sie sich in einem der einschlägigen Hacker-Chatrooms wiedergetroffen hatten. Die eine Nacht, die sie miteinander verbracht hatten, war nie wieder ein Thema gewesen. Als Möller für sein aktuelles Projekt Mitstreiter suchte, hatte sie sich gemeldet und war sofort Feuer und Flamme gewesen. Sie hatte ihm ihre Wohnung als gemeinsames Hauptquartier vorgeschlagen und er hatte nach kurzem Überlegen eingewilligt. Seitdem residierte er in Frankfurt. Bereits in der ersten Nacht hatte sie ihn mit in ihr Bett genommen und seitdem schlief er regelmäßig mit ihr. Dennoch war die Beziehung zu Maria mehr eine Zweckgemeinschaft als ein Liebesprojekt.

„Wo zum Teufel hast du die ganze Nacht gesteckt?“

Die Worte klangen noch in seinem Kopf, als sie längst im Raum verhallt waren. Möller drehte sich um. Maria wirkte weder ausgeschlafen noch besonders freundlich. Sie trug eine ihrer durchlöcherten Levis-Jeans und dazu ein enges, weißes Top, unter dem sich ihre Brustwarzen deutlich abzeichneten. Mit in die Hüften gestellten Armen stand sie vor ihm. Ihre dicken, schwarzen Haare machten den Eindruck, als seien sie viele Stunden nicht gekämmt worden.

„Maria, mein Gott. Ich bin durch die Stadt gelaufen und todmüde. Ich muss schlafen. Lass uns später reden."

Er drängte sich an ihr vorbei und wollte ins Schlafzimmer. Als er die Tür erreicht hatte, umfasste ihre Hand seinen Unterarm. Die Kraft und Wucht, mit der sie ihn festhielt und herumdrehte, überraschte ihn.

„Halt, mein Freund, du bist mir eine Antwort schuldig."

„Was?", sagte er ein wenig zu laut.

„Wo du warst, will ich wissen!"

„Seit wann bin ich dir Rechenschaft schuldig?" Maria stand vor ihm und verschränkte die Arme.

„Seit wir zusammen an diesem Projekt arbeiten. Ich warte die ganze Nacht auf dich. Hat es geklappt?"

„Ja, verdammt. Ich habe die Dokumente. Ist alles glatt gelaufen. Bist du jetzt zufrieden?" Ohne die Antwort abzuwarten, drehte er sich um und überschritt die Schwelle zum Schlafzimmer. Mit einem kräftigen Schlag knallte er die Tür zu und warf sich angezogen, wie er war, aufs Bett.

Dr. Magnus Sartorius betrat die Räume der Global International Projektgroup ungewöhnlich spät. Normalerweise war er als ausgesprochener Frühaufsteher morgens einer der Ersten im Büro. Spätestens um sechs Uhr saß er in seinem Wohnzimmer und frühstückte zwei Scheiben Toastbrot mit ordentlich Schinken drauf. Dazu trank er eine Tasse Matetee, sein Lieblingsgetränk, übriggeblieben aus einer Zeit, als er noch ein völlig anderes Leben geführt hatte. Das Frühstück dauerte eine halbe Stunde. Danach brach er auf, um zur Arbeit zu fahren. Für gewöhnlich betrat er um Punkt sieben die Geschäftsräume im zwölften Stock des OpernTurm. Zwar waren die Mieten hier höher als anderswo, dafür ließen die exklusiven Räumlichkeiten keine Wünsche offen. Der Service war erstklassig, es fehlte an nichts. Und Geld spielte für ihn sowieso keine Rolle. Davon hatte er mehr als genug. Die Geschäfte liefen blendend, und wenn die Stadt Frankfurt anbiss und das neue Projekt am Frankfurter Stadion tatsächlich realisiert würde, könnte er seinem Konto eine beachtliche Summe gutschreiben. Bis gestern war er auch sehr zuversichtlich gewesen, dass alles ohne Komplikationen über die Bühne gehen würde. Dann hatte es leider einige Unannehmlichkeiten gegeben, aber letztlich hoffte er, die plötzlich aufgetauchten Klippen elegant umschifft zu haben. Bislang jedenfalls sah alles danach aus. Seine Sekretärin blickte ihn mit einer Mischung aus Erleichterung und Besorgnis an.

„Guten Morgen, Dr. Sartorius. Schön, dass Sie da sind. Ich habe mir schon Sorgen um Sie gemacht."

„Guten Morgen, Inga", antwortete Dr. Sartorius. „Schön, dass Sie sich um mich sorgen, aber dazu besteht absolut kein Anlass. Ich habe nur ein wenig verschlafen." Er setzte sein gewinnbringendes Lächeln auf.

„Dann fehlt nur noch eine Vermisste", antwortete die Sekretärin.

„Vermisste?", Dr. Sartorius legte ein wenig Verwirrung in seine Stimme.

„Frau Gonzales ist auch noch nicht da. Aber die wird sicher auch jeden Moment auftauchen", fügte Inga Karlson beiläufig hinzu, bevor sie sich lächelnd wieder ihrem Computer zuwandte. Dr. Sartorius sah seine Sekretärin prüfend an. Ein Blick, den sie nicht bemerkte. Wie sollte er diese Bemerkung verstehen? Ging seine Sekretärin etwa davon aus, dass sein verspätetes Auftauchen und das Fehlen von Esmeralda Gonzales in einem Zusammenhang standen? Vermutete sie vielleicht eine Affäre oder legte er zu viel Bedeutung in ihre Bemerkung? Möglichweise war es auch nur ein belanglos dahergesagter Satz. Dr. Sartorius legte die Stirn in Falten und entschloss sich dazu, Karlson sicherheitshalber unter verstärkte Beobachtung zu nehmen. Er schloss die Tür seines Büros und setzte sich hinter seinen Schreibtisch. Versonnen ließ er den Blick über die Frankfurter Skyline schweifen, die sich vor seinen Augen auftat. Er mochte diese Stadt, die seit gut einem Jahrzehnt seine Heimat geworden war. Abgesehen von dem unbeständigen Wetter ließ es sich hier hervorragend leben. Er schätzte die gute Infrastruktur, das kulturelle Leben und die zahlreichen hochpreisigen

Restaurants, die die Stadt zu bieten hatte. Dazu kamen die Nähe zum Flughafen, sozusagen der Nabel zur Welt, und die vielen Banken, die zur Finanzierung seiner Projekte mehr als wichtig waren. Er fuhr seinen PC hoch, um seine E-Mails zu checken. Ein erster Blick verriet ihm, dass nichts Wichtiges dabei war. Überhaupt war diese Woche – was seine Arbeit betraf – so gut wie abgeschlossen. Lediglich ein wichtiger Termin stand noch ins Haus, von dem Dr. Sartorius aber noch nicht genau wusste, wann er stattfinden würde. Er hoffte inständig, dass die Polizei mit ihren Ermittlungen etwas schneller war als allgemein üblich.

Steinbrecher parkte den Wagen in einer Parkbucht im Skylineblick.

„Anders hätte man die Straße nicht nennen dürfen", entfuhr es Steininger, als sie ausgestiegen waren und über die gute Aussicht auf die Mainmetropole staunten. Das Neubaugebiet Riedberg lag auf einer Anhöhe und bestand zum größten Teil aus dicht an dicht gebauten Reihenhäusern, einer größeren Anzahl von freistehenden Häusern und einigen Wohnkomplexen mit hochwertigen Eigentumswohnungen. Am rechten Rand zeichneten sich die Umrisse des ebenfalls neugebauten Univiertels ab. Vor ihnen lag die Mainmetropole, in ihrem Rücken der Taunus.

Als Esmeralda Gonzales noch gelebt hatte, hatte sie in einem der Häuser mit Eigentumswohnungen residiert.

„Scheint, als habe sie alleine gewohnt", vermutete Steinbrecher mit Blick auf das Klingelschild. Die Annahme schien sich zu bestätigen, da auf das Betätigen des Klingelknopfes keinerlei Reaktion erfolgte. Steinbrecher orderte per Handy einige Kollegen, um die Tür öffnen zu lassen, um so eine anschließende Untersuchung der Wohnung zu ermöglichen. Die Zeit bis zum Eintreffen der Kollegen verbrachten die drei Kommissare damit, die übrigen Bewohner des Hauses zu befragen, von denen allerdings nur zwei anzutreffen waren. Diese beschrieben Frau Gonzales als eine sehr freundliche, immer adrett gekleidete Frau, die aber nur recht wenig zu Hause war. Offensichtlich schien sie mehr Zeit im Büro zuzubringen, als die Aussicht ihrer Wohnung zu genießen. Zu den Nachbarn hatte sie nur den nötigsten Kontakt unterhalten, sei dabei aber stets höflich und zuvorkommend gewesen. Ab und an hätte mal ein Mann bei ihr übernachtet, aber das sei eher die Ausnahme gewesen. Von Familie war nichts bekannt. Will schrieb einige Notizen in ihren Block, während sich Steinbrecher eine Zigarette anzündete. Als er sie zu Ende geraucht hatte, blickte er auf seine Armbanduhr.

„Schon zwölf", murmelte er vor sich hin. Will blickte auf.

„Wann hast du deinen Liefertermin?"

„Zwischen zwei und sechs."

„Also von mir aus kannst du dich verdrücken. Wir schaffen das hier schon."

Steinbrecher blickte zweifelnd.

„Im Ernst, Walter. Wir werden die Wohnung durchsuchen. Vielleicht finden wir etwas zu ihrem Job oder ihrer Vergangenheit."

Steinbrecher, dem es sichtlich unangenehm war, die beiden Kollegen mit der Ermittlungsarbeit alleine zu lassen, überlegte kurz. „Also gut, Julia. Aber ich will noch mit in die Wohnung. Danach mache ich mich auf die Socken."

„Was hast du denn noch vor?", fragte Steininger, der dem Gespräch interessiert gelauscht hatte.

„Sag du's ihm", murmelte Steinbrecher und holte eine weitere selbstgedrehte Zigarette aus seinem Beutel.

„Walter hat einen Flachbildfernseher bestellt."

„Echt. Wow. Dachte gar nicht, dass du so viel Wert auf eine große Glotze legst."

Steinbrecher machte eine abwinkende Handbewegung und zündete die Zigarette an.

„Du kannst sie ausmachen. Da kommen die Kollegen", sagte Will mit Blick auf die beiden Polizeifahrzeuge, die sich gerade den Berg hinaufmühten. Steinbrecher murmelte etwas Unverständliches vor sich hin, warf die Zigarette auf den Bürgersteig und zertrat die Glut mit dem Schuh.

Kurze Zeit später standen sie in einer hellen, lichtdurchfluteten Maisonette, deren Ausstattung keinerlei Wünsche offen ließ. Parkettfußboden, offenbar mit Fußbodenheizung, offene, mit teuren Geräten ausgestattete Küche, edel eingerichtetes Wohnzimmer.

„Flachbildfernseher", bemerkte Steininger im Vorbeigehen mit einem kurzen Seitenblick auf den überdimensioniert wirkenden Apparat in der Größe eines Esstisches.

„Kannst ja den mitnehmen. Der wird hier nicht mehr gebraucht."

„Schnauze", zischte Steinbrecher.

„Die Dame scheint gut verdient zu haben. Jedenfalls wäre das hier mit meinem Gehalt nicht zu finanzieren", entgegnete Steininger.

„Ich tippe mal auf Bankerin oder irgendwas im Consultingbereich." Steinbrecher ließ den Blick über das edle Design der auf einem Sideboard aufgestellten Vasen wandern. „Trotzdem wirkt alles merkwürdig unpersönlich. Fast wie eine Musterwohnung aus dem Verkaufsprospekt."

„Kommt mal her!" Es war Wills Stimme, die aus dem oberen Stockwerk schallte. Die beiden stiegen die Treppe nach oben.

Als sie in der oberen Etage angelangt waren, warfen sie einen kurzen Blick in das Schlafzimmer, in dem sich ein breites Doppelbett und ein verspiegelter Schrank befanden. Will, die aus dem Arbeitszimmer trat, hatte zwei Ordner unter den Armen.

„Was hast du entdeckt?", fragte Steinbrecher.

„Ich denke mal, die wichtigsten Unterlagen. Familienurkunden, Arbeitsverträge und Bankauszüge. Die nehmen wir mit." Will versuchte ein Lächeln.

„Sonst nichts?", wollte Steininger wissen.

„Diese Unterlagen sollten uns erste Ansatzpunkte bringen. Ich jag jetzt mal die Spurensicherung durch. Die scharren doch schon mit den Hufen. Die übrigen Sachen laufen uns ja nicht davon."

Steinbrecher nickte.

„Hoffentlich habt ihr viele Abdrücke hinterlassen." Will blickte auf und erkannte Andreas Maurer von der Spurensicherung. Sie hatte sich vor ein paar Monaten einmal mit ihm in der Kantine unterhalten. Maurer war Mitte dreißig, freundlich und durchaus das, was sich manche Frauen unter einem Traummann vorstellten. Damals wollte er sich unbedingt mit Will zum Abendessen oder zu einem Kinobesuch verabreden. Doch Will, die kurz vorher mit Alex Feth, einem Physiotherapeuten, zusammengekommen war, hatte ihm gleich signalisiert, dass seine Chancen schlecht standen. Maurer hatte dies mit einem bekümmerten Gesicht zur Kenntnis genommen. Seitdem waren sie sich öfter über den Weg gelaufen und hatten einige Sätze gewechselt. Wäre Alex nicht gewesen, hätte sich Julia Will durchaus mit Maurer einmal verabredet. Aber sie war mit ihrem neuen Freund glücklich. Die Beziehung ließ keine Wünsche offen und vor allem war sie froh, dass er nichts mit der Polizeiarbeit am Hut hatte.

„Der Knutschfleck auf dem Spiegel ist von mir", flachste Will zurück und fügte hinzu: „Ist aber nicht für dich."

„Schade eigentlich, aber ich weiß, dass ich chancenlos bin."

Will schenkte Maurer ein kurzes Lächeln.

„Viel Spaß noch, Spurenschnüffler."

Die drei Kommissare fuhren zurück zum Präsidium, wo sich Steinbrecher verabschiedete, nicht ohne Will mehrfach darum zu bitten, ihn anzurufen, sobald sie etwas Wichtiges gefunden hatten.

„Walter, schalte mal ab. Wir stehen ganz am Anfang der Ermittlungen. Sieh zu, dass das mit deinem Fernseher klappt und vor allem: Kümmere dich um deinen Sohn."

Steinbrecher nickte. „Hast recht. Ruf aber bitte trotzdem an."

„Was denn für einen Sohn?", fragte Steininger, als sie im Kommissariat saßen. „Was hab ich denn nun wieder verpasst?"

Will zog ihrer Schuhe aus und rieb die Füße gegeneinander.

„Mach dir nichts draus, ich wusste davon bis heute Morgen auch noch nichts. Aber das soll er dir selbst erzählen." Sie legte die beiden Aktenordner vor sich auf den Tisch und strich mit den Händen über sie. Was werden wir wohl hier drin über dich erfahren, Esmeralda Gonzales? Will machte ein nachdenkliches Gesicht.

Walter Steinbrecher stieg an der U-Bahn-Stadion „Bornheim Mitte" aus und fuhr mit der Rolltreppe nach oben. In einem Back-Shop kaufte er ein Brot und verschiedene Brötchen. Anschließend setzte er seine Einkäufe in der Metzgerei fort, wo er – nach längerem Überlegen – 200 Gramm Aufschnitt, Schwarzwälder Schinken und aale Worscht erstand. Er ließ sich eine Tüte geben, in die er seine Einkäufe verstaute, und machte sich auf den Nachhauseweg. Seine Wohnung lag in der Heidestraße, einer Parallelstraße der Berger Straße. Steinbrecher hatte die Dreizimmerwohnung vor fünfzehn Jahren angemietet und liebte vor allem ihre zentrale Lage. Wenn er einmal Lust auf ein wenig Natur hatte, ging er in den Günthersburgpark, der nur zwei Straßen weiter lag. Die Wohnung bestand aus einem geräumigen Wohnzimmer, einem kleinen Schlafzimmer und einem dritten Zimmer, das ursprünglich einmal für die Besuche seines Sohnes bestimmt gewesen war. Dazu gab es eine geräumige Küche und ein kleines Bad mit Badewanne. Steinbrecher verstaute die Einkäufe in der Küche und belegte sich eines der Brötchen mit drei Scheiben Salami. Ein Blick auf die Uhr verriet ihm, dass es jede Minute klingeln konnte. Aber daran glaubte der Kommissar nicht wirklich. Vielmehr rechnete er damit, dass die Lieferung seines neuen Fernsehers erst am späten Nachmittag oder Abend erfolgen würde. So war es meistens, wenn sich der Paketdienst oder ein Handwerker ankündigte. Egal welche Firma es war, sie hatten alle eines gemeinsam. Und das war Unpünktlichkeit. Aber Steinbrecher hatte vorgesorgt. Er würde nicht jede Sekunde auf die Uhr schauen, oder verärgert aus dem Fenster Ausschau halten müssen. Bereits gestern hatte er sich mit den aktuellen Ausgaben von „Stern" und „Die Zeit" eingedeckt. Die würde er der Reihe nach von vorne bis hinten durchlesen. Etwas, was er normalerweise niemals schaffen würde. Das Blinken an der Pad-Maschine hatte aufgehört und ein rotes Dauerleuchten zeigte an, dass der Automat nun dienstbereit war. Steinbrecher stellte eine Tasse unter den Auslauf, legte zwei Pads in die Maschine und drückte den Knopf. Während sich die Crema in die Tasse ergoss, warf der Kommissar einen Blick auf die Titelseiten seiner Zeitschriften und überlegte, mit welchem Heft er beginnen sollte.

Im Kommissariat herrschte eine angestrengte Konzentration. Lediglich das Rascheln, das das Umblättern von Papier verursachte, störte die beinahe beängstigende Stille. Während Julia Will sich durch die Hinterlassenschaften der Toten wühlte, versuchte Steininger die Unterlagen des Hotelmanagers zu ordnen und einige

Anhaltspunkte an die Pinnwand zu heften. Keiner sprach ein Wort. Nachdem Will mit den beiden Ordnern durch war, setzte sie sich an ihren PC und recherchierte einige Details im Internet. Gegen fünfzehn Uhr sah Will räuspernd auf. Steininger, der mittlerweile ebenfalls hinter seinem Bildschirm saß und irgendetwas in die Tasten hämmerte, blickte auf.

„Wie weit bist du?“, fragte Will.

„Sieht gut aus. Ich habe alle Dienstpläne durchgesehen und eine Checkliste mit Fragen erstellt, die wir im Hotel noch abklären sollten. So wie es aussieht, wurde das Zimmer vor zwei Tagen gebucht. Herr Möller ist dann gestern angereist. Er hat im Voraus bezahlt und war am Morgen bereits wieder verschwunden.“

„Hast du schon etwas über seine Identität herausbekommen?“

„Ja. Er ist dreiundvierzig Jahre alt und ein in der Szene bekannter Hacker. Gemeldet ist er in Berlin, wo auch seine Mutter wohnt. Allerdings ist er bekannt dafür, meistens auf Reisen zu sein. Ansonsten ist er bislang polizeilich nicht in Erscheinung getreten.“

„Hm, ein Hacker sagst du“, sagte Will. „Sehr interessant.“

„Wieso? Was meinst du?“

„Nichts. Es ist nur so ein komisches Gefühl. Wir müssen Möller so schnell wie möglich finden.“

„In der Tat müssen wir das. Alles deutet auf ihn als Täter hin.“

„Was schlägst du vor?“

„Wir brauchen in jedem Fall ein Foto von ihm. Und dann muss das, so schnell es geht, raus zur Fahndung. Vielleicht auch an die Presse.“

Steininger schien eine hektische Betriebsamkeit an den Tag zu legen, dachte Will. Offenbar wächst er mit seinen Aufgaben.

„Dann leite du das mal in die Wege“, sagte sie und war froh, einen Teil der Arbeit delegieren zu können.

„Selbstverständlich. Aber erzähl doch mal, was mit der Toten ist.“

Julia Will warf einen kurzen Blick auf ihre Aufzeichnungen. Dann stand sie auf und begann durch das Kommissariat zu laufen, während sie die Ergebnisse ihrer Recherchen zusammenfasste.

„Esmeralda Gonzales stammt ursprünglich aus Mexiko, scheint aber schon einige Zeit in Deutschland zu arbeiten, und zwar für eine Gesellschaft mit dem Namen Global International Projektgroup, kurz GIP. Aus ihrem Arbeitsvertrag ergibt sich, dass sie eine leitende Funktion innehatte. Dafür spricht auch die Höhe ihres Gehaltes."

„Und die Ausstattung ihrer Wohnung", warf Steininger ein.

„Ja, auch die", bestätigte Will. „Leider habe ich wenig über ihren beruflichen Werdegang in Erfahrung bringen können. Seit sie in Deutschland ist, arbeitet sie für diese Firma. Was davor war, erschließt sich mir nicht so ganz."

„Und was ist das für eine Firma?"

„Laut ihrem Internetauftritt kümmert sie sich um die Entwicklung von Großprojekten in ganz Europa, vorzugsweise in Deutschland. Firmenchef ist ein gewisser Dr. Magnus Sartorius. Er bekleidet für Ecuador die Position eines Honorarkonsuls und firmiert als Geschäftsführer diverser Firmen." Will blieb an ihrem Tisch stehen und warf erneut einen Blick auf ihre Aufzeichnungen. „Dazu gehören unter anderem die GIP, aber auch diverse Beteiligungsgesellschaften, Rohstoff Handelshäuser und eine Bauholding. Zudem scheint er in der Politik bestens vernetzt zu sein. Jedenfalls gibt es diverse Fotos, auf denen er mit Bürgermeistern, Landräten und anderen Entscheidungsträgern posiert."

„Buh", Steininger spitzte die Lippen und blies sich eine Haarsträhne aus dem Gesicht. Eine Angewohnheit, die Will jedes Mal wieder faszinierend fand. „Sieht dann alles doch etwas anders aus als ursprünglich gedacht."

„Jedenfalls greift die Theorie, gut betuchter Hotelgast vergnügt sich auf perverse Art mit einer Edelnutte nicht wirklich", antwortete Will.

Steininger nickte zustimmend.

„Da steckt was anderes dahinter, fragt sich nur, was." Will setzte sich wieder an ihren Schreibtisch und lehnte sich grübelnd und Bleistift kauend zurück.

Steinbrecher gähnte. Er lag auf dem Sofa in seinem Wohnzimmer und ließ die „Zeit" absinken. Seine Augenlider wurden schwer. Nun bloß nicht einschlafen, sagte er sich immer wieder. Körper und Geist japsten nach einer Runde Schlaf, doch eine innere Stimme warnte davor, dass sein Schnarchen jede Türklingel übertönen würde. Und das wäre doch, so kurz vor dem Ziel, nicht gerade eine Meisterleistung. Müde schaute er auf seine Armbanduhr. Sie zeigte halb fünf. Allmählich stieg eine Wut in ihm auf. Jetzt wartete er schon geschlagene drei Stunden, hatte zwei Brötchen gegessen, drei Tassen Kaffee getrunken und zwei Zeitungen gelesen. Was sollte er noch tun, damit dieser verdammte Lieferservice endlich auftauchte? Liegen bleiben jedenfalls war die schlechteste Alternative. Er stand auf, holte sich eine der auf Vorrat gedrehten Zigaretten aus der Tasche seiner Lederjacke und begab sich mit ihr auf den kleinen Balkon, dessen Zugang sich im Wohnzimmer befand. Er setzte sich auf den dort stehenden Korbsessel, legte die Füße auf das Balkongeländer und zündete die Zigarette an. Kalte Luft umströmte seinen Körper und es war klar, dass er hier nicht lange sitzen bleiben konnte, ohne zu erfrieren oder sich bestenfalls eine Erkältung einzufangen. Sein Blick wanderte zu einer Palme, die er im letzten Juli erstanden hatte und deren Anblick ihm im Sommer viel Freude bereitet hatte. Vermutlich wäre es besser gewesen, sie auch die Wintermonate ein wenig im Auge zu behalten. Nunmehr führte sie ein kümmerliches Dasein. Erfroren oder vertrocknet, oder auch beides, dachte Steinbrecher und ärgerte sich.

Dr. Magnus Sartorius wollte gerade seinen Computer ausschalten und sich auf den Nachhauseweg machen, als er von draußen Stimmen vernahm. Das konnte nichts Gutes bedeuten, dachte er, und tatsächlich stand kurze Zeit später Inga Karlson in der Tür. Ihr Gesicht war nicht so entspannt wie sonst, sondern eher ernst, fast ein wenig farblos.

„Dr. Sartorius. Draußen sind zwei Personen von der Kriminalpolizei. Sie wollen unbedingt mit Ihnen sprechen. Sie sagen, es ginge um Esmeralda. Ich habe ihnen schon gesagt, dass Sie keine Zeit haben, aber …“

„Schon gut, Inga. Sie können reinkommen.“

Dr. Sartorius stand auf, um die Kommissare zu empfangen.

Will und Steininger stellten sich vor. Dr. Sartorius wies ihnen zwei Stühle zu, die vor seinem Schreibtisch standen, und sah sie fragend an. Will räusperte sich kurz.

„Also, es geht um Ihre Mitarbeiterin, Frau Esmeralda Gonzales. Ich muss Ihnen leider die traurige Mitteilung machen, dass sie heute Morgen tot in einem Hotelzimmer gefunden wurde."

Dr. Sartorius blickte langsam von Will zu Steininger und wieder zurück, ohne ein Wort zu sagen. Sein Gesicht wirkte versteinert.

„Haben Sie mich verstanden?", hakte Will nach einiger Zeit nach.

„Ja", sagte Sartorius mit fester Stimme. „Frau Gonzales ist tot."

„Mehr haben Sie dazu nicht zu sagen?"

Dr. Sartorius schaute Will scharf an. „Was soll ich dazu sagen?"

„Sie könnten erschüttert sein, wütend, traurig."

„Ich bin kein Mensch, der seine Gefühle nach außen trägt. Natürlich bin ich fassungslos. Was ist mit ihr passiert?"

„Das können wir noch nicht genau sagen. Wir stehen erst am Anfang der Ermittlungen. Eines steht jedenfalls fest, es war kein natürlicher Tod und es hat den Anschein eines Sexualdeliktes."

„Sie wurde also vergewaltigt und getötet?"

Will nickte. „So sieht es aus. Vermutlich gestern Abend oder in der Nacht. Wann haben Sie sie zuletzt gesehen?"

Sartorius stand, ohne zu antworten, auf und bewegte sich in Richtung Tür.

„Dr. Sartorius. Ich habe Sie etwas gefragt."

„Einen Moment bitte", murmelte er und öffnete die Tür. „Frau Karlson, können Sie uns vielleicht etwas zu trinken bringen?"

Sartorius wischte sich mit der Hand über die Stirn und nahm wieder Platz. Der Tod seiner Angestellten lässt ihn also doch nicht so kalt, wie es den ersten Anschein hatte, dachte Will.

„Gestern Nachmittag, so gegen sechs. Wir hatten den ganzen Tag über Termine. Mir ist nichts Besonderes aufgefallen, wenn Sie das noch wissen wollen."

Will, die ihren Notizblock hervorgekramt hatte, machte sich einige Notizen. Inga Karlson betrat den Raum und stellte ein Tablett mit Getränken und Gläsern auf den fast leeren Schreibtisch. Sie schenkte Sartorius ein Glas Wasser ein und sah die beiden Kommissare fragend an, die aber abwinkten.

„Ist etwas passiert?", wollte Karlson wissen.

„Esmeralda ist tot, sie wurde ermordet", sagte Sartorius.

Inga Karlsons Gesicht wurde bleich wie Kreide. Für einen Moment befürchtete Will, Frau Karlson würde ohnmächtig werden, doch sie konnte sich am Tisch abstützen und erlangte wenige Augenblicke später die Fassung zurück.

„Das ist ja furchtbar, wie, ich meine, was ist denn passiert?"

„Frau Gonzales lag heute Morgen tot in einem Hotelzimmer. Wir gehen von einem Sexualverbrechen aus", sagte Will.

„Unfassbar. Die arme Esmeralda."

Sartorius stand auf und führte Inga Karlson nach draußen.

„Wir wissen noch relativ wenig über Frau Gonzales. Vielleicht können Sie uns da weiterhelfen", sagte Will, nachdem Sartorius wieder an seinem Platz saß.

Sartorius zuckte mit der Schulter. „Sie ist … ich meine, war … eine sehr engagierte Mitarbeiterin. Immer korrekt und integer. Pünktlich und fleißig. Also alles, was sich ein Chef von einer Mitarbeiterin erwartet. Privates weiß ich nicht viel, nur dass sie in Mexiko geboren wurde. Aber sie ist schon viele Jahre bei uns."

„Hat sie studiert oder was hat sie für eine Ausbildung?"

„Ich glaube, sie hat in den USA studiert. Aber Genaueres kann ich aus dem Stehgreif nicht sagen. Da müsste ich in ihre Personalakte schauen. In jedem Fall war sie sehr sprachgewandt, konnte verhandlungssicher Englisch und Spanisch. Ihr Deutsch war akzentfrei."

Will war damit beschäftigt, Stichworte aufzuschreiben. Eine Chance, die Steininger nutzte, um sich in das Gespräch einzuklinken.

„Wissen Sie etwas über ihr Privatleben?"

„Das Privatleben meiner Mitarbeiter interessiert mich nicht." Dr. Sartorius hob abwehrend die Hand.

„So habe ich das nicht gemeint. Aber wenn man den ganzen Tag zusammen arbeitet, dann erzählt man sich doch das eine oder andere."

„Ich kann Ihnen nur sagen, dass ihre Familie noch in Mexiko wohnt. Dort hat sie auch regelmäßig ihren Jahresurlaub verbracht. Sie hatte wohl ab und an mal eine Männerbekanntschaft, aber von einem festen Freund oder so etwas ist mir nichts bekannt."

Steininger wollte nachhaken, doch Will kam ihm zuvor.

„Sie sagten vorhin, dass sie stets fleißig und pünktlich war. Hat es Sie nicht gewundert, dass sie heute noch gar nicht an ihrem Arbeitsplatz war?"

Ein leichtes Zucken ging durch Sartorius Gesicht.

„Nein. Wir hatten gestern einen sehr anstrengenden Tag. Überhaupt war die ganze Woche ziemlich anstrengend. Deshalb hatten wir vereinbart, dass heute nicht gearbeitet wird. Natürlich bin ich davon ausgegangen, dass Frau Gonzales trotzdem kommt, weil sie nicht viel von freien Tagen hielt. Aber ich fand ihr Ausbleiben nicht bedenklich."

„An was für einem Projekt arbeiten Sie denn gerade?"

Sartorius tippelte mit den Fingern auf der Tischplatte.

„Das ist eigentlich noch ziemlich geheim. Es geht um ein großes städtisches Bauprojekt. Es ist aber noch nichts offiziell. Wenn Sie verstehen, was ich meine."

Will blickte Sartorius verständnislos an.

„Meinen Sie etwa das Stadionprojekt?", platzte es aus Steininger heraus.

Sartorius zuckte kurz zusammen, als habe man ihn ertappt. „Möglichweise, aber von mir wissen Sie das nicht."

„Schon gut, ich glaube auch nicht, dass dies eine Rolle bei unseren Ermittlungen spielen wird", schob Steininger hinterher.

Will, die sich insgeheim ärgerte, dass Steininger etwas wusste, von dem sie noch nie etwas gehört hatte, klappte ihr Notizbuch zusammen.

„Könnten wir noch einen Blick in Frau Gonzales Zimmer werfen?"

„Selbstverständlich", antwortete Sartorius und schob merkwürdig freundlich hinterher: „Ich kann Ihnen auch Teile aus der Personalakte kopieren lassen, wenn Sie das wollen."

Steinbrecher zuckte vor Schreck zusammen. Für einen Moment war er orientierungslos und fragte sich, was zum Teufel er auf dem Balkon in seinem Sessel zu suchen hatte. Sein Blick fiel auf eine auf dem Boden liegende, zur Hälfte abgerauchte Zigarette. Es dämmerte mittlerweile. Zudem fröstelte es ihn am ganzen Körper. Dann fiel ihm wieder ein, dass er sich auf den Balkon gesetzt hatte, um eine Zigarette zu rauchen. Sein Kombinationssinn verriet ihm, dass er eingeschlafen sein musste und der Schreck, der ihm soeben durch seine Glieder gefahren war, rührte vermutlich von der Türklingel, die gerade erneut schellte. Steinbrecher fuhr hoch und taumelte durchs Wohnzimmer in den Flur, wo er den Türöffner betätigte. Endlich war es so weit. Er schaute auf seine Armbanduhr. Es war mittlerweile halb sechs. Schritte hallten durch das Treppenhaus. Der Kommissar lugte über das Treppengeländer und sah ab und an eine Hand, die das Geländer einige Meter weiter unten kurz erfasste, um sich dann wieder zu lösen und Sekunden später an einer anderen Stelle wieder auftauchte. Merkwürdig, dachte der Kommissar. Es scheint nur eine Person zu sein, die den Fernseher liefert und diese scheint auch noch so stark zu sein, dass sie das teure Gerät mit nur einer Hand durchs Treppenhaus jongliert. Irgendetwas stimmte nicht, irgendetwas lief gerade total schief. Tatsächlich sah er sich kurze Zeit später einem jungen, großgewachsenen und schlanken Mann gegenüber, dessen Kopf unter einer schwarzen Wollmütze steckte. Er trug eine blauschwarze Winterjacke der Marke Jack Wolfskin und hatte einen Rucksack geschultert.

„Papa“, rief der junge Mann und umarmte Steinbrecher.

„Julian?“, fragte Steinbrecher fast ungläubig.

Julian Steinbrecher löste die Umarmung und schaute seinen Vater an. „Erkennst du mich denn nicht mehr?“

„Natürlich. Es ist nur so ... unwirklich. Du bist groß geworden“, stammelte Steinbrecher.

„Wäre schlimm, wenn nicht.“

„Mensch, Julian, ich weiß überhaupt nicht, was ich sagen soll.“ Steinbrecher stand gerührt und beinahe hilflos vor seinem Sohn.

„Fürs Erste würde es reichen, wenn du mich reinlässt.“

Der Kommissare schlug sich mit der Hand gegen die Stirn.

„Natürlich.“

Er machte Platz, ließ seinen Sohn vorbei und schloss hinter ihm die Tür. Julian Steinbrecher stellte seinen Rucksack ab, zog die Jacke aus und hängte sie an die Garderobe.

Steinbrecher, der jede Bewegung seines Jungen in sich aufsog, wartete – überwältigt von den Gefühlen – bis er fertig war.

„Links geht's ins Wohnzimmer. Willst du etwas trinken?"

„Ein Red Bull wäre super."

„Ein was?"

„Red Bull. Das ist ein Energy Drink. Zur Not tut's aber auch einfach ein Kaffee. Die Reise hat mich ganz schön geschlaucht."

„Dann komm mit in die Küche", antwortete Steinbrecher. „Einen Kaffee habe ich auch mehr als nötig." Während Julian Steinbrecher sich auf einen der Küchenstühle fallen ließ, stellte der Kommissar zwei Tassen unter die Pad-Maschine und wartetet, bis diese betriebsbereit war.

„Hunger hast du bestimmt auch", sagte Steinbrecher, nachdem er die beiden Tassen auf den Küchentisch gestellt hatte.

„Ja, aber mach nicht so viel Hektik. Ich bin froh, bei dir zu sein."

„Und ich bin froh, dass du da bist. Dann lass uns in Ruhe den Kaffee trinken und danach gehen wir irgendwo eine Pizza essen oder einen Döner."

Julian nickte.

„Dann erzähl mal, wie läuft es bei dir."

Der junge Mann zuckte mit den Schultern. „Wie soll's laufen. Ich hab mein Abi in der Tasche und kann endlich raus aus diesem Kaff."

„Und Mama?"

„Hat 'nen neuen Freund. Aber das ist der totale Spießer. Ist sogar Präsident vom Schützenverein. Toll, oder?"

Steinbrecher verzog ein wenig angewidert das Gesicht.

„Julian, ich bereue es oft, dass ich nicht mehr um dich gekämpft habe. Das musst du mir glauben."

„Papa, ich mach dir keine Vorwürfe. Mama hat dich verlassen. Nicht umgekehrt. Du hättest doch sowieso keine Chance gehabt, das Sorgerecht zu bekommen."

„Trotzdem, wir hätten uns öfter sehen sollen."

„Es ist, wie es ist."

Merkwürdig, dachte Steinbrecher, genau die Worte hatte er am Morgen auch gewählt, als er Julia Will von seinem Sohn erzählt hatte.

Nachdem Möller sich im Schlafzimmer verbarrikadiert hatte, verließ Costello wutentbrannt das Haus, fuhr mit der Bahn in die Stadt und trainierte geschlagene zwei Stunden im Frauenfitness-Studio. Danach ging es ihr deutlich besser, jedenfalls war die Wut auf Möller nicht mehr so vordergründig. Sie fragte sich, was gestern Abend vorgefallen sein mochte. Möller war nicht zur vereinbarten Zeit zurückgekehrt. Nicht um zwölf, nicht um eins, nicht um zwei. Sie hatte sich die größten Sorgen gemacht. Was war passiert? War er in eine Falle getappt?

Als er dann endlich am Morgen auftauchte, verhielt er sich höchst merkwürdig. Es war nicht nur, dass er sie abfertigte wie eine dahergelaufene Putzfrau. Es gab etwas, was sie noch mehr verunsicherte. Möller hatte verändert gewirkt, irgendwie verstört. Entweder hatte es irgendwelche gravierende Probleme gegeben oder er hatte Dinge herausgefunden, die sie selbst betrafen und das wäre ebenfalls höchst bedenklich. Sie musste vorsichtig sein, sonst würde sie den ausgeklügelten Plan vermasseln.

Nach dem Verlassen des Studios frühstückte sie im Café Karin und machte anschließend einige Besorgungen. Den Nachmittag verbrachte sie in eisiger Kälte auf dem Opernplatz und betrachtete nachdenklich die Fassade des OpernTurms. Erst gegen Abend kehrte sie nach Hause zurück und fand Linus Möller, noch immer im Schlafanzug, an seinem Laptop sitzend. Er ignorierte ihr Kommen völlig. Lediglich ihre Frage, ob er Appetit auf eine Pizza hätte, bejahte er. Sie gab die Bestellung auf und räumte den Küchentisch frei. Jetzt saßen sie sich schweigen gegenüber, jeder eine Pizza vor sich, die der Lieferservice vor zehn Minuten gebracht hatte.

„Willst du nicht endlich mit mir darüber reden, was gestern Abend vorgefallen ist?“ Ihre Stimme klang fast ein wenig flehend. Möller vermied es, sie anzuschauen. Anstatt zu antworten, biss er noch einmal in das Pizzastück, das er in der Hand hielt. Costello schüttelte schweigend den Kopf.

„Sie wollte mit mir in die Kiste.“ Möllers Worte kamen so plötzlich und unerwartet, dass sie sie fast überhört hätte.

„Wer?“, fragte Maria mit einiger Verzögerung.

„Emi.“

„Wer ist Emi?“

„Die Informantin von gestern Abend.“

Mit einem Mal sah Maria Costello klarer. Das war es. Das war die Erklärung für Möllers Verhalten. Die Informantin war auf Linus Möller scharf gewesen und hatte ihn abgeschleppt. Sie hatten die Nacht zusammen verbracht und deshalb war er erst am Morgen aufgetaucht. Er hatte sie eiskalt betrogen und nun hatte er ein schlechtes Gewissen. Eifersucht stieg in ihr auf. Sie konnte es nicht vermeiden, und das, obwohl sie selbst Möller nicht liebte. Er war ihr sympathisch. Sie hatten gleiche Ziele, arbeiteten gemeinsam an einem Projekt, das für beide ein Erfolg werden konnte. Dass er gut aussah und sie im Bett befriedigte, war eine schöne Abrundung. Und doch war ihr klar, dass die Beziehung den Abschluss des gemeinsamen Projektes nicht überleben würde. Wie zwei Schiffe, die sich im Nebel begegnen, irgendwo auf hoher See. Zum Festmachen wird es zu wenig sein, zum Ablegen ist es zu viel. Der Text eines Ina Müller Liedes fiel ihr ein, das sie unlängst im Radio gehört hatte. Und dann stellte sie die Frage, deren Antwort sie gar nicht hören wollte.

„Und, war sie gut?“

„Es ist nicht so, wie du denkst.“ Möller starrte auf seine Pizza.

„Schweig! Ich will es nicht hören.“ Costellos Worte klangen schneidend.

„Bitte, Maria“, jetzt war es Möller, der flehend klang.

„Ich will keine Einzelheiten. Erspar mir das. Hast du es mit ihr getrieben? Ja oder nein?“

Möller hob den Kopf. Zum ersten Mal, seitdem sie am Tisch saßen, blickte er ihr in die Augen.

„Ja und nein.“

„Ja und nein! Was soll das heißen? Wie soll das gehen?“

„Nachdem wir uns in der Lobby getroffen haben, sind wir auf ihr Zimmer gegangen. Angeblich hatte sie sämtliche Dokumente dort aufbewahrt. Aber es war ein Vorwand, um mich zu verführen. Sobald wir im Zimmer waren, hat sie angefangen, an mir herumzufingern.“

„Erspar mir die Details.“

„Gut, jedenfalls habe ich zunächst mitgemacht. Sie wollte, dass ich sie am Bett fessele. Das ist das Letzte, an das ich mich erinnern kann.“

„Du bist ein widerliches Schwein.“ Costello stand wutentbrannt auf, stürmte aus der Küche, nicht ohne die Tür mit einem lauten Knall zuzuschlagen. Möller schaute kurz die zugeschlagene Tür an und wandte sich dann wieder seiner Pizza zu. Er wusste selbst, dass ihm diese Geschichte keiner glauben würde, schon gar nicht Maria, die seine Vorlieben kannte.

Als Julia Will am Abend nach Hause kam, saßen Alex Feth und ihre Oma, Annegret Will, gemeinsam im Wohnzimmer und spielten Backgammon. Die Flasche Rotwein auf dem Tisch war halb leer. Das Feuer im Ofen loderte und strahlte eine angenehme Wärme aus. Keiner schaute auf, als Julia die Tür öffnete und auf der Schwelle stehen blieb. Waren die beiden wirklich so in das Spiel vertieft, dass sie sie nicht bemerkt hatten? Sie räusperte sich.

„Schön, dass du auch mal hier erscheinst", sagte Alex und blickte Julia mit einem Blick an, der genauso eisig war, wie das Wetter draußen. Scheiße, dachte Julia, der gerade dämmerte, dass sie den gemeinsamen Kinoabend vermasselt hatte. Sie setzte sich neben Alex und legte den Arm um seine Schultern.

„Sorry, Alex. Wir hatten heute eine Leiche."

„Schon okay. Aber anrufen hättest du schon können."

„Ja. War mein Fehler. Heute Mittag habe ich noch dran gedacht. Aber dann haben sich die Ereignisse überschlagen."

Alex beugte sich nach vorne und griff die beiden Würfel. Will blickte auf das Spielbrett und schmunzelte. Ihre Oma war auf der sicheren Siegerstraße, so wie meistens. Sie war eine absolute Königin des Backgammons. Sie warf ihrer Oma einen verschmitzten Blick zu und ging in die Küche, um sich ein Glas zu holen.

Nachdem sie in das Wohnzimmer zurückgekehrt war, setzte sie sich zu den beiden und schaute dem Spiel zu. Ihre Gedanken glitten jedoch ab und sie begann, Pläne zu schmieden, wie sie mit den Ermittlungen fortfahren würde. Eigentlich sah alles so einfach aus. Sie müssten lediglich diesen Linus Möller finden. Wahrscheinlich wäre der Fall dann so gut wie gelöst. Aber eine Stimme in ihr sagte, dass es meist nicht so war, wie es schien. Und dafür galt es, gewappnet zu sein.

Samstag

Tom Bohlan saß gemeinsam mit Peter Wengen in der Küche der Ferienwohnung und legte den Schinken zentimeterdick auf ein Brötchen. Sie hatten den gestrigen Abend zeitig und bereits nach dem zweiten Bier und einem üppigen Abendessen beendet. Der Tag in der Werkstatt und die ungewohnte handwerkliche Arbeit hatten ihren Tribut gefordert. Bohlan war mit dem Ergebnis seiner Arbeit bisher mehr als zufrieden. Er hatte aus zwei langen Latten Eschenholz Kerne für die Skier gehobelt und Stahlkanten an Beläge befestigt. Anschließend waren alle Bestandteile mit Epoxid-Harz und Carbonfolien verklebt worden. Über Nacht schlummerten die Skier in einem überdimensionierten Backofen, der gravierende Ähnlichkeiten mit einem Krematorium hatte. Mit Spannung wartete er auf den Moment, in dem die Skier aus dem Ofen geholt wurden. Dann würde das Resultat der Arbeit endlich sichtbar sein.

„Deine Kollegen scheinen ja allerhand zu tun zu haben, während du hier gemütlich in dein Brötchen beißt", sagte Wengen und blickte von der Zeitung auf, die er gerade las.

„Was meinst du?"

„Die Frankfurter Kripo fahndet nach einem gewissen Linus Möller. Er soll eine Frau im Marriott missbraucht und getötet haben."

Bohlan setzte die Kaffeetasse ab, aus der er gerade trinken wollte, und riss Wengen die Zeitung aus der Hand. Gebannt las er den Bericht, der wie gewöhnlich in reißerischen Tönen über eine skrupellose Bluttat berichtete. Schon verwunderlich, dass seine Kollegen so früh mit detaillierten Informationen an die Presse gingen, dachte der Kommissar. Er fühlte, wie Neugierde in ihm aufstieg, die sehr schnell von einem anderen Gefühl überlagert wurde. Er konnte es nicht genau benennen. War es Enttäuschung darüber, dass seine Kollegen ihn nicht sofort über den neuen Fall unterrichtet hatten? Mechanisch griff er zu seinem iPhone und bemerkte, dass er es gestern wohl ausgeschaltet hatte. Nervös schaltete er es ein. Fehlanzeige. Kein Anruf in Abwesenheit und auch keine E-Mail der Frankfurter Kollegen.

„Du bist doch wohl nicht sauer, dass sie dich nicht angerufen haben?", sagte Wengen, der Bohlan die ganze Zeit über beobachtet hatte. Bohlan murmelte etwas Unverständliches vor sich hin und nahm einen großen Schluck Kaffee.

„Das war reine Fürsorge. Die wollen dir deine freien Tage nicht vermiesen."

„Vermutlich hast du recht. Trotzdem schmerzt es, so etwas aus der Zeitung zu erfahren."

Das Schrillen des Weckers riss Jan Steininger aus einem tiefen Schlaf. Wie in Trance suchte und fand seine Hand die Taste des Weckers. Schon nach fünf Minuten schrillte der Wecker erneut. Steininger richtete sich auf und musste einen Moment darüber nachdenken, welcher Tag es war. Samstag, zuckte es durch seinen Kopf. Für einen kurzen Moment brach Freude aus, doch dann fiel ihm ein, dass er mitten in einem neuen Mordfall steckte. Da würde vom Wochenende nicht allzu viel übrig bleiben. Noch dazu weilte Tom Bohlan in irgendeinem kleinen Kaff in Bayern und träumte vermutlich von einer heilen Welt. Steininger versuchte, die Ereignisse zu sortieren. Videoclipartig tauchten die Bilder des gestrigen Tages auf: die nackte Tote im Hotelzimmer, tiefe Einschnürungen in den Handgelenken und am Hals, der smarte Hoteldirektor, die noble Wohnung der Toten, das Gesicht von Dr. Magnus Sartorius. Steininger sprang auf, ging ins Bad und stellte sich unter die eiskalte Dusche. Erschrocken von der Kälte machte er einen Satz in die hintere Ecke der Kabine, um sich dann langsam wieder unter den Wasserstrahl zu tasten. Er fühlte, wie seine Muskeln erwachten. Als er sich abtrocknete, begutachtete er seinen Oberkörper im Spiegel. Zufrieden stellte er fest, dass sich das Training bei Jürgen Delius langsam, aber sicher auszuwirken schien. Wo früher weiche Konturen vorherrschten, begannen sich Muskeln abzuzeichnen. Jan Steininger war auf dem besten Weg zu mehr Männlichkeit. Im Herbst des letzten Jahres hatte er beschlossen, mehr Härte und Selbstbewusstsein zu demonstrieren und nach längerem Überlegen hatte er mit Boxen angefangen. Nicht, weil er die Menge seiner Gehirnzellen durch harte Schläge auf den Kopf vermindern wollte, sondern weil er in einem dieser Männerfitnessmagazine gelesen hatte, dass das Boxen zu den härtesten Fitnesstrainings gehört. Tatsächlich war er in den letzten drei Monaten zwei- bis dreimal pro Woche in der Boxhalle gewesen und hatte nicht einen wirklichen Kampf ausgetragen. Vielmehr drosch er auf Sandsäcke ein und vollführte allerlei gymnastische Übungen. Dabei hatte er festgestellt, dass dies nicht nur seinem Körper guttat, sondern auch seinem Geist. Wenn er auf etwas oder jemanden wütend war, war es gut, auf einen Sandsack hauen zu können. Das Boxtraining war mittlerweile zu einem festen Bestandteil seines Lebens geworden, auf das er sich jedes Mal freute. So war es auch heute und er würde es auch diesmal unter keinen Umständen versäumen. Ermittlungen hin oder her. Steininger streifte sich einen Jogginganzug über, nahm im Stehen ein kleines Frühstück ein und machte sich auf den Weg zur Boxhalle.

Maria Costello hatte die Nacht auf einer Isomatte im Wohnzimmer zugebracht. Natürlich war es ihre Wohnung und es wäre mehr als selbstverständlich gewesen, wenn Möller nach dem gestrigen Streit und seinem Mehr-oder-weniger-Geständnis freiwillig das Schlafzimmer geräumt hätte. Doch natürlich hatte er es nicht getan. Ein Linus Möller räumte nicht freiwillig seinen Posten. Schließlich war er der Nabel der Welt und der Chef im Ring. Soll er das auch ruhig weiterhin glauben, dachte Costello, der eine Nacht auf einem harten Boden nichts ausmachte. Davon hatte sie in ihrem Leben schon viele erlebt und sie hatte auch Schlimmeres ertragen, als von einem Computerfreak betrogen zu werden. Sie raffte ihr Schlafzeug zusammen, riss die Tür zu dem noch verdunkelten Schlafzimmer auf und schmiss alles einfach hinein. Es war ihr egal, ob sie den noch schlafenden Möller damit weckte. Für solche Formen der Rücksichtnahme war es die falsche Zeit. Mit einem lauten Schlag knallte sie die Tür wieder zu und ging ins Bad. Nachdem sie sich erfrischt und angezogen hatte, verließ sie die Wohnung, um einige Besorgungen zu machen. Tief in ihrem Inneren war sie immer noch wütend und enttäuscht darüber, dass Möller sich mit dieser Schlampe eingelassen hatte. Doch letztlich war es auch egal. Ihre Lebensplanung war durch diesen Vorfall nicht zerstört. Es war nur ein kleines Hindernis, eine Klippe, die es zu umschiffen galt. Danach würden sowieso alle Karten neu gemischt werden. Dennoch rüttelte Möllers Fehltritt an ihrer Ehre und ein wenig an ihrem Selbstbewusstsein. Schon allein deshalb musste sie noch einige Zeit sauer sein, auch wenn sie sich einen allzu langen Durchhänger nicht leisten durfte. Sie musste sich bald zusammenreißen und zur Tagesordnung zurückkehren. Es stand einfach zu viel auf dem Spiel. Gedankenverloren steckte Costello einen Chip in den Einkaufswagen und löste ihn aus der Kette. Während sie den Wagen durch die Regalreihen schob, ertappte sie sich dabei, wie sie Pläne für das Weiterarbeiten am Wochenende schmiedete. Doch als sie am Zeitungsregal vorbeiging, machte sie eine Entdeckung, die all ihre Pläne über den Haufen warf.

Als Walter Steinbrecher um die Mittagszeit die Tür des Kommissariats öffnete, wich er erschrocken zurück. Was er sah, waren aufgeschlagene Akten, wahllos auf Tisch und Boden verteilte Papiere und dubiose Hieroglyphen auf den Flipcharts. Verwirrt machte er einen Schritt rückwärts und schloss die Tür wieder. Der Raum, den er soeben betreten wollte, konnte unmöglich das Kommissariat sein, in dem er seit einigen Jahren arbeitete. Einen solchen Ort der Verwüstung hatte er allenfalls an Tatorten vorgefunden, vorzugsweise wenn es um Raub oder Diebstahl gegangen war. Da es ausgeschlossen war, dass im Kommissariat ein Einbruch stattgefunden hatte, gab es nur eine Schlussfolgerung. Er musste sich in der Tür geirrt haben. Wäre ja durchaus möglich, dass die durchzechte Nacht mit Julian seine an sich sichere Orientierung etwas durcheinandergebracht hatte. Um der Sache auf den Grund zu gehen, warf er einen Blick auf das Schild, das sich neben der Tür befand. Doch da stand tatsächlich sein Name und nicht nur seiner, sondern auch die seiner Kollegen. Erneut drückte Steinbrecher die Klinke herunter und öffnete vorsichtig die Tür. Vielleicht war er einer Halluzination aufgesessen. Vorsichtig lugte er durch den Türspalt. An dem desolaten Zustand des Kommissariats hatte sich nichts geändert. Er trat ein und schloss die Tür wieder. Was zum Teufel war hier vorgefallen? Wer war für diese Unordnung verantwortlich? Er ließ seinen Blick durch das Zimmer schweifen. Und was er dann sah, traf ihn wie ein Blitz. Julia Will saß an ihrem Platz, Oberkörper und Kopf vornüber auf dem Schreibtisch und wirkte alles anderes als lebendig. Steinbrecher hastete zu ihr und legte die Hand an ihren Hals, um den Puls zu fühlen. Seine Kollegin zuckte zusammen und fuhr herum.

„Julia. Gott sei Dank, du lebst", entfuhr es Steinbrecher.

„Natürlich lebe ich. Was denkst du denn?"

Steinbrecher, der sich erleichtert in Bohlans Schreibtischstuhl fallen ließ, der gegenüber Julias Tisch stand, wischte sich den Angstschweiß von der Stirn.

„Ich weiß nicht", stammelte er. „Es war alles so unwirklich. Diese Unordnung. Unser Kommissariat sieht aus, als hätte eine Bombe eingeschlagen und dann lehnst du so leblos wirkend auf dem Tisch. Ich dachte ... ach, ist egal."

Er verstummte, weil Will ihn schmunzelnd ansah. Dann brachen beide in schallendes Gelächter aus.

„Ich mach dann mal einen Kaffee, den haben wir wohl beide nötig", sagte Will und ging zum Kaffeeautomaten.

„Gute Idee, aber kannst du mir sagen, seit wann du schon wieder hier bist und was das alles zu bedeuten hat?"

Will wartete das Ende des Geräusches ab, das das Mahlwerk verursachte.

„Ach, es war nur eine halbe Nachtschicht. Nur falls du meinst, ich hätte seit gestern durchgearbeitet. Ich war tatsächlich erst zu Hause. Obwohl, geschlafen habe ich da auch nicht."

Sie stellte vor Steinbrecher einen Milchkaffee und setzte sich selbst mit einer Tasse und dem Zuckerbehälter wieder an ihren Tisch.

„Was ist passiert?"

„Eigentlich nichts", antwortete Will und gab einige Löffel Zucker in ihren Kaffee. „Als ich nach Hause kam, habe ich Alex mit meiner Oma beim Backgammon erwischt. Irgendwann sind wir dann zu ihm gefahren, aber ich konnte einfach nicht einschlafen. Und da ich wusste, dass er heute Morgen wegen so einem Judowettkampf früh raus muss, habe ich mich wieder angezogen und war so gegen drei im Präsidium. Und bei dir, wie war deine Fernsehnacht?"

Steinbrecher machte eine wegwerfende Handbewegung. Die

Verärgerung, die den gestrigen Nachmittag bestimmt hatte, hatte er ob der Wiedersehensfreude über Julians Auftauchen fast vergessen.

„Wurde noch nicht geliefert. Wir leben eben in einer Dienstleistungswüste. Dafür ist Julian früher aufgetaucht als gedacht und das ist besser als jeder Flachbildfernseher."

Will nickte und musste dabei ein leichtes Gähnen unterdrücken.

„Julian ist ein Supertyp geworden. Wir haben die ganze Nacht geklönt."

„Deswegen hab ich dich wohl nicht mehr erreicht. Ich wollte dir noch Bericht erstatten."

Steinbrecher nahm einen großen Schluck Kaffee. „Du musst ihn unbedingt kennenlernen."

In diesem Moment ging die Tür auf und Jan Steininger stürmte in den Raum. Auch er blickte etwas verwirrt auf das Durcheinander.

„Kannst unbesorgt sein. Ich bin der Übeltäter", sagte Will. „Und ich werde das selbstverständlich wieder in Ordnung bringen."

Steinbrecher wollte sich an seinen Schreibtisch setzten, blieb aber auf halbem Weg stehen. „Bedeutet dieses ganze Chaos, dass du eine Nachtschicht eingelegt hast?"

„So in der Art", grummelte Steinbrecher.

„Ist nicht dein Ernst?"

„Doch, Julia wollte wieder einmal Hermine spielen und hat wohl wie der Teufel recherchiert. Ich bin schon ganz gespannt auf die Ergebnisse", sagte Steinbrecher.

„Passt mal auf, ihr zwei", Will setzte ein siegessicheres Lächeln auf: „Ich mache euch einen Vorschlag. Ihr besorgt mir etwas Leckeres zu essen. In der Zeit räume ich hier auf und dann gibt es eine spannende Geschichte von mir."

Als Maria Costello wieder ihre Wohnung betrat, saß Linus Möller in der Küche und hämmerte etwas in die Tastatur seines Laptops. Er hatte eine Tasse Kaffee neben sich stehen. Costello trat die Wohnungstür mit dem rechten Fuß zu und stellte die Einkaufstüten im Flur ab. Sie war fest entschlossen, sich diesmal nicht mehr von Möller hinhalten zu lassen. Jetzt musste alles auf den

Tisch, was in der Nacht von Donnerstag auf Freitag passiert war. Zielstrebig ging sie in die Küche. Möller schaute kurz auf, sagte aber kein Wort. Costello wartete ab, bis er die Finger von der Tastatur nahm, um nach seiner Tasse zu greifen. Blitzschnell schnellte ihre Hand nach vorne und klappte den Laptop zu. Möller sah überrascht auf.

„Was soll das?"

Costello knallte die neueste Ausgabe der Boulevardzeitung auf den zusammengeklappten Laptop. Ein Foto von Linus Möller zierte die Titelseite. Darunter stand in großen Lettern: „Wer kennt diesen Mann?"

Möllers Herz schlug schneller. Seine Hände zitterten, als er die Zeitung griff, um sie auseinanderzufalten. Er las den Artikel unter seinem Konterfei. Danach war eine Frau, deren Name nicht genannt wurde, von der es aber hieß, dass sie für ein international tätiges Unternehmen arbeitete, im Frankfurter Marriott misshandelt und ermordet worden. Vermutlich handelte es sich um ein Sexualdelikt. Die Frankfurter Kripo würde nunmehr nach einem Linus Möller suchen. Dieser Mann hätte das Zimmer angemietet und sich am Donnerstagabend mit dem späteren Opfer getroffen. Die Buchstaben begannen, vor Möllers Augen zu verschwimmen. Wie zum Teufel war die Kripo auf ihn gekommen? Von seinem Treffen mit der Toten hatte er niemandem erzählt. Er hatte auch kein Zimmer im Marriott angemietet und hatte bei allen Vorbereitungen äußerste Vorsicht walten lassen. Was jetzt passierte, war einfach unglaublich. Nein, schlimmer, es war ein Alptraum. Nach diesem Artikel war er eigentlich erledigt. Sein Hals schnürte sich zusammen.

„Kannst du mir das bitte erklären?"

Er hob den Kopf und blickte in ein wutverzerrtes Gesicht.

„Und ich erwarte, dass du alle Karten auf den Tisch legst. Keine Tricks. Verstanden!"

Möller stand auf und wollte seinen Arm beruhigend um Maria legen, doch diese wich zurück.

„Fass mich nicht an. Ich will nicht so enden wie diese Frau. Wie hieß sie noch gleich? Emi?" Es lag mehr Verachtung als Furcht in Marias Stimme. Möller hob entschuldigend die Hände.

„Gut, gut. Keine Panik. Ich rühre dich nicht an. Setz dich erst einmal."

„Ich stehe lieber", entgegnete Maria kühl.

„Okay, wie du willst." Möller füllte sich ein Glas mit Wasser und trank es in einem Zug leer. Dann setzte er sich wieder an den Tisch.

„Ich werde dir alles erzählen. Und zwar genau so, wie es war. Eines vorweg: Mit dem Mord habe ich nichts zu tun. Das musst du mir glauben."

Keine halbe Stunde später saßen die drei Kommissare in einem picobello aufgeräumten Kommissariat. Der Besprechungstisch war mit Brötchen, Wurst, Käse und einem Obstteller gefüllt. Während Steinbrecher Einzelheiten über das gestrige Wiedersehen mit seinem Sohn zum Besten gab, stärkte Will sich mit einem Salamibrötchen. „Dann will ich euch mal nicht länger auf die Folter spannen. Was wollt ihr zuerst hören? Etwas über unsere Tote oder über Linus Möller und seine Tätigkeiten?" Will wischte sich mit einem Taschentuch über den Mund.

„Fang mit der Toten an", sagte Steinbrecher.

„Gut. Esmeralda Gonzales stammt aus Mexiko, genau genommen aus der kleinen Gemeinde Lomas del Poleo. Ich habe heute Nacht gegoogelt und zahlreiche Zeitungsartikel über diesen Ort gefunden. Die meisten beschäftigen sich mit schmutzigen Geschäften und Massengräbern mit Dutzenden verkohlter Leichen. Aber dazu später." Will blickte ihre Kollegen nacheinander an und registrierte ein Zucken in den Augen. „Lomas del Poleo ist eine kleine Grenzgemeinde, die in den siebziger Jahren des vergangenen Jahrhunderts am Rande der Stadt Ciudad Juárez erbaut wurde. Ursprünglich lebten dort etwa einhundertfünfzig Familien. Sie hatten einen schönen Blick auf das Paradies Texas, führten aber ansonsten ein eher trostloses und bescheidenes Leben. Seit 2003 kommt es immer wieder zu heftigen Auseinandersetzungen. Streitpunkt ist das Eigentum an Grund und Boden der Gemeinde. Einige einflussreiche Familien beanspruchten plötzlich das Gelände, wahrscheinlich aus wirtschaftlichen Interessen. Die Grenznähe macht das Dorf zu einem perfekten Standort für krumme Geschäfte und Schmuggel. Die Einwohner hingegen behaupteten, das Gelände gehöre dem mexikanischen Staat. Bis heute gibt es über die Eigentumsfrage gerichtliche Auseinandersetzungen, was die Drogenmafia allerdings wenig schert. Sie ließ bezahlte Schlägertrupps in das Dorf einfallen. Bewohner wurden misshandelt, Kinder verbrannt, Schweine und Hühner vergiftet. Angeblich haben die Schlägertrupps für jedes abgebrannte Haus 200 US-Dollar kassiert." Will nahm einen Schluck Cola light, bevor sie fortfuhr. „Mittlerweile sind ein Dutzend Familien übrig geblieben. Der Anwalt, der für ihre Interessen eintrat, wurde vor einiger Zeit erschossen."

„Das ist sicher eine schlimme Sache", sagte Steininger. „Aber was hat das mit dem Tod von Esmeralda Gonzales in Frankfurt am Main zu tun?"

„Lass mich bitte erst fertig erzählen. Über 12.000 Menschen starben in den letzten drei Jahren im Kampf des mexikanischen Staates gegen die Drogenmafia. Die dortigen Kartelle erwirtschaften jährlich zwischen 40 und 100 Milliarden US-Dollar Umsatz und gelten als die gefährlichsten und gewalttätigsten Syndikate weltweit. Die Gegend um Lomas del Poleo scheint so etwas wie eine Hochburg zu sein. So und jetzt zu deinem Einwand, Jan. Ich habe Berichte über eine Mordserie gefunden. In dieser Grenzgegend werden immer wieder misshandelte Mädchen und Frauen gefunden, die ein entscheidendes Merkmal mit Esmeralda Gonzales gemeinsam haben." Will machte eine kurze Pause und kramte einige Bilder hervor: „Einschnürungen an Hand- und Fußgelenken."

Sie reichte Bilder an ihre Kollegen weiter. Steinbrecher und Steininger betrachteten sie einige Zeit. Der Anblick von verstümmelten Leichen trieb Entsetzen in ihre Gesichter. Steininger legte die Fotos wieder auf den Tisch.

„Trotzdem, Julia, wo ist der Zusammenhang? Esmeralda Gonzales hatte ein Schäferstündchen mit Linus Möller. Sie wohnt seit vielen Jahren in Deutschland. Wer weiß, wann sie das letzte Mal in ihrem Geburtsort gewesen ist. Wir kennen den wahrscheinlichen Mörder. Mir erscheint hier das Mordmotiv Nummer eins zu greifen: Liebe und Sex", sagte Steininger und lehnte sich zurück.

Steinbrecher, der seine Tabakdose hervorgekramt hatte, leckte über ein Zigarettenpapier. „Jan, lass Julia mal weitererzählen. Wie ich sie kenne, wird sie noch mehr in Erfahrung gebracht haben."

„In der Tat. Trotzdem möchte ich sagen, dass ich Jans Einwände natürlich für gerechtfertigt halte. Ich habe sie mir selbst immer wieder vor Augen geführt. Mir ging es nur darum, etwas über das Leben der Toten in Erfahrung zu bringen. Da habe ich natürlich mit ihrem Geburtsort angefangen. Dass ich dabei auf diese grausamen Dinge gestoßen bin, hat mich selbst überrascht. Leider habe ich über ihr Leben in dem Ort auch nicht viel herausbekommen. Nach den Unterlagen, die wir aus ihrer Wohnung mitgenommen haben, muss sie es irgendwann über die Grenze geschafft haben. Jedenfalls hat sie in den USA studiert und dort bei einigen Firmen gearbeitet. Seit fünf Jahren ist sie hier in Deutschland bei der GIP als Assistentin der Geschäftsleitung und kassiert ein sehr ansehnliches Gehalt von fast 10.000 Euro pro Monat. Bei so etwas frage ich mich immer, warum ich so einen schlecht bezahlten Job habe."

„Weil du nicht als Leiche in einem Hotel landen willst", sagte Steinbrecher mit Zynismus in der Stimme.

„Hast recht, ich lass mich lieber von irgendeinem Kriminellen hinterrücks erschießen und bekomme dafür als Dank irgendeine Plakette. Aber sei's drum." Will schenkte sich noch ein Glas Cola light ein. „Nun aber noch ein paar Takte zu Linus Möller. Er stammt aus dem Umfeld einer internationalen Internet-Enthüllungsplattform, hat sich von ihr aber wegen irgendwelcher Kompetenzstreitigkeiten losgesagt. Im Netz kursieren Gerüchte, dass Möller drauf und dran ist, eine eigene Plattform zu gründen, die er mit einem Paukenschlag online stellen will. So, und nun ziehe ich mal eine Schlussfolgerung: Möller will eine Enthüllungsplattform hochfahren. Dazu braucht er irgendwelche brisante Dokumente. Esmeralda Gonzales arbeitet bei einer international tätigen Projektentwicklungsfirma. Liegt es nicht nahe, dass er sich von Gonzales Dokumente beschaffen wollte?" Sie schaute zu Steininger. „Möglicherweise greift auch ein ganz anderes Mordmotiv, was nicht weniger populär ist: Geld."

„Möglicherweise", entgegnete Steininger. „Das ändert aber

nichts daran, dass an Möller kein Weg vorbeiführt. Wir müssen ihn finden."

„Hat es irgendwelche Reaktionen auf die Zeitungsartikel gegeben?", fragte Steinbrecher.

„Jede Menge." Will zeigte auf einen dicken Stapel Papier, der vor ihr lag. „Ich konnte davon nur einen Bruchteil lesen und den auch nur überfliegen. Auf den ersten Blick ist nichts Zwingendes dabei. Aber es gibt schon den einen oder anderen Hinweis, dem man nachgehen sollte. Ich weiß nur nicht, wie wir das zu dritt bewältigen sollen."

„Wann kommt eigentlich Tom zurück?", wollte Steininger wissen.

„Morgen Nachmittag. Ich hatte ihn heute Morgen an der Strippe. Selbst in Bayern wurde Möllers Bild gedruckt. Er lässt euch schön grüßen."

„Wir sollten das unbedingt mit Gerding besprechen", warf Steinbrecher ein. „Vielleicht kann er ein paar Leute abstellen."

„Gute Idee. Ich wollte euch aber noch etwas sagen. Beim Lesen der Artikel über Gonzales Geburtsort bin ich über den Namen einer engagierten deutschen Journalistin gestoßen, Claudia Fischbach. Sie hat sehr viel über die Drogenmafia und internationale Kriminalität publiziert, unter anderem auch für Amnesty International. Ich habe Kontakt zu ihr aufgenommen. Sie arbeitet zurzeit in Frankfurt, wollte aber am Telefon nicht viel sagen. Ich habe mich für morgen Abend mit ihr verabredet."

„Und was soll das bringen?", fragte Steininger.

„Nennen wir es Neugierde." Julia Will hätte auch sagen können, dass es eines ihrer dann und wann auftretenden Bauchgefühle war, das sie zu diesem Schritt bewogen hatte.

Nachdem Linus Möller seinen Bericht beendet hatte, saßen er und Maria Costello eine ganze Zeit lang schweigend da. So sehr sich Möller davor gefürchtet hatte, die Ereignisse jener Nacht zu erzählen, so froh war er nun, es getan zu haben. Endlich war er mit dem Erlebten nicht mehr alleine. In den vergangenen Tagen hatte er intensiv über diese Nacht nachgedacht, hatte seine Erinnerungen genauso hin und her gewendet wie die Vorstellungen an das, woran er sich nicht erinnern konnte. Etwas verstohlen schaute er zu Maria, die ihm mit versteinerter Miene gegenübersaß. Er war sich nicht sicher, ob sie seiner Geschichte Glauben schenkte. Vermutlich tat sie es nicht. Wie auch? Er selbst war sich seiner Sache nicht sicher. Aber er hoffte, dass sie ihm vertraute.

„Wir müssen dir die Haare abschneiden", sagte Maria.

Möller sah Costello verständnislos an.

„So kannst du jedenfalls nicht mehr draußen herumlaufen. Du bist bekannter als der bunteste Hund."

„Soll das heißen, dass du mir glaubst?", fragte Möller, der allmählich begriff, dass Maria weiter zu ihm stehen wollte.

„Darauf kommt es nicht an. Aber wenn wir unser Projekt nicht gefährden wollen, musst du unerkannt bleiben. Also am besten Haare ab und lass dir einen Bart wachsen."

Möller schenkte sich ein Glas Wasser ein, trank die Hälfte davon aus und lehnte sich zurück. Er blickte Maria zum ersten Mal seit zwei Tagen fest in die Augen.

„Da ist noch etwas, worüber ich grüble." Da Maria keine Reaktion zeigte, fuhr er fort: „Wäre es nicht besser, zur Polizei zu gehen?"

Für einen Moment stand in Marias Gesicht das blanke Entsetzen, dann entspannten sich ihre Züge wieder. Sie stand auf und kam langsam zu Möller, setzte sich auf seinen Schoß und sah ihm herausfordernd in die Augen. Ihre Hand wanderte langsam zwischen seine Beine. Mit Genugtuung stellte sie fest, dass Möller schon nach kurzer Zeit erregt war. Sie streifte sich ihr Sweatshirt über den Kopf. Sie trug nichts darunter.

„Du solltest nicht zu viel Zeit auf dumme Gedanken verschwenden", hauchte sie ihm ins Ohr. „Du darfst mich auch fesseln, aber nicht erwürgen."

Julia Will fuhr mit der U-Bahn durch eine verschneite Stadt. Der Schnee musste irgendwann im Laufe des Nachmittages über Frankfurt hereingebrochen sein. Sie selbst hatte davon nichts mitbekommen, zu sehr war sie in die Arbeit im Präsidium vertieft gewesen. Am Morgen war noch alles trocken gewesen. Der Schnee war mit einer enormen Heftigkeit gekommen und hatte das Grau der Straßen binnen Stunden unter sich vergraben. Die Eschersheimer Landstraße war wie leer gefegt. Kaum ein Mensch wagte sich, mit dem Auto zu fahren. Die Straßenlaternen waren bereits eingeschaltet und versuchten Lichtstrahlen durch das Schneetreiben zu schicken. Hoffentlich blieb es ein paar Tage kalt, dann würde das Weiß wenigstens liegen bleiben und nicht zur üblichen braunen Pampe werden. Julia liebte den Schnee, aber nur solange er halbwegs unberührt und sauber war. Doch Frankfurt war dafür kein gutes Pflaster. Die Metropole duldete keine Unberührtheit, sie wollte Matsch und Dreck. Will schaute auf die Uhr. Es war halb acht. Zeit, sich einmal bei Alex zu melden. Sie kramte ihr Handy aus ihrer Tasche und wählte seine Festnetznummer. Zunächst sprang sein Anrufbeantworter an. Sie wollte schon auflegen, sprach dann aber doch einige Sätze drauf. Gerade als sie den Anruf beenden wollte, meldete sich eine Stimme.

„Halt, Julia, warte."

Alex' Stimme klang merkwürdig belegt.

„Hi. Hast du etwa schon geschlafen?"

„Ja. Muss wohl so sein."

„Meinst du, du schaffst es heute Abend wieder unter die Lebenden?"

„Warum fragst du?"

„Ich sitze gerade in der U-Bahn. Wenn du willst, komme ich noch bei dir vorbei."

„Klar. Ich freu mich auf dich."

Zufrieden drückte Julia das Gespräch weg. Sie schaute nach vorne zur Leuchttafel und stellte fest, dass sie in der U1 saß. Wunderbar, dachte sie, dann kann ich an der Haltestelle Römerstadt aussteigen und der Weg zu Alex ist nicht so weit.

Linus Möller befreite sich aus Maria Costellos Umarmung und verließ das gemeinsame Bett. Zum ersten Mal seit Tagen fühlte er sich wieder am Leben. Das Liebesspiel hatte gut getan und die Sorgen für einige Zeit verdrängt. Nun kehrten die dunklen Gedanken zurück. Das war einer der Gründe, warum er im Gegensatz zu Maria, die tief und fest schlummerte, nicht eingeschlafen war. Er warf einen Blick auf ihren nackten Körper und die braune Haut. Maria Costello übte eine erotische Magie auf ihn aus. Obwohl sie ihm das Gefühl gab, er könne alles mit ihr anstellen, war es in Wahrheit sie, die die Zügel fest in der Hand hielt. Wenn sie mit ihm schlafen wollte, genügten wenige Gesten und er wollte es auch. Da konnte er noch so sauer auf sie sein oder erschöpft oder müde. Er war froh, sie als seine Gefährtin zu haben und das heutige Gespräch hatte gezeigt, dass sie auch in einer solch schwierigen Zeit zu ihm stand. Er war entschlossen, jede Minute mit ihr auszukosten, denn er wusste, dass die Beziehung mit ihr nichts für die Ewigkeit war. Schon einmal war er ihren erotischen Künsten zum Opfer gefallen. Damals hatte das gemeinsame Abenteuer eine Nacht gedauert. Obwohl sie jetzt schon seit einiger Zeit wie ein Liebespaar zusammenlebten, war ihm klar, dass die Beziehung in dem Moment beendet sein würde, in dem die gemeinsame Internetseite hochgefahren war. Vielleicht würden sie sich noch eine gemeinsame Abschlussnacht gönnen, bis sich ihre Wege wieder trennen würden. Vielleicht für immer, vielleicht bis zu einem anderen Projekt. Heißes Wasser prasselte auf seinen Körper. Er blieb einige Minuten regungslos unter dem wohltuenden Strahl stehen. Dann seifte er sich ein. Seine Gedanken kehrten zu der vertrackten Situation zurück, in der er sich befand. Und eine Frage ließ ihn nicht los: Wie war die Polizei auf seinen Namen gekommen? Je länger er darüber nachdachte, desto klarer kristallisierte sich heraus, dass er in eine Falle getappt war. Doch wer hatte ihm die Falle gestellt? Hatte Emi das Zimmer im Marriott auf seinen Namen angemietet? Warum hatte sie das getan? Wollte sie selbst unerkannt bleiben oder war es wirklich eine bewusste Falle? Zweifelsohne war es merkwürdig gewesen, dass diese Frau Kontakt mit ihm aufgenommen hatte. An einem trüben Morgen vor einigen Wochen hatte er eine E-Mail von der bis dahin Unbekannten erhalten. Sie war an eine seiner vielen Accounts adressiert, die er sich speziell angeschafft hatte, damit jeder, der wollte, ihm anonym Informationen zuspielen konnte. Anonymität war das oberste Gebot seines Geschäftes. Es war der Grundgedanke des Projektes, dem er sich verschrieben hatte. Nur so war gewährleistet, dass jeder, der geheime Informationen hatte, diese öffentlich machen konnte, ohne Gefahr zu laufen, für die Preisgabe der

Geheimnisse von wem auch immer zur Rechenschaft gezogen zu werden. Möller versprach jedem, der Informationen lieferte, seinen Namen in jedem Fall geheim zu halten. Seine Aufgabe war es dann, die gelieferten Dokumente auf ihre Echtheit hin zu überprüfen und dann – nach Abschluss dieser Prüfung – ins Netz zu stellen. Für gewöhnlich gab es auch keinerlei persönlichen Kontakt zwischen Informanten und Möller. Er selbst legte darauf keinen Wert und die Informanten meist auch nicht. Je weniger er über seine Zulieferer wusste, desto geringer war die Gefahr, sie zu verraten. Möller hielt sich für eine der verschwiegensten Personen, die es gab. Aber man konnte nie sicher sein, in welche Situationen man geriet. Mafia oder CIA waren nicht zimperlich, wenn es darum ging, aus jemandem Informationen herauszukitzeln. Die unbekannte Frau jedoch wollte ihn unter allen Umständen persönlich kennenlernen. Ihr sei es suspekt, die Dokumente an irgendeine E-Mail-Adresse zu schicken. So wechselten einige E-Mails hin und her und Möller ließ sich schließlich auf ein Treffen ein. Von heute aus betrachtet, war dies der größte Fehler seines Lebens gewesen. Aber man konnte die Zeit nicht mehr zurückdrehen. Möller stellte das Wasser ab, schob den Duschvorhang zur Seite und griff nach dem Handtuch.

Als Walter Steinbrecher das Treppenhaus betrat, lag ein merkwürdiges dumpfes Dröhnen in der Luft, das sich zu seinem Entsetzen verstärkte, je weiter er die Treppen zu seiner Wohnung nach oben lief. Gerade als er den Schlüssel in die Wohnungstür stecken wollte, öffnete sich die Tür seiner Nachbarin. Frau Niedermeyer war das, was man sich gemeinhin unter einem Hausdrachen vorstellt, dachte Steinbrecher. Das Gesicht vom Alter zerfurcht und vom jahrelangen Gram verhärmt. Sie war so etwas wie das Gehirn des Hauses, wusste über jeden Bewohner so ziemlich alles und sorgte für Ruhe und Ordnung, wo und wann immer sie konnte. Sie war klein, fast zierlich, und blondierte sich seit Kurzem die Haare. Eine Veränderung, die Steinbrecher zunächst ziemlich irritiert hatte, bis er den Grund ihres plötzlichen Aufblühens herausgefunden hatte. Er hieß Gregor Passneck, war ein Hüne von Mann und kam unverkennbar aus Sachsen. Schon bald hatte Steinbrecher bemerkt, dass er zu Frau Niedermeyer wie die Faust aufs Auge passte, jedenfalls, was das Herumschnüffeln und Ausspionieren betraf. Zusammen waren sie ein Duo Infernale. In Dresden oder Leipzig hätte man sie guten Gewissens als Blockwarte eingestellt. Jedenfalls vor dreißig Jahren.

„Da warn wir mal ein bisschen schnell am Morgen, was?"

Steinbrecher, der wenig Lust auf ein Gespräch hatte, drehte sich zähneknirschend um.

„Wie meinen Sie das?"

„Na, aus dem Haus gehen und das Radio den ganzen Tag auf voller Lautstärke lassen. Das ist eine Unverschämtheit."

Steinbrecher trat ein paar Schritte auf Niedermeyer zu und stemmte die Arme in die Hüften.

„Würden Sie sich auch beschweren, wenn eine CD von Hansi Hinterseer dudeln würde?"

Frau Niedermeyer wollte gerade zu einer Gegenrede ansetzen, als ein Schatten hinter ihr erschien.

„Gibt's Probleme, Schatzi?"

„Der Herr Kommissar verweigert eine Entschuldigung und ist obendrein frech wie'n Schoppen Rotz."

„Lassen Sie bloß die Finger von meiner Frau, sonst werde ich ungemütlich!" Passneck versuchte, sich an seiner Frau vorbeizudrängeln.

„Mir fiele nicht im Traum ein, Ihre Freundin anzurühren. Ist sowieso schon schlimm genug, dass Sie hier zusammenwohnen, ohne verheiratet zu sein. Mit der Moral geht es ganz schön bergab."

Passneck, dessen Gesicht sich rot verfärbte, donnerte los.

„Werden Sie mal bloß nicht frech, sonst …"

„Sonst was? Wollen Sie mir etwa drohen? Ihre Freundin hat mich eben schon beleidigt. Ich werde mal darüber nachdenken, ob ich das wegen Beamtenbeleidigung zur Anzeige bringe. Schönen Abend noch."

Steinbrecher drehte sich um und steckte den Schlüssel in seine Wohnungstür. Das dumpfe Dröhnen weitete sich zu einem unerträglichen Gestampfe. Er beeilte sich, die Wohnungstür hinter sich zu schließen. Kurz bevor sie ins Schloss fiel, meinte er noch einen Wortfetzen gehört zu haben, der nach „Negermusik" klang.

Er zog seine Jacke aus und hängte sie an den Haken. Die Beats, die aus seinem Wohnzimmer dröhnten, waren in der Tat alles andere als ruhestiftend und nicht gerade das, was er für gewöhnlich hörte. Steinbrecher stand mehr auf handfesten Rock und Metall. Aber es sollte doch jeder hören, was er will und warum sollte sein Sohn, den er als Urheber dieser Beschallung ausgemacht hatte, den gleichen Geschmack haben? Er betrat das Wohnzimmer, in dem Julian Steinbrecher auf dem Sofa saß, einen Apple Laptop auf den Oberschenkeln hatte und gebannt auf den Bildschirm starrte. Steinbrecher drehte die Musikanlage auf leise. Julian sah erschrocken auf. Seine Gesichtszüge entspannten sich, als er seinen Vater entdeckte.

„Hallo, Papa", sagte Julian und legte den Laptop zur Seite.

Steinbrecher ließ sich auf das andere Sofa fallen und legte die Beine auf den kleinen Couchtisch.

„Siehst ganz schön geschafft aus", sagte Julian.

„Das kannst du laut sagen und das Schlimme ist, dass wir keinen Schritt weitergekommen sind. Und das an einem Samstag. Tut mir wirklich leid, dass ich heute arbeiten musste."

„Macht nichts. Ich bin froh, wenn ich ein wenig Ruhe habe."

„Aber ich habe dir etwas mitgebracht." Steinbrecher stand suchend auf. „Wo hab ich es denn hingestellt? Ah, hier." Er kam zurück aus dem Flur und schwenkte triumphierend einen Viererpack Red Bull. Julian musste lachen.

„Danke, Papa."

Steinbrecher stellte die Packung auf den Couchtisch und holte sich ein Radler aus dem Kühlschrank.

„Hast du etwas wegen des Bildschirmes erreicht?", fragte der Kommissar, nachdem er sich wieder gesetzt hatte.

Julian schüttelte den Kopf.

„Leider nein. Auf meine E-Mail hat niemand reagiert und die Telefonnummer ist immer besetzt. Aber ich habe mir diesen E-Shop einmal angesehen und irgendwie kein gutes Gefühl."

„Was meinst du damit?"

„Ich weiß nicht. Ein Flachbildfernseher für 369,– Euro, der ansonsten über 1000,– Euro kostet, ist schon ein verdammt guter Preis."

„Fand ich auch, sonst hätte ich ihn nicht bestellt."

„Ich meine, dass es ein ziemlich unrealistischer Preis ist. Und dann gibt es nur dubiose Zahlungsmethoden."

„Wieso dubios? Ich habe das Geld auf ein Konto überwiesen."

„Ja, aber per Sofortüberweisung. Für den Internethandel gibt es sichere Systeme oder den Lastschrifteinzug. Da kann man sich das Geld bequem zurückholen. Du gehst doch auch nicht in einen Laden und gibt's dort Geld ab, ohne die Ware mitzunehmen."

Steinbrecher wurde es allmählich heiß. Hatte er womöglich einen Fehler gemacht? War er auf einen billigen Abzockertrick hereingefallen?

„Jetzt mach dir mal nicht zu große Sorgen", sagte Julian, der seinem Vater ansah, dass er nicht gerade begeistert war. „Vielleicht war doch alles ganz anders. Ich bleibe dran."

„Gut. Aber nicht mehr heute Abend. Klapp den Laptop zu, wir ziehen noch einmal los. Vielleicht läuft im Berger Kino ein guter Film."

Als sich die Schlafzimmertür öffnete, saß Linus Möller bereits seit zwei geschlagenen Stunden vor seinem Laptop. Er lehnte sich zurück und griff nach der Zigarettenschachtel. Maria Costello sah verschlafen aus und hatte lediglich ein dünnes Nachthemd an. Sie gab Möller einen Kuss und strich ihm durch seine Haare.

„Ich trinke jetzt einen Kaffee und dann schneiden wir sie ab", sagte sie und ging weiter in Richtung Küche. Möller blickte nach draußen, wo es bereits dunkel war und das Schneetreiben immer heftiger wurde. Er steckte sich eine Zigarette in den Mundwinkel und zündete sie an. Costello kehrte – einen Pott Kaffee in der Hand haltend – zurück und setzte sich an den zweiten Schreibtisch.

„Was machst du?", fragte sie und schlürfte den ersten Schluck.

„Ich schaue mir Emis Dokumente an."

Costello sah Möller verblüfft an.

„Emis Dokumente? Soll das heißen, dass du sie doch bekommen hast?"

„Natürlich habe ich sie bekommen. Was dachtest du denn?"

Costello stellte den Kaffeepott auf den Tisch.

„Ich war davon ausgegangen, dass die Übergabe gescheitert ist.

Zeig her.“ Sie schnellte nach vorne und wollte Möllers Laptop herumreißen. Möller ergriff ihre Hand.

„Langsam, langsam“, Möller konnte Costellos plötzliche Hektik nicht verstehen. Bis jetzt hatte sie sich nur mäßig an den Dokumenten interessiert gezeigt. Ihre Aufgabenteilung sah so aus, dass Möller Dokumente sichtete, auf Echtheit überprüfte und entschied, welche veröffentlicht werden sollten und welche nicht. Costellos Aufgabe lag im technischen Bereich. Sie musste Serverplätze einrichten und Speicherkapazitäten freischaufeln.

„Ich habe die Dokumente auf dem Server hinterlegt, du kannst sie direkt abrufen.“

Costellos Hand zuckte zurück. Mit wenigen Handgriffen fuhr sie ihren Rechner hoch und loggte sich ein. Möller rauchte genüsslich seine Zigarette und beobachtete Maria. Ab und an schob sie mit der Hand die Haare zur Seite, die immer wieder vor ihre Augen fielen. Sie war schön, dachte Möller. Schön und versaut. Die Bilder des Nachmittages fluteten sein Gehirn.

„Ich denke immer noch darüber nach, zur Polizei zu gehen.“

Costello fuhr hoch. „Das meinst du nicht im Ernst?“

„Warum nicht? Je länger ich über die Sache nachdenke, desto mehr komme ich zu dem Schluss, dass ich in eine Falle getappt bin.“

„Was würde das ändern?“

„Alles, Maria. Es würde alles ändern. Ich würde nicht mehr als Mörder gesucht und wir könnten in Ruhe weiterarbeiten.“

Maria Costello lachte auf.

„Wie naiv bist du eigentlich? Wenn du zur Polizei gehst, wird höchstens eines passieren: Sie stecken dich ins Gefängnis. Fertig.“

Möller zog an seiner Zigarette. „Nicht, wenn ich beweisen kann, dass ich nicht der Mörder bin.“

„Und wie stellst du dir das vor? Du sagst denen: Hört mal zu, ich habe ein Hotelzimmer gemietet, habe eine Frau getroffen, die ich nicht kannte, die hat mir geheime Dokumente gegeben, ich habe sie gefesselt und gebumst. Dann hatte ich einen Blackout, und als ich wieder bei Sinnen war, war sie tot. Diese Geschichte glaubt dir kein Mensch.“

„Ich habe das Zimmer nicht gemietet. Damit fängt es doch schon an.“

„Trotzdem."

„Aber was soll ich sonst machen? Ich kann doch schlechterdings den Rest meines Lebens im Untergrund verbringen."

Maria lehnte sich auf ihrem Stuhl zurück und legte die Füße auf den Tisch. „Es gibt da schon die eine oder andere Möglichkeit. Du könntest eine neue Identität annehmen und ins Ausland flüchten, zum Beispiel."

Möller lachte amüsiert.

„Aber das sollte nur die letzte aller Alternativen sein", fügte Maria hinzu und machte ein ernstes Gesicht.

„Das meinst du nicht im Ernst", sagte Möller und versuchte Marias Gedanken zu ergründen. Sie hielt seinem Blick stand und verzog keine Miene. „Du meinst es ernst."

„Wenn keine andere Möglichkeit bleibt. Warum nicht?"

„Ich wüsste nicht, wie man so etwas arrangieren sollte. Man braucht gefälschte Papiere und so weiter."

„Ich könnte das organisieren." Marias Gesicht sah aus, als sei es in Stein gemeißelt. Kein Muskel zuckte. Möller lief ein eiskalter Schauer über den Rücken. Er wusste, dass Maria ein durchtriebenes Luder war und schon die eine oder andere krumme Sache gedreht hatte. Dennoch überraschte ihn ihr jetziger Vorschlag. Nie im Leben hätte er gedacht, dass sie ernsthaft einen solchen Plan in Erwägung ziehen würde.

„Es gibt aber noch eine andere Möglichkeit", sagte Maria.

„Und welche?"

„Du müsstest den wahren Mörder finden und ans Messer liefern."

Möller nahm den letzten Zug der Zigarette und drückte den Stummel im Aschenbecher aus. Er war unschlüssig, was er tun sollte. Sollte er also wirklich eine neue Identität annehmen und seinen Wirkungskreis ins Ausland verlegen? Er könnte das Projekt problemlos von dort weiterführen. Die Unterlagen hatte er alle zusammen. Es mussten nur noch ein paar technische Dinge gelöst werden. Trotzdem barg das Ganze ein gewisses Restrisiko. Was wäre, wenn er an der Grenze geschnappt würde? Wäre es da nicht besser, erst das Projekt zu beenden und dann die Flucht anzutreten? Vielleicht sollte er doch versuchen, Beweise für seine Geschichte zu finden. Dann könnte das Leben so weitergehen wie bisher. Ihm kam ein Gedanke, der etwas Verführerisches hatte. Wenn Maria die Möglichkeit hatte, eine Flucht ins Ausland zu organisieren, dann fiele ihr bestimmt auch etwas ein, um Beweise für seine Unschuld zu finden.

Sonntag

Dr. Magnus Sartorius fuhr seinen VW Phaeton, der mit allem Schnickschnack ausgestattet war, in die Tiefgarage des OpernTurms. Obwohl es Sonntagmorgen war, hatte die Fahrt von Königstein in die Frankfurter City fast genauso lange gedauert wie an einem normalen Werktag. Sartorius verfluchte den Schnee, der die Straßen verstopfte. Die Räumdienste taten zwar ihr Bestes, aber die Schneemassen waren einfach zu groß. Auf dem Weg zum Aufzug verriegelte er per Funk den Wagen. Dann fuhr er nach oben. Er fand das Büro verlassen vor. Nachdem er sich einen Tee gekocht hatte, setzte er sich an seinen Schreibtisch, blickte einige Minuten gedankenverloren über die Frankfurter Skyline, die an diesem Sonntag vor einem grauen Horizont lag und eine fast gespenstische Kulisse darstellte. Er nippte an seiner Tasse und wartete, während der Rechner hochfuhr. Was in aller Welt hatte er falsch gemacht? Wieso konnte es kurz vor Vertragsschluss mit der Stadt zu solchen Komplikationen kommen? Wieder und wieder ging er alle Details der letzten Wochen durch. Sein Plan schien nahezu perfekt gewesen zu sein. Dennoch fragte er sich, ob sich nicht doch irgendwo ein kleiner Fehler eingeschlichen haben könnte. Bislang jedenfalls hatten die Techniker weder ein Leck in der Datenbank noch im Surfer gefunden. Es war also durchaus möglich, dass Möller zwar verschwunden war, aber auch mit leeren Händen dastand. Noch dazu war ihm die Polizei auf den Fersen. Sartorius traute der deutschen Polizei nicht allzu viel zu. Korruption, Bestechlichkeit und Unfähigkeit waren in Deutschland bei Weitem nicht so ausgeprägt wie in seinem Heimatland. Immerhin hatten die Kommissare es geschafft, Möller zu identifizieren und eine Fahndung nach ihm auszuschreiben. Sartorius fragte sich, ob sie das auch geschafft hätten, wenn er nicht eine so saubere Spur gelegt hätte.

Als Linus Möller die Wohnung verließ, war er nicht mehr der Mann, der er noch am Abend zuvor gewesen war. Auf Marias Geheiß hatte er sich nicht mehr rasiert. Erste Bartstoppeln bevölkerten sein Gesicht. Sein Kopf hingegen war kahl geschoren. Das hatte Maria selbst erledigt. Dazu hatte sie ihm braune Kontaktlinsen gegeben, die seine strahlend blauen Augen nunmehr dunkel und düster erscheinen ließen. Als er heute Morgen in den Spiegel geschaut hatte, war es ein äußerst ungewöhnlicher Anblick, an den er sich erst noch gewöhnen musste. Er verglich sein neues Äußeres mit dem Fahndungsbild aus der Zeitung und stellte befriedigt fest, dass es kaum noch Ähnlichkeiten gab. Trotzdem hatte er sich vorgenommen, möglichst wenig in der Öffentlichkeit in Erscheinung zu treten. Man konnte nie sicher sein, wer einem alles über den Weg lief. Das einzige Problem allerdings war, dass er sich irgendwo körperlich ertüchtigen musste. Das Fitness-Studio in der Frankfurter Innenstadt, das er besuchte, seitdem er in der Stadt lebte, schied jedenfalls aus. Dort war er unter seinem Namen registriert. Maria hatte auch hierfür eine Lösung gefunden. Überhaupt schien sie für alles eine Lösung zu haben. Ein Umstand, der ihn einerseits nachdenklich stimmte, andererseits sehr zum Vorteil gereichte. Er krempelte den Kragen seines schwarzen Mantels nach oben, zog die Wollmütze tief in seine Stirn und lief mit geschulterter Sporttasche über den knirschenden Schnee in Richtung U-Bahn-Station.

Schon von Weitem sah Julia Will Walter Steinbrecher vor dem Polizeipräsidium stehen. Er hatte den Fuß auf eine der Bänke gestellt und rauchte eine Zigarette, während er versonnen gen Himmel schaute.

„Morgen, Herr Kollege."

Steinbrecher drehte sich erschrocken um. Er sah übernächtigt und müde aus.

„Hast wohl eine harte Nacht hinter dir?"

Steinbrecher nickte. „War spät gestern." Er ließ die Zigarette in den Schnee fallen und zertrat die Glut. Schweigend betraten sie das Präsidium und fuhren mit dem Aufzug nach oben. Will versuchte sich daran zu erinnern, wann sie das letzte Mal sonntags gearbeitet hatte. Es lag beinahe ein Jahr zurück. Sie hatte vergessen, wie ausgestorben der riesige Komplex wirken konnte. Im Kommissariat wurden sie bereits von Steininger und Klaus Gerding erwartet. Trotz des Sonntages und entgegen seiner sonstigen Gewohnheiten schien Gerding guter Laune zu sein. Normalerweise war ihr Chef am Anfang der Ermittlungen stets etwas ungehalten, vor allem, wenn der Täter nicht spätestens einen Tag nach dem Verbrechen gefasst war. Er war ein kleingewachsener Mann mit einer ergrauten Lockenpracht auf dem Kopf und einem runden Bauch, den er trophäengleich vor sich herschob. Ab und an neigte er zu cholerischen Ausfällen, die es galt, mit Gelassenheit und Gleichmut zu ertragen. Ansonsten war er ein guter Vorgesetzter. Gerding wartete ab, bis Will und Steinbrecher sich ihrer Mäntel entledigt hatten.

„Dann erzählt mal, wie weit ihr mit den Ermittlungen seid."

„Die Tote heißt Esmeralda Gonzales und sie stammt aus Mexiko, genau genommen aus einer kleinen Grenzgemeinde, in der es vor allem eins gibt: Mord und Totschlag. Irgendwie hat sie es geschafft, dem Land zu entfliehen und in den USA zu studieren. Vor einiger Zeit kam sie nach Deutschland und arbeitete seitdem bei der GIP als Assistentin der Geschäftsführung. Sie war ledig und im Besitz einer Eigentumswohnung am Riedberg. Einen festen Partner scheint es nicht gegeben zu haben. Ihren Jahresurlaub hat sie regelmäßig dazu genutzt, ihre Familie in Mexiko zu besuchen. Zu den Nachbarn war sie freundlich, aber distanziert." Will blickte Gerding an. Sein aufmerksames Gesicht ermutigte sie zum zügigen Fortfahren.

„Linus Möller ist ein in der Szene bekannter Hacker. Seit einigen Jahren arbeitet er an diversen Internetprojekten. Mit Wikileaks scheint er sich zerstritten zu haben und ist dabei, eine eigene Seite aufzubauen. Er ist in Berlin gemeldet, vagabundiert aber durch die Welt. Lebt mal hier und mal dort. Straffällig in Erscheinung getreten ist er nicht. Nach den bisherigen Ermittlungen hat er das Tatzimmer im Marriott angemietet und sich am Donnerstagabend mit der Toten getroffen. Seitdem ist er verschwunden. Die Fahndung läuft."

„Gab es irgendwelche Hinweise aufgrund der Zeitungsartikel?", wollte Gerding wissen.

„Jede Menge, und genau das ist das Problem." Steininger deutete auf einen Stapel Papier, der sich seit dem gestrigen Tag nochmals ordentlich vergrößert hatte. „Es gibt Anrufe aus der ganzen Republik. Möller scheint überall gewesen zu sein. Wenn wir allem nachgehen, sitzen wir Weihnachten noch hier."

„Ich habe mir die Mühe gemacht, die Hinweise in zwei Gruppen aufzuteilen", mischte sich Will wieder ein. „Die, die aus dem Rhein-Main-Gebiet kommen, und die von außerhalb. Aber zu dritt schaffen wir selbst die aus der Umgebung nicht."

„Hm ...", Gerding kratzte sich über das Kinn. „Ihr habt recht, und es ist auch nicht eure Aufgabe den ganzen Schmodder zu lesen. Ich werde dazu ein paar Leute abstellen. Die sollen die Hinweise nach Glaubwürdigkeitsfaktoren sichten. Ist dir beim Sortieren irgendwas aufgefallen?" Gerding blickte Will an.

„Na ja, die meisten scheinen mir eher vernachlässigbar, aber es gibt schon den einen oder anderen brauchbaren Hinweis. Zum Beispiel haben mehrere Personen ausgesagt, Möller in den letzten Wochen in einem Fitness-Studio auf der Zeil gesehen zu haben."

„Das ist doch schon mal ein Ansatzpunkt", sagte Gerding.

„Wir haben gestern Abend noch bei dem Leiter des Studios angerufen. Er hat bestätigt, dass sich Linus Möller in der Kundenkartei befindet. Als Adresse hat er allerdings seine Berliner Wohnung angegeben. Das Studio ist angewiesen, uns sofort Bescheid zu geben, wenn er dort auftaucht", sagte Steinbrecher.

„Wenn er halbwegs intelligent ist, wird das nicht passieren", sagte Will.

„Das steht zu befürchten. Aber die Tatsache, dass er schon länger das Studio besucht, bedeutet, dass Möller sich seit einiger Zeit in Frankfurt aufgehalten hat. Dann muss er irgendwo Unterschlupf gefunden haben. Habt ihr irgendwas zu Freunden oder Verwandten in Frankfurt recherchiert?", wollte Gerding wissen.

„Bislang negativ. Aber das ist ein Punkt, an dem wir dranbleiben sollten. Möller ist dafür bekannt, dass er sich bei befreundeten Hackern einnistet", referierte Steininger. „Wir bräuchten jemanden, der sich in der Hacker-Szene auskennt."

„Okay. Hör dich mal um", sagte Gerding. Steininger konnte einen gewissen Stolz nicht verbergen. Es war das erste Mal, dass er von Gerding einen persönlichen Auftrag bekam.

„Was ist das eigentlich für eine Firma, für die die Tote gearbeitet hat?", wollte Gerding wissen und wendete sich wieder Will zu.

„Das ist eine undurchsichtige Angelegenheit. Die GIP ist vorwiegend in der Baubranche tätig. Meist geht es um größere öffentliche Projekte. Geschäftsführer ist ein gewisser Dr. Magnus Sartorius. Er lässt sich gerne mit politischen Entscheidungsträgern ablichten: Landräte, Bürgermeister etc. Die GIP hat ihren Sitz im OpernTurm. Nach der Höhe der Gehälter, die die zahlen, scheint alles ziemlich lukrativ zu sein."

„Hinweise auf aktuelle Vorhaben?"

„Zurzeit verhandeln sie mit der Stadt Frankfurt. Es geht um den Ausbau des Sportparks am Stadion."

Gerding pfiff durch die Zähne. „Was genau planen die denn da?"

„Sartorius hat sich nicht so richtig darüber ausgelassen. Es fielen Worte wie Hotel und Mehrzweckhalle."

Gerding runzelte die Stirn. „Interessant, interessant. Bleibt da mal dran. Mein Gefühl sagt mir, dass das Treffen zwischen Möller und Gonzales irgendwas mit diesem Projekt zu tun hat." Gerding erhob sich. „Ich melde mich, sobald ich weiß, welche Kollegen ich euch zur Verfügung stellen kann." Er wandte sich zur Tür und drückte auf die Klinke. Bevor er sie öffnete, schaute er sich noch einmal um. „Mir fällt da gerade etwas ein. Klärt doch im Marriott noch mal ab, wann und wie das Zimmer gebucht wurde."

„Der war heute ja richtig zahm", bemerkte Steininger, nachdem Gerding das Zimmer verlassen hatte.

„Hatte was von einem zahnlosen Tiger", fügte Steinbrecher hinzu.

„Mir soll's recht sein. Besser als cholerisches Rumgebrülle."

„Leute, ich habe heute Nacht noch mal über die ganze Sache nachgedacht", sagte Will. „Und je mehr ich alles hin und her wende, desto wahrscheinlicher erscheint mir, dass Möller von

Gonzales irgendwelche Unterlagen bekommen wollte. Gerding hat völlig recht, wir müssen der Sache nachgehen."

„Du hast also wieder eines deiner Bauchgefühle." Steininger klang ein bisschen spöttisch.

„Ja und? Die haben uns schon das eine oder andere Mal weitergeholfen, oder etwa nicht?"

„Schon. Aber ich weiß nicht, was es uns bringen soll, Gonzales Geschäfte zu durchleuchten."

„Mir reicht es eben nicht, einen wahrscheinlichen Täter zu haben. Halt. Wir haben ihn nicht einmal. Wir glauben nur zu wissen, wer es gewesen sein könnte. Jedenfalls ist mir das nicht genug. Ich will ein Verbrechen verstehen, will die Hintergründe kennen, will wissen, warum etwas passiert ist. Dann löst sich alles andere meist von selbst. Es gibt eine Menge Arbeit. Ich will noch mal mit Dr. Sartorius sprechen. Heute Nachmittag kommt Bohlan zurück. Der will bestimmt auch über alles informiert werden und heute Abend habe ich mich mit dieser Claudia Fischbach verabredet. Wir sollten unsere Energie nicht mit leidigen Diskussionen vergeuden. Du hast einen Spezialauftrag von Gerding. Kümmere dich darum. Vielleicht hast du bis heute Nachmittag auch Ergebnisse."

„Bist du fertig?", fragte Steininger. „Ich verstehe überhaupt nicht, warum du dich so echauffierst. Ich habe überhaupt nichts gegen deine Bauchgefühlsermittlungen. Von mir aus kannst du dich ruhig weiter damit beschäftigen. Ich konzentriere mich darauf, Linus Möller aufzutreiben und ich weiß genau, dass ich diesmal auf der richtigen Fährte bin."

„Ach ja? Hast du Infos, die du uns noch nicht verraten hast? Ziehst du eine Egonummer durch?"

„Quatsch. Wir sind ein Team. Das ist doch klar, auch wenn wir mal verschiedener Meinung sind. Wichtig ist doch, dass das Ergebnis stimmt."

„Und was macht dich dann so sicher, auf der richtigen Fährte zu sein?", wollte Will wissen.

Ein leichtes Lächeln flog über Steiningers Gesicht. Dann sagte er: „Ich weiß auch nicht, nennen wir es einfach ... Bauchgefühl."

Will blickte auf und sah in Steiningers Gesicht. Für einen Moment herrschte Stille, dann mussten beiden laut lachen.

Linus Möller betrat die Boxhalle, die sich am Offenbacher Mainufer in einem schmucklosen Bau befand, der den Charakter eines Containers hatte. Er schloss die Tür und ließ seinen Blick durch den Raum gleiten, der vor allem durch eines bestach: Funktionalität. Hier war wirklich alles auf das Training ausgerichtet. Kein neumodischer Schnickschnack, keine teuren Geräte. Ein paar Boxringe, ein paar Sandsäcke, ein paar Matten. Rechts neben dem Eingang stand eine abgeschrappte Theke mit vier Barhockern davor. Auf ihr lagen ein paar Zettel und ein schnurloses Telefon. Die Halle machte einen verlassenen Eindruck. Möller stellte seine Tasche ab und betrachtete die Bilder hinter der Theke, die bekannte Boxer zeigten: Max Schmeling, Muhammed Ali, Henry Maske.

„Kann ich Ihnen behilflich sein?“ Eine tiefe, raue Stimme schreckte Möller auf. Sie hatte etwas Angst einflößendes. Aber was Möller noch mehr irritierte, war die Tatsache, dass die Person, der die Stimme gehörte, sich ihm lautlos genähert haben musste.

„Ich habe Sie hoffentlich nicht erschreckt?“ Ein kräftiger, kantiger Mann stand unmittelbar vor ihm. Er hatte graue, kurzgeschorene Haare, grüne Augen und einen kräftigen Händedruck. Die lädierte Nase eines Boxers krönte das zerfurchte Gesicht. Er mochte Anfang sechzig sein.

„Ein bisschen vielleicht. Ich war in Gedanken. Sind Sie Jürgen Delius?“

„Ja, der bin ich“, sagte der Mann knapp. „Sie müssen wachsamer werden, gerade in der Situation, in der Sie sich befinden. Ziehen Sie sich um, wir haben nicht viel Zeit.“

Maria Costello parkte den Mercedes, den sie vor wenigen Minuten bei einem Frankfurter Taxibetrieb ausgeliehen hatte, auf dem Taxistand vor der Alten Oper. Sie schaltete die Standheizung ein und scannte die Umgebung. Es war nicht viel los an diesem Sonntag. Nur ab und an stapfte jemand über den mit Schnee bedeckten Opernplatz. Außer ihrem Taxi stand kein anderes auf dem Stand. Wozu auch? Um diese Zeit gab es keinen Bedarf. Dies würde sich erst am Abend oder Nachmittag ändern, wenn in der Alten Oper die Veranstaltungen endeten. Sie stieg kurz aus und holte einen schwarzen Koffer aus dem Kofferraum. Kalter Wind blies ihr um die Nase. Sie beeilte sich, wieder in den Wagen zu kommen. Den Koffer postierte sie auf dem Beifahrersitz und öffnete ihn. Costello strich mit der Hand beinahe liebevoll über das elektronische Gerät, das sie vor einigen Monaten erstanden hatte. Es war ein sogenannter IMSI-Catcher, ein mobiles Gerät, das ein wahres Wunderwerk der Geheimdienstarbeit darstellte. Es simulierte eine Funkstelle und saugte im Umkreis von mehreren hundert Metern sämtliche mobile Telefongespräche auf, ohne dass es von den Handynutzern bemerkt werden konnte. Costello hatte in einem Hackerforum davon gelesen. Einer ihrer Kollegen hatte für den lächerlichen Betrag von eintausendfünfhundert Euro ein solches Gerät in Heimarbeit selbst gebaut. Costello hatte mehrere Stunden mit ihm gechattet, sich dann aber doch dafür entschieden, ein Original GA 090 der Firma Rohde & Schwarz zu erwerben. Die Anschaffungskosten waren enorm, dafür war das Gerät absolut top. Ein Exportschlager, mit dem sich neben verschiedenen deutschen Sicherheitsbehörden auch der russische Geheimdienst eingedeckt hatte. Schon vor einigen Wochen hatte sie Sartorius Handy lokalisiert und die Daten gespeichert. So war es für sie ein Leichtes, sofort sein Handy zu orten und sich einzuloggen. Sie lehnte sich in ihrem Sitz zurück und wartete. Irgendwann würde er sich am Telefon verplappern und sie hätte weitere wichtige Informationen.

Tom Bohlan hatte beinahe die ganze Rückfahrt geschlafen. Die vergangenen Tage in der Skiwerkstatt hatten ihn körperlich mehr beansprucht, als er jemals gedacht hatte. Der Umgang mit den verschiedenen Materialien hatte ihn herausgefordert und er hatte die Herausforderung angenommen. Bohlan war handwerklich alles andere als unbegabt. Als Kind hatte er ganze Tage in der Werkstatt seines Opas verbracht, der eine kleine Schreinerei betrieben hatte. Lange hatte er mit der Entscheidung gerungen, ob er in den Polizeidienst oder in Opas Fußstapfen treten sollte. Letztlich war ihm die Jagd nach Verbrechern spannender erschienen. Später, zu einem anderen Zeitpunkt in seinem Leben, war die Schreinerei zu einem Rettungsanker geworden. Als sein damaliger Kollege bei einer nächtlichen Schießerei ums Leben gekommen war und Bohlan mit sich und der Welt zu hadern begann, bewahrte ihn der Ausbau des Hausbootes buchstäblich vor dem Ertrinken. Damals hatte er fast täglich mit Holz, Säge und Farbe zugebracht und ein wahres Schmuckstück geschaffen. Doch irgendwann war das Boot fertig gewesen und von den jährlichen Routinearbeiten abgesehen, gab es nicht mehr viel zu tun. So gesehen waren die Tage in der Skiwerkstatt wie ein Flug in die eigene Vergangenheit. Und das Ergebnis, das er heute Morgen in den Händen gehalten hatte, war mehr als sehenswert. Ein schneidiger Carvingski, gefertigt aus einem Holzkern und versehen mit einem wunderschönen Holzfurnier. Ein wahres Schmuckstück, das Bohlan am liebsten gleich auf der Piste ausprobiert hätte. Doch zum einen sollte das gute Stück ein paar Tage ruhen, zum anderen drängte ihn der Fall, über dem seine Kollegen seit Tagen brüteten, zurück nach Frankfurt. Er hatte mit Julia Will telefoniert, um sich auf dem Laufenden zu halten. Doch diese Gespräche waren natürlich viel zu kurz, um den Fall in seiner ganzen Dimension zu durchschauen. Vorsichtig öffnete er die Augen.

„Wo sind wir?“

„Ah, der Herr Kommissar hat ausgeschlafen. Kaffeepause?“

„Sorry, Peter. Der Schlaf hat mich überrumpelt.“

„Macht nichts. Ich weiß ja, dass du einige Nachtschichten vor dir hast. Da schadet ein bisschen Vorschlafen nicht. Wir brauchen vielleicht noch ’ne Stunde. Aber ich muss mal pinkeln und ein Kaffee wäre auch nicht schlecht.“

Bohlan nickte ein wenig verschlafen, während Wengen den Wagen auf einen Parkplatz steuerte. Beide stiegen aus, zahlten zähneknirschend den Sanifair-Tarif, den Bohlan für pure Abzocke hielt, und erstanden für Sechs-Euro-noch-was einen Kaffee.

„Da ist dann aber die Tasse inklusive, oder?“, sagte Bohlan zur Verkäuferin, die mitleidig den Kopf schüttelte. „Wahnsinn, wie die Reisenden ausgenommen werden. Moderne Wegelagerei.“

„Sei lieber ruhig, sonst müssen wir den Kaffee noch draußen trinken“, sagte Wengen. Sie setzten sich an eine Theke. „Aber schön war’s trotzdem.“

„Klar war’s schön. Noch besser wäre es natürlich gewesen, wenn es nicht die Tote in Frankfurt gegeben hätte.“

„Das ist einer der Gründe, warum ich froh bin, nicht mehr bei der Kripo zu sein", sagte Wengen. „Überallhin wirst du von deinen Fällen verfolgt. Selbst an deinen freien Tagen hast du keine Ruhe. Als Dank gibt es ein lächerliches Gehalt."

„Deine Drogendealer lassen dich also in Ruhe?"

„Wenn ich frei habe, habe ich frei. Im Zweifel sind meine Kollegen da. Meinst du nicht auch, dass dein Team das alles ganz gut ohne dich hinbekommt? Die machen doch einen patenten Eindruck."

„Vermutlich würden sie das. Aber will ich das? Und außerdem muss ich mich doch spätestens morgen sowieso mit all dem beschäftigen."

„Du bist einfach unverbesserlich. Eigentlich unvorstellbar, dass du mit der ganzen Verbrecherjagd schon einmal abgeschlossen hattest."

„Wie ein Alki, der trocken war und einmal zur Flasche gegriffen hat", raunzte Bohlan und trank seine Tasse leer. „Und die anonymen Kriminalisten gibt es nicht. Lass uns weiterfahren."

Wengen schüttelte den Kopf und trank ebenfalls aus.

Dr. Sartorius verabschiedete sich mit knappen Worten von seinen Mitarbeitern, mit denen er über eine Stunde konferiert hatte. Nach den bisherigen Erkenntnissen fehlten keinerlei Unterlagen. Die Techniker hatten das gesamte Netzwerk getestet und keine Unregelmäßigkeiten entdeckt. Es gab auch keine Anhaltspunkte für irgendwelche Hackerbesuche. Die Firewall war unangetastet. Das Gleiche galt für Esmeraldas Laptop. Sartorius zog sich nachdenklich in sein Büro zurück. Eigentlich konnte er beruhigt sein. Trotzdem blieb ein flaues Gefühl im Magen. War es eine diffuse Angst oder das Wissen über ein Krebsgeschwür, das vorhanden, aber nicht erkannt war?

Gerade als er seine Augen schließen wollte, um einen Moment zu entspannen, klingelte das Telefon. Der Portier vom Empfang kündigte das Kommen zweier Kommissare an. Die haben mir gerade noch gefehlt, dachte Dr. Sartorius und quälte sich aus seinem Sessel.

„Wir haben da noch ein paar Fragen", sagte Will und lächelte Dr. Sartorius freundlich an.

„Haben wir das nicht schon alles am Freitag geklärt?" Sartorius klang mürrischer, als er wollte.

„Schon, aber wir müssen sichergehen, dass Sie nichts vermissen."

„Was sollte ich denn Ihrer Meinung nach vermissen?"

„Zum Beispiel Dokumente oder Unterlagen, die nicht für die Öffentlichkeit bestimmt sind." Will machte ein ernstes Gesicht. „Dr. Sartorius, es deutet alles darauf hin, dass sich Ihre Angestellte mit einem bekannten Hacker getroffen hat. Da fragen wir uns natürlich, warum?"

„Das frage ich mich auch. Frau Gonzales war bislang eine stets loyale Angestellte. Sie besaß mein absolutes Vertrauen." Sartorius nahm eines der Gläser, die in der Mitte des Tisches standen, und schenkte sich ein Glas Apfelsaft ein. „Wollen Sie auch?"

„Nein, danke", sagte Will und Steinbrecher schüttelte den Kopf.

„Ich kann mir nicht vorstellen, dass sie Dokumente entwendet hat. Trotzdem habe ich hier alles überprüfen lassen. Ergebnis negativ."

Will machte sich einige Notizen.

„Könnte es vielleicht sein, dass Frau Gonzales eine Affäre mit dem Hacker hatte oder er sie erpresst hat?", wollte Steinbrecher wissen. Dr. Sartorius zuckte mit den Schultern. „Davon ist mir nichts bekannt."

„Hat sie sich vielleicht in den letzten Wochen seltsam verhalten?"

Dr. Sartorius dachte einen Moment nach. „Nein. Sie war wie immer."

Will klappte ihr Notizbuch zu. „Dann wollen wir Sie nicht länger belästigen. Ist schließlich Sonntag."

Julia Will schüttelte nachdenklich den Kopf, als die beiden Kommissare wieder im Auto saßen. „Irgendetwas stimmt da nicht."

„Du siehst wieder überall Gespenster", brummte Steinbrecher und startete den Wagen.

„Gespenster? Vielleicht. Aber findest du es nicht auch merkwürdig, dass Sartorius die Computer prüfen lässt, obwohl er in keinster Weise an der Loyalität der Toten Zweifel hegt? Und außerdem kann ich mir nicht vorstellen, dass er über Gonzales Privatleben so wenig weiß, wie er vorgibt."

Steinbrecher sah konzentriert auf die Straße, ohne zu antworten.

„Irgendetwas ist da faul", fuhr Will fort. „Ich weiß nur noch nicht, was. Wir wissen einfach zu wenig über Sartorius und seine Firma. Das muss sich ändern. Hörst du mir überhaupt zu?" Will sah zu Steinbrecher.

„Ja, ich höre dir zu. Ich fand übrigens auch, dass Sartorius ein wenig nervös wirkte. Aber das alleine reicht mir nicht, um die Sache faul zu finden. Wir haben es mit einem gewieften Geschäftsmann zu tun."

„Eben. Sonst könnte er nicht solche Großprojekte initiieren und mit den lokalen Politgrößen auf du und du sein", fiel ihm Will ins Wort.

„Das alleine macht ihn aber noch nicht verdächtig."

„Das nicht. Aber deswegen nehme ich ihm nicht ab, dass er über eine seiner wichtigsten Mitarbeiterinnen so wenig weiß, wie er vorgibt." Will warf einen Blick auf die Uhr des Armaturenbrettes. „Gute zwei Stunden haben wir noch Zeit bis zum Sonntagskaffee bei Tom."

Maria Costello verfluchte den Tag, der sich zunehmend als Zeitklau herauszustellen schien. Seit mehreren Stunden saß sie im Auto und wartete vergeblich auf irgendwelche Funksignale, doch die Leitung schien wie tot. Vor einer halben Stunde wäre sie beinahe in eine heftige Diskussion mit einem Taxifahrer verwickelt worden, weil sie ihren Wagen keinen Zentimeter bewegte und Kunden abgewiesen hatte. Mit eiserner Disziplin hatte sie es geschafft, nicht die Beherrschung zu verlieren. Sie wimmelte den Taxifahrer freundlich, aber bestimmt ab, fuhr die Glasscheibe wieder nach oben und schaute mit stoischer Ruhe nach vorne. Der vermeintliche Kollege stieg wutschnaubend ein und lenkte seinen Wagen an ihrem vorbei, nicht ohne nochmals kräftig auf die Hupe zu drükken. Maria atmete gleichmäßig ein und aus und dachte an ihre Kindheit. Häufig, wenn sie irgendwo stand und wartete, rief sie sich Situationen in Erinnerung, die längst vergangen waren. Jetzt sah sie sich neben ihrem Opa vor dessen Haus sitzen und alten Geschichten lauschen. Der alte Mann war der Star ihrer Kindheit gewesen. Er konnte Geschichten so plastisch und lebendig erzählen, dass jeder Kinofilm dagegen verblasste wie schlechte Farbe in der Sonne. Dabei hielt er die kleine Maria fest im Arm, um sie vor jedem Unheil zu beschützen. Später hatte Maria lernen müssen, dass er selbst gegen das Unheil machtlos gewesen war, das in Form einer Kugel den Weg in seinen Kopf gefunden hatte. Sie sah sich an seinem Grab stehen. Die Erinnerung quetschte eine Träne aus ihrem Auge. Plötzlich zuckte sie zusammen, wischte reflexartig über ihre Wange und scannte die Umgebung ab. Eine Reaktion, die völlig überflüssig war. Maria wusste längst, dass es so etwas wie ein Gedanke war, der durch die Luft flog und in wenigen Sekundenbruchteilen das Gerät neben ihr erreichen würde. In ihrer Kindheit hatte sie ihre Oma immer dafür bewundert, dass sie manche Dinge auf merkwürdige Weise voraussehen konnte. Später hatte Maria bemerkt, dass sie selbst manchmal Dinge schneller als andere erfasste. Tatsächlich wurde sie wenige Sekunden später stumme Zeugin eines Telefongespräches, das Dr. Magnus Sartorius auf Spanisch führte.

Tom Bohlan hob seine Sporttasche aus dem Kofferraum und stellte sie auf den kalten Boden, während Wengen die Skier vom Dach des BMWs hob.

„Willst du noch mit rein?"

„Nimm's mir nicht übel. Aber ich habe noch einige Kilometer vor mir und meine bessere Hälfte ist sicher froh, wenn sie mich mal wieder zu Gesicht bekommt."

Bohlan blickte Peter Wengen einige Sekunden in die Augen. Dann umarmten sich die beiden. Wengen stieg in den Wagen und startete den Motor. Bohlan hob zum Abschied kurz den Arm. Frankfurt hat mich wieder, dachte der Kommissar. Er schulterte die Skier, griff die Tasche und stapfte durch den Schnee, der unter seinen Fußsohlen knirschte. Als er an der Tür seines Hausbootes angekommen war, ließ er den Blick über die verschneite Höchster Uferpromenade wandern. Der in der Sonne glitzernde Schnee und der blaue Himmel verliehen dem Schloss eine idyllische Note. Er ging ins Boot, zog Winterjacke und Schuhe aus, verstaute die Tasche, ohne sie auszupacken, im Schlafzimmer und positionierte die handgefertigten Skier im Wohnzimmer. Zum einen wollte er sein Meisterwerk noch ein wenig bewundern, zum anderen sollten auch seine Kollegen daran teilhaben. Er legte Anzündholz in den Holzofen, zerkrümelte ein wenig Kerzenwachs darüber und warf ein brennendes Streichholz dazu. Die Flammen ergriffen das Holz. Während erste Wärmewellen durch den Raum strömten, telefonierte er mit Barbara, die in der Redaktion saß und den Sportteil der Montagsausgabe vorbereitete. Sie fluchte über eine Grippewelle, die ihre Kollegen reihenweise befallen hatte. Zwar war sie bislang verschont geblieben, doch musste sie die Folgen ausbaden. Nach Beendigung des Gespräches warf Bohlan einen Blick in den Kühlschrank und musste feststellen, dass sich dieser in einem erbärmlich leeren Zustand befand. Einigermaßen verzweifelt durchstöberte er seine Küchenschränke und entdeckte nach einiger Zeit eine Packung Schokoladen-Cookies. Er riss die Packung auf und legte die Kekse auf einen Teller. Nicht gerade viel, was er seinen Kollegen zum Kaffee reichen konnte, dachte er und hoffte darauf, dass Julia Will vielleicht etwas mitbringen würde. Auf die Stones würde er in dieser Hinsicht sicher nicht zählen können.

Er sah seine Kollegen den Weg vom Parkplatz her kommen, als er Kaffeepulver in den Espressozubereiter füllte. Zu seiner Genugtuung trug Will tatsächlich eine Kuchenbox vor sich her. Bohlan eilte zur Tür. Die Kommissare hängten ihre Jacken auf. Will überreichte die Kuchenbox, nicht ohne schöne Grüße von ihrer Oma auszurichten. Steininger und Steinbrecher fanden viele anerkennende Worte für Bohlans Skibauerfertigkeiten. Nachdem Bohlan die erste Runde Kaffee serviert hatte, erstattete Will einen detaillierten Bericht. Vieles hatte sie ihm schon am Telefon berichtet, doch es war für alle Beteiligten gut, noch einmal alles im Zusammenhang zu hören. Nachdem Will die Fakten ausgebreitet hatte, referierte sie über die bisherigen Überlegungen. Bohlan hörte sich alles an, ohne eine Nachfrage zu stellen. Allerdings machte er sich einige Notizen auf seinem Schreibblock. Nachdem Will geendet hatte, herrschte einen Moment Schweigen. Dann ergriff Jan Steininger das Wort. Bohlan war gespannt darauf, was er zu sagen hatte, denn er hatte die letzten Minuten mit einem einigermaßen zerknirschten Gesichtsausdruck Wills Ausführungen gelauscht.

„Ich war heute noch mal, wie wir es besprochen hatten, im Marriott. Der Zufall wollte es, dass heute ein junger Mann an der Rezeption Dienst hatte, der auch vor einigen Tagen die Reservierung des Hotelzimmers aufgenommen hatte.“ Steininger machte eine kurze Pause. Es trat eine spannungsgeladene Stille ein. „Also, um es kurz zu machen. Die Reservierung wurde von einem Mann vorgenommen, der sich Linus Möller nannte. Ich habe ihm dann ein Foto von Möller vorgelegt. Und jetzt kommt die Überraschung: Der Hotelmitarbeiter behauptet steif und fest, dass es nicht Möller war.“

In diesem Moment gab es einen lauten Knall. Die Kommissare schreckten auf, realisierten aber schnell, dass es nur das laute Knistern von verbrennendem Kaminholz war.

„Die ganze Sache ist also vielschichtiger, als ich das zunächst angenommen hatte“, schloss Steininger seinen Vortrag.

„Was willst du damit sagen?“, bohrte Steinbrecher nach, während Will versuchte, einen möglichst neutralen Gesichtsausdruck beizubehalten. Sie wollte auf keinen Fall den Eindruck des Triumphs vermitteln.

„Wir sollten davon ausgehen, dass es nicht Linus Möller war, der das Zimmer reserviert hat, und dies wiederum bedeutet, dass es außer Möller und der Toten noch andere Personen gegeben haben muss, die von dem Treffen wussten.“

Steinbrecher nickte. „Dann stellt sich natürlich die Frage, wer noch? Und vor allem, aus welchem Umfeld stammen diese Mitwisser?“

„Wenn ich die Sache richtig sehe, muss es entweder jemand aus Möllers Umfeld gewesen sein oder aber eine Person, die mit der Toten in Kontakt stand“, sagte Bohlan.

„Völlig richtig“, stimmte Will zu. „Und wenn man der Theorie folgt, dass Esmeralda Gonzales Möller Unterlagen zuschieben wollte, dann gab es entweder einen Mitwisser oder das Ganze war eine Falle.“

Bohlan runzelte die Stirn. „Wie auch immer, das ist pure Spekulation. Ohne weitere Anhaltspunkte kommen wir nicht weiter. Wie sieht es mit der Fahndung nach Möller aus?“

„Wir haben jede Menge Hinweise bekommen, die allerdings

alle noch gesichtet werden müssen. Eines ist jedenfalls sicher: Möller verkehrte bis Mitte der Woche regelmäßig in einem Fitness-Studio auf der Zeil. Er kam dreimal die Woche. Immer montags, mittwochs und freitags. Letzten Freitag allerdings nicht", sagte Steininger.

„Wenn er halbwegs intelligent ist, ist er untergetaucht." Will biss in ein Stück Kuchen. „Hast du in der Hacker-Szene irgendwas in Erfahrung bringen können?"

Steininger schüttelte den Kopf. „Ich bleib da aber dran."

Bohlan, der noch eine Kanne Kaffee gebrüht hatte, setzte sich wieder zu den anderen. „Mich würden noch ein paar Details zu Dr. Sartorius und dieser Firma interessieren. Wie heißt sie noch gleich?"

„GIP", sagte Will.

„Genau. Was ist Sartorius für ein Mann?"

Will zuckte mit den Schultern „Einer, der sich nicht so leicht in die Karten schauen lässt. Er gibt sich immer freundlich und kultiviert und versteht es, Geschäfte zu machen. In der jüngeren Vergangenheit hat er einige größere Bauprojekte realisiert: Sporthallen, Rathäuser, Theater, Schwimmbäder. Meist Prestigegeschichten der jeweiligen Städte und Gemeinden."

„Soll das heißen, die GIP realisiert Projekte, die die Kommunen nicht selbst finanzieren können?", hakte Bohlan nach.

„So in etwa. Sie realisieren den Bau, suchen Investoren und kümmern sich um den Betrieb."

„Wisst ihr, was mich schon immer interessiert hat?", Bohlan fuhr sich mit der Hand über den Kopf. „Welchen Sinn hat es, wenn private Investoren öffentliche Bauprojekte realisieren? Vor allem, wenn ihr Betrieb eher Verluste bringt als Gewinn?" Der Kommissar ließ seinen Blick von einem zum anderen wandern. Das Einzige, was er zu sehen bekam, war allgemeine Ratlosigkeit.

„Fassen wir also noch mal zusammen", fuhr Bohlan fort. „Die Tote arbeitete bei einer obskuren Firma. Der vermutliche Täter betreibt eine Enthüllungsplattform im Internet. Die genaueren Umstände im Vorfeld der Tat sind völlig unklar. Und dieser Dr. Sartorius plant ein größeres Projekt im Frankfurter Stadtwald und verhandelt zurzeit mit dem Frankfurter Magistrat. Da stellt sich für mich die Frage: Wer steckt wirklich hinter der Firma? Wem gehört sie? Vielleicht sollten wir mal einen Kollegen vom Dezernat für Wirtschaftskriminalität hinzuziehen."

Julia Will schaute auf die Uhr und verschluckte sich fast an ihrem Kaffee. „Mensch, ich habe völlig vergessen, dass ich heute Abend noch einen Termin mit einer Journalistin habe: Claudia Fischbach. Sie hat einige Dinge zur Heimatstadt unserer Toten recherchiert. Vielleicht interessiert dich das auch, Tom."

Es dämmerte bereits, als Bohlan und Will ins Auto stiegen, um in die Frankfurter Innenstadt zu fahren. Sie waren übereingekommen, dass zwei Kommissare für das Gespräch mit einer Journalistin genügten. Weder Steinbrecher noch Steininger waren darüber sauer. Bohlan gönnte Steinbrecher einen weiteren Abend mit seinem Sohn. Über all die Jahre hatte er das Drama in der Familie Steinbrecher mitbekommen und war froh, dass sich nun alles zu einer besseren Seite wenden könnte. Steininger hingegen hatte bereits den ganzen Tag alleine recherchiert und einen ausgelaugten Eindruck hinterlassen.

„Ist dir wirklich kein ausgefallenerer Ort eingefallen als ausgerechnet der Club Voltaire?", fragte Bohlan, als sie bereits den halben Weg hinter sich hatten.

„Es war Fischbachs Vorschlag, nicht meiner."

Bohlan musste unweigerlich an das letzte Mal denken, als er die Kneipe in der Frankfurter Innenstadt aufgesucht hatte. An jenem denkwürdigen Abend von drei Jahren hatte er mit Steinbrecher über die Weltpolitik diskutiert und nebenbei auf Fotos geschaut, die ein gewisser KD Baumann ausgestellt hatte. Es war die erste Berührung mit dem Fotografen, den sie später als Mörder entlarvten. Aus dem Radio erklang die Stimme von Tim Bendzko, der mal kurz die Welt retten muss, bevor er wieder zu seiner Freundin zurückkehrt. Irgendwie passte der Text auch auf seine Situation.

„Ich muss nur kurz 'nen Mörder finden, dann bin ich wieder bei dir", summte Bohlan und Julia Will musste lachen.

„Ich hab dich vermisst."

„Dann lass das mal bloß nicht deinen Freund hören. Der wird noch eifersüchtig", sagte Bohlan.

„Der nicht. Dafür ist er selbst zu viel unterwegs."

„Hör ich da erste Ernüchterung?"

„Ach was. Es ist alles prima. Zum Glück ist der Kerl beschäftigt und langweilt sich nicht zu Hause, während ich auf Verbrecherjagd gehe."

Bohlan kurvte den Lupo auf einen freien Parkplatz am Straßenrand. Die beiden stiegen aus und stapften die wenigen Meter bis zur kleinen Hochstraße durch den Schnee, der bereits braun und matschig geworden war. Sie erreichten die Eingangstür des Club Voltaires und schlüpften hindurch. Es war nicht viel los an diesem Sonntagabend. An der Theke saßen zwei einsame Gestalten, jeder vor seinem Weinglas und schienen die Welt zu überdenken. An einem der Stehtische standen zwei Männer und eine Frau beisammen und waren in eine heftige Diskussion verwickelt. Bohlan schnappte Worte auf, die nach „Finanzhaien" und „Kriegstreibern" klangen. Irgendwie beruhigend, dass es Orte gab, an denen sich nichts ändert und die Welt einfach scheint – Schwarz und Weiß und dazwischen nichts. Trotzdem hatte Bohlan eine tiefe Hochachtung vor Menschen, die der schrillen, bunten Fernsehwelt aus Superstars, Doku-Soaps und Talk-Show-Wahnsinn mit Ignoranz die Stirn boten. Er folgte seiner Kollegin, die eine Frau um die fünfzig ins Visier genommen hatte. Sie hatte glatte, kurzgeschnittene, rötliche Haare, saß im hinteren Eck und war in ein Buch vertieft.

„Claudia Fischbach?", sagte Will vorsichtig.

Die Angesprochene schaute auf. Ein leichtes Lächeln huschte über ihr ernstes Gesicht.

„Ja. Frau Will?"

„Und das ist mein Kollege, Tom Bohlan. Ich hoffe, es stört Sie nicht, dass er dabei ist."

„Ach was. Vier Ohren hören besser als zwei, nicht wahr?" Fischbach reichte Bohlan die Hand. Ein fester, verbindlicher Händedruck. Bohlan lächelte Fischbach an, die von kleiner und zierlicher Gestalt war und ihm nur bis zur Schulter reichte. Die Journalistin setzte sich wieder, klappte das Buch zu und schob es zur Seite. Bohlan warf einen Blick auf den Titel. „Empört Euch". Er hatte die dünne Streitschrift des französischen Widerstandskämpfers Stéphane Hessel schon des Öfteren in seiner Leib und Magen Buchhandlung gesehen.

„Na, dann schießen Sie mal los“, sagte Fischbach. „Was wollen Sie von mir wissen?“

„Wie ich Ihnen schon am Telefon erzählt habe, ermitteln wir zurzeit in einem Mordfall. Das Opfer ist eine Frau, die aus Mexiko stammt, genauer gesagt aus dieser berüchtigten Grenzstadt. Leider tappen wir noch ziemlich im Dunkeln. Wir wissen sehr wenig über das Opfer und ein paar Infos über die Stadt und die Umstände, in denen sie aufgewachsen ist, wären von Vorteil.“

„Ich dachte, Sie hätten den Mörder schon ausgemacht. Zumindest gewinnt man den Eindruck, wenn man Zeitung liest.“ Fischbach nahm einen Schluck aus ihrem Teeglas und schaute die beiden an.

„Der Mann, den wir suchen, war am Tatabend mit der Toten zusammen. Deshalb ist er verdächtig“, sagte Will.

„Na gut, das ist Ihr Job“, sagte Fischbach. „Ich erzähle Ihnen gerne etwas über die Ciudad. Allerdings sollten Sie sich eher für das interessieren, was sich zurzeit in Frankfurt abspielt. Aber das ist nur meine persönliche Meinung.“

Bohlan und Will warfen sich einen überraschten Blick zu. Instinktiv entschied Will, Fischbach die Reihenfolge der Informationsfreigabe zu überlassen. Wenn man von jemandem etwas will, sollte man dessen Gedankengängen folgen. Er wird zunächst alles erzählen, was er will und nachfragen kann man immer noch. Die Worte ihres Ausbilders klangen in ihrem Gedächtnis nach.

„Was spielt sich denn zurzeit in Frankfurt ab, was so interessant für unseren Fall sein könnte?“

Fischbach machte ein bedeutungsschweres Gesicht, trank noch einen Schluck Tee und zückte ein Zigarettenetui.

„Stört es Sie, wenn ich rauche?“

„Machen Sie, wenn es sein muss. Sie bekommen es allenfalls mit der Bedienung zu tun“, antwortete Will.

Fischbach machte eine abfällige Handbewegung. „Ich rauche, wo es mir passt, und fühle mich mit dem Altkanzler in bester Gesellschaft.“ Sie zündete die Zigarette an und inhalierte einen ersten Zug. „Kommen wir also zum Wesentlichen.“ Sie stieß eine

Rauchwolke aus. „Die Stadt Frankfurt will seit Jahren eine neue, große Mehrzweckhalle bauen. Etliche Standorte wurden schon ins Visier genommen. Man fragt sich natürlich, wozu das Ganze? Als ob es nicht schon genug Hallen und Stadien gäbe. Aber egal. Das soll nicht unser Thema sein." Sie machte eine abfällige Handbewegung. „Jedenfalls hat man sich nun für die ganz große Nummer entschieden. An der Commerzbank-Arena soll ein großes Unterhaltungsareal entstehen. Mehrzweckhalle, Hotel, Kinokomplex, vielleicht sogar noch ein neues Hallenbad. Die Stadt suchte lange verzweifelt nach einem Investor. Schließlich ließ man sich von einem Beschaffungsmodell des Investors Dr. Magnus Sartorius begeistern. Er hat im Internet einen tollen Lebenslauf veröffentlicht, von dem nach meinen Recherchen allerdings nur die Hälfte stimmt. Das Modell sieht so aus: Die Stadt baut die teure Erlebniswelt. Dr. Sartorius kauft die Immobilien, vermietet sie an die Stadt zurück und wird gleichzeitig Manager des neuen Komplexes. Er verspricht aber auch eine großzügige Erfolgsbeteiligung. Klingt wie in einem Märchen, nicht wahr?" Fischbach zog genüsslich an ihrer Zigarette und lehnte sich zurück.

„Klingt wie eine Win-win-Situation", warf Will ein.

„Das ist richtig. Natürlich sind erst mal alle begeistert, vor allem bei der Stadt. Man sollte sich aber das ganze Konstrukt ein bisschen genauer ansehen und dann sieht die ganze Geschichte schon ein bisschen anders aus. Nach dem, was ich recherchiert habe, ist es so, dass die Stadt als Absicherung einen Millionenbetrag an Sartorius überweist. Vordergründig wird der Bau über Kredite finanziert, die sich Sartorius mit dem Aufkauf von hochspekulativen US-amerikanischen Fonds beschafft, und zwar über eine Firma mit Sitz in Luxemburg, an der er ebenfalls beteiligt ist. An der Geschichte bin ich noch dran, die Eigentümerfrage ist sehr verworren, führt aber letztlich an einen Ort, der nun ins Spiel kommt: Ciudad Juarez." Fischbach zog erneut an ihrer Zigarette, bevor sie fortfuhr. „Wie Sie vielleicht wissen, ist diese Stadt quasi die Hochburg des Drogenschmuggels und der Bandenkriminalität, und zwar weltweit. Es kann kein Zufall sein, dass das Mordopfer, Esmeralda Gonzales, von dort stammt. Das Geld, das in der Luxemburger Beteiligungsfirma steckt, stammt nämlich auch von dort und nach meinen Vermutungen geht es bei Dr. Sartorius' Projekten einzig und alleine darum, illegales Geld, das aus den Drogengeschäften stammt, in den normalen Wirtschaftskreislauf zu schleusen."

„Sie sprechen von Vermutungen, haben Sie dafür auch Beweise?"

„Ein paar, aber noch nichts Handfestes. Es sind Indizien, die sich häufen. So ein Finanzkonstrukt ist total verschachtelt, damit möglichst wenig nachzuweisen ist. Letztlich wird man das auch nur sehr schwer beweisen können. Was aber gelingen kann, ist eine Indizienkette aufzureihen, die für sich selbst spricht."

„Klingt äußerst spannend. Aber wo ziehen Sie die Verbindung zu unserem Fall?"

„Gehen wir einmal davon aus, dass meine Vermutungen stimmen, und gehen wir weiter davon aus, dass dieser Linus Möller ähnliche Vermutungen gezogen hat, dann wäre das Sprengstoff für alle Beteiligten. Wenn er seine Vermutungen mit handfesten Beweisen versehen und diese jedermann zugänglich ins Internet stellen würde, sehe ich die Schlagzeilen schon vor mir – „Stadt Frankfurt baut Sportpark mit Drogengeld". Die Zeitung Ihrer Freundin hätte ein gefundenes Fressen, nicht wahr, Herr Bohlan?"

„Woher wissen Sie von meiner Freundin?" Bohlan war einigermaßen überrascht. Diese Frau Fischbach schien bestens informiert zu sein.

„Ach, Herr Bohlan. Ihre Liaison mit Frau Weber ist doch nun wirklich kein Geheimnis, auch wenn Sie sich beide redlich bemühen, es nicht an die große Glocke zu hängen." Fischbach drückte ihre Zigarette aus.

„Was Sie erzählen, ist äußerst interessant. Ich habe schon ähnliche Überlegungen angestellt", sagte Will. „Vielleicht können Sie noch ein paar Dinge über die Ciudad erzählen."

Fischbach legte ihren Kopf ein wenig schief und schaute Will nachdenklich an. „Ich habe vor allem über die Siedlung Lomas del Poleo recherchiert. Ein kleines Dorf in der Grenzregion, am nordwestlichen Stadtrand. Die Bewohner werden seit Jahren schikaniert. 2004 wurde die Siedlung mit Stacheldraht eingezäunt. An den Ein- und Ausgängen wurden private Sicherheitsleute platziert. Ein Jahr später wurden 40 Häuser angezündet. 2008 wurden zwei Bewohner entführt. Die Kidnapper drohten, dass allen Einwohnern das gleiche Schicksal blühe, falls sie nicht ihre Häuser aufgäben. Wenige Tage später zerstörten private Sicherheitskräfte ein Haus, während der Besitzer im Büro der örtlichen Staatsanwaltschaft eine Aussage machte. Im Dezember des gleichen Jahres drohten die Sicherheitsleute einer Frau mit ihrer Ermordung und rissen ihr Haus nieder. Wiederum einige Tage später versuchten 30 Sicherheitsleute das Haus eines älteren Bewohners zu zerstören. Sie schlugen und fesselten den Mann und nahmen seine wenigen Habseligkeiten mit." Fischbach schaute ernst. „Das sind nur einige Beispiele. Ich könnte Ihnen Dutzende davon erzählen."

„Warum werden die Bewohner dort dermaßen schikaniert?", fragte Bohlan.

Fischbach lächelte verächtlich. „Die alte Geschichte, es geht um Geld und Macht. Das Land, auf dem die Siedlung errichtet wurde, erfuhr in den letzten Jahren einen hohen Wertgewinn. Zahlreiche Stadterweiterungsprojekte mit neuen Wohnungen und Industrie sind dort geplant. Einige reiche Familien, man kann auch sagen Drogenkartelle, beanspruchen den Boden, auf dem die Siedlung steht." Fischbach zog erneut an einer Zigarette. „Esmeralda Gonzales stammt von dort. Würde mich nicht wundern, wenn Dr. Sartorius auch dort seine Wurzeln hat."

Bohlan und Will sahen sich an. Diese Frau war einfach unglaublich, dachte der Kommissar und nahm sich vor, eines ihrer Bücher bei nächster Gelegenheit zu lesen. „Frau Fischbach, wir danken Ihnen für Ihre Zeit. Das war alles sehr aufschlussreich."

„Keine Ursache. Und wenn Sie noch etwas wissen wollen, scheuen Sie nicht, mich anzurufen. Ich werde noch einige Zeit in der Stadt sein. Lassen Sie mich Ihnen zum Schluss noch einen Rat mit auf den Weg geben: Passen Sie gut auf sich auf."

„Keine Sorge, Frau Fischbach. Wir sind schon einige Zeit im Geschäft", antwortete Bohlan.

„Das bezweifle ich nicht. Aber haben Sie sich schon einmal mit der organisierten Kriminalität angelegt? Da vergeht Ihnen das Lachen."

Als Maria Costello an diesem Abend nach Hause kam, war sie erschlagen von dem Tag, an dem sie ziemlich viel Zeit mit Warten und Nichtstun zugebracht hatte. Doch letztlich war es wie immer. Wer Geduld hat und ausharrt, ohne zu resignieren, der bekommt irgendwann das, was er will. Und so war es auch heute. Immer mehr Puzzleteile fügten sich zueinander und ergaben langsam ein Bild. Die letzten noch fehlenden Teile würde sie auch noch an einem nicht allzu fernen Tag erhalten. Davon war sie überzeugt und bis dahin musste alles so weiterlaufen wie bisher. Sie musste Linus Möller unter Kontrolle halten und ihn möglichst ruhigstellen. Außerdem dürfte die Polizei nicht allzu schnell mit ihren Ermittlungen voranschreiten. Ihre größte Sorge war, dass irgendjemand aus der näheren Nachbarschaft sich an Linus Möller erinnerte und die Polizei auf dessen Fährte führte. Costello schloss die Tür zu ihrer Wohnung auf. Sie wusste, dass Linus Möller in ihrem Arbeitszimmer an seinem Laptop saß. Sie hatte das Licht der ansonsten dunklen Wohnung von der Straße aus gesehen. Sie hängte den Mantel an der Garderobe auf und ging zum Arbeitszimmer. Wie vermutet saß Möller, in Jeans und T-Shirt bekleidet, an einem der beiden Schreibtische und starrte auf den Bildschirm seines Laptops. Als er Costellos Schritte hörte, blickte er auf.

„Hallo, meine Schöne."

„Hallo, Linus, wie war dein Tag?"

„Ganz okay. Dein Boxtrainer hat mich ganz schön rangenommen. Das Training ist anstrengender, als ich gedacht habe. Ansonsten ist nicht allzu viel passiert. Die Server-Kapazität macht mir noch erhebliche Sorgen. Dafür sind einige Spenden eingegangen. Wir haben unser Finanzziel fast erreicht."

„Dann solltest du die Arbeit für heute einstellen." Sie setzte sich auf den Schreibtisch und lächelte Linus Möller verführerisch an, was diesen allerdings nicht zu interessieren schien. Er wollte sich gerade nach vorne beugen, um weiterzuarbeiten, als Costello den Laptop zuklappte.

„Hey, was soll das?"

„Ich sagte doch, Feierabend für heute."

„Moment. Lass mich bitte noch ein paar E-Mails herumschicken. Wir brauchen unbedingt mehr Leute, die uns Platz auf ihren Rechnern zur Verfügung stellen."

„Das hat Zeit bis morgen. Ich hatte einen anstrengenden Tag

und brauch dringend ein bisschen Abwechslung." Möller lehnte sich in seinen Stuhl zurück und sah Costello an, die aufreizend langsam ihren Pulli über ihren Kopf zog. Sie lächelte Möller an, während sie ihren BH öffnete. Sie wusste, dass sie bekommen würde, was sie verlangte.

Montag

Tom Bohlan erwachte, bevor die Sonne aufging. Er blieb für einige Minuten liegen und betrachtete Barbara Weber, die neben ihm lag und in die Bettdecke gehüllt war. Sie atmete gleichmäßig ein und aus, ein Indiz dafür, dass sie tief und fest schlief. Er ging ins Wohnzimmer, setzte sich auf das Sofa und blickte einige Minuten nach draußen. Die Dunkelheit, die über dem Main lag, und der aufsteigende Nebel verliehen der Wörthspitze eine beinahe gruselige Atmosphäre. Nachdem Bohlan seine Gedanken halbwegs sortiert hatte, brühte er einen doppelten Espresso, setzte sich mit einem Schreibblock bewaffnet wieder auf das Sofa und schrieb die Informationen, die er gestern Abend erhalten hatte, in Stichworten auf. Eine Tätigkeit, die eine halbe Stunde in Anspruch nahm. Er trank seinen Espresso aus, überflog die Notizen und schrieb sich einige Fragen auf, die er am Vormittag dem Kollegen aus der Abteilung für Wirtschaftskriminalität stellen wollte. Vor allem interessierte ihn die Frage, ob die Vermutungen, die Claudia Fischbach angestellt hatte, realistische Szenarien waren oder Hirngespinste einer zweifellos erfolgreichen Journalistin. Früher war Bohlan ein optimistischer Realist gewesen, der im Zweifel immer davon ausgegangen war, dass letztendlich das Gute über das Böse siegen würde und es langfristig für das Verbrechen und die Kriminalität keine Chance gab, die Oberhand zu bekommen. Sicher würde es immer böse Menschen geben. Mörder, die aus Tötungslust andere Menschen quälten und umbrachten. Oder Kriminelle, die aus Habgier auf die schiefe Bahn gerieten und krumme Geschäfte tätigten. Das war wohl der normale Gang der Dinge, seit es die Menschheit gab. Doch in letzter Zeit hatte er zahlreiche Veröffentlichungen darüber gelesen, die davon ausgingen, dass große Verbrecherorganisationen immer mehr Einfluss erlangen würden.

Große internationale Kartelle, die mit Drogenhandel und ähnlichen Dingen reich geworden waren, versuchten angeblich, die normale Wirtschaft zu unterwandern, indem sie das durch kriminelle Machenschaften verdiente Geld in den normalen Wirtschaftskreislauf einschleusten. Dabei entstünden mafiose Strukturen, die zunehmend auch die legale Wirtschaft dominierten. Als die Sonne am Horizont auftauchte, zog sich der Kommissar seine Laufkleidung an, setzte sich eine Vliesmütze auf den Kopf, steckte sich Kopfhörer in die Ohren, trat in die kalte Morgenluft hinaus und lief seine morgendliche Strecke am Ufer von Nidda und Main entlang. Kalte Winterluft flutete sein Gehirn. Bohlan vermutete, dass er noch sehr viel Sauerstoff zum Denken brauchen würde.

Maria Costellos Hand suchte verschlafen das Bett ab, doch sie fand nur einen leeren, bereits erkalteten Platz. Erschrocken riss sie die Augen auf. Doch auch das half nichts. Der Platz neben ihr war leer. Verwundert drehte sie sich zur Seite. Der Wecker zeigte sieben Uhr. Eine ungewöhnliche Zeit zum Aufstehen im Leben eines Computer-Hackers, dachte Costello. Sie hatte bereits viele Phasen in ihrem Leben durchlaufen, auch solche, in denen man früh aufstand und arbeitete. Doch seit sie unter die Hacker gegangen war, hatte sich das Leben in die Abend- und Nachtstunden verlagert. Das war zwar nicht zwingend erforderlich zur Ausübung dieses Berufes. Gemeinhin konnte man zu jeder Tages- und Nachtzeit hacken, doch es war allgemein üblich, es nachts zu tun. Vielleicht hing dies damit zusammen, dass man etwas Anrüchiges besser zur Nachtzeit tat. Vielleicht lag es auch daran, dass es häufig Schüler oder Studenten waren, die dieser Beschäftigung nachgingen. Wie auch immer. Es war so und es war auch nichts Schlechtes. Nachts zu arbeiten, hatte durchaus seine Vorzüge. Niemand störte und ein Blick nach draußen in die Dunkelheit förderte die Kreativität. Linus Möller hatte diesen Lebensrhythmus seit jeher gelebt und umso merkwürdiger war es, dass er offensichtlich schon vor einiger Zeit aufgestanden sein musste. Es hatte beinahe etwas Beängstigendes. Costello wühlte sich aus dem Bett und huschte verschlafen, wie sie war, durch die Wohnung. Sie fand Möller in der Küche vor einem Kaffee sitzend und grübelnd.

„Was ist los?", fragte Costello.

„Nichts Besonderes."

„Ach, komm schon, das glaubt dir keiner."

„Es ist diese ganze beschissene Situation. Ich fühle mich unwohl. Ich sehe aus, wie ich niemals aussehen wollte. Ich habe Angst, draußen herumzulaufen, weil ich denke, alle starren mich an. Und das alles nur, weil ich zur falschen Zeit am falschen Ort war und mich alle Welt für einen Mörder hält."

Costello stand hinter Möller und legte ihre Hände in seinen Nacken.

„Komm, entspann dich, wir können auch noch mal ins Bett gehen und zusammen die Welt vergessen."

„Lass das. Ich will nicht für einige Minuten die Welt vergessen. Ich will, dass diese scheiß Situation aufhört. Ich kann nicht mehr. Ich werde zur Polizei gehen und die ganze Geschichte erzählen."

„Bist du wahnsinnig?", schrie Costello. „Das kannst du nicht machen. Damit gefährdest du alles, was wir bisher erreicht haben. Ich habe dir versprochen, mich um die Sache zu kümmern. Du musst mir vertrauen."

„Ja, das hast du. Und was ist seitdem passiert?" Möller sprang auf und lief in der Küche auf und ab, während er weitersprach. „Was hast du herausgefunden? Was hat sich getan? Hast du Beweise für meine Unschuld gefunden? Und wenn ja, welche?"

„Noch nichts Handfestes, aber ich bin dabei."

„Hör auf. Sag mir, was du herausgefunden hast, falls du etwas herausgefunden hast."

„Ich kann nicht. Noch nicht. Ich brauche noch etwas Zeit. Bitte, Linus."

„Wie lange?"

„Weiß ich nicht. Wenn man einen Schatz sucht, weiß man nicht, wann man ihn findet."

„Maria, hör auf mit diesem Gelaber. Wir suchen keinen Schatz. Wir suchen einen Mörder. Und ich glaube nicht, dass wir das hinbekommen, beziehungsweise du."

Maria legte die Stirn in Falten und dachte einige Minuten konzentriert nach. Dann sagte sie: „Also gut. Gib mir zwei Tage. Wenn ich in dieser Zeit nichts erreicht habe, dann geh von mir aus zur

Polizei." Mit diesen Worten stand sie auf, ging ins Bad und stellte die Dusche an. Natürlich hatte Linus vollkommen recht. Sie war kaum einen Schritt weitergekommen und sie wusste auch nicht, ob der Plan, den sie sich ausgedacht hatte, wirklich funktionieren würde. Die Gegenseite war mächtig. Sehr mächtig.

Nachdem Tom Bohlan seine Laufstrecke erfolgreich absolviert hatte, bog er in Höhe des Hausbootes auf den steilen Weg in Richtung Einkaufsstraße ab. Kurz bevor er den ersten Back-Shop auf der Königsteiner Straße erreicht hatte, reduzierte er sein Tempo. Wieder zu Hause zauberte er ein für seine Verhältnisse komfortables Frühstück auf den Tisch. Barbara geriet fast in Verzückung, als sie Brötchen, Croissants, Käse, Wurst und sogar zwei gekochte Eier entdeckte. Sie frühstückten in aller Ruhe, wobei Bohlan ausführlich über das Wochenende in Bayern berichtete. Danach gab er einen kurzen Abriss über den jüngsten Fall. Barbara hörte sich alles geduldig an und schickte ihn dann ins Präsidium.

Es war halb zehn, als Bohlan an die Tür des Dezernats für Wirtschaftskriminalität klopfte. Er wartete nicht auf eine Reaktion, sondern drückte die Klinke nach unten. Hauptkommissar Clemens Wedel war ein groß gewachsener, schlaksiger Mann, der nicht allzu viel Wert auf sein Äußeres legte. Zumeist trug er abgewetzte Jeans und einen ausgewaschenen Pulli. Seine Haare waren schwarz, ziemlich lang und nach hinten gekämmt.

„Grüß dich, Tom. Lange nichts von dir gehört", sagte Wedel, nachdem Bohlan eingetreten war.

„Tut mir leid, dass ich mich nicht gemeldet habe. Ich hatte immer so viel um die Ohren."

„Das ist unser Job. Komm setz dich." Wedel deutete auf den Besucherstuhl an seinem Schreibtisch. „Was führt dich zu mir?"

„In der Tat ist es leider etwas Dienstliches. Ich habe deswegen ein wirklich schlechtes Gewissen."

„Lass gut sein, du brauchst dich nicht dauernd zu entschuldigen. Wie gesagt, ich hätte mich genauso gut bei dir melden können. Also schieß los."

„Du hast sicher von unserem aktuellen Fall gehört. Es gab eine

Tote im Marriott und in diesem Zusammenhang sind wir auf der Suche nach einem gewissen Linus Möller."

„Ich habe davon in der Zeitung gelesen und natürlich kursiert hier im Haus das eine oder andere Gerücht. Er soll ein Computer-Hacker sein."

„Das ist richtig, aber wegen ihm bin ich nicht hier. Es geht um die Tote, besser gesagt um die Firma, bei der sie gearbeitet hat. Ich hatte gestern ein Treffen mit Claudia Fischbach, falls dir der Name etwas sagt. Sie hat den Verdacht geäußert, dass mexikanische Drogenkartelle ihre Hände im Spiel haben könnten." Bohlan machte eine kurze Pause und sah Wedel an, der ihm seelenruhig gegenübersaß.

„So. Die Fischbach hat solche Vermutungen."

„Kennst du sie?"

„Nicht persönlich, ich habe aber einige ihrer Bücher gelesen. Vieles ist da ziemlich reißerisch ausgearbeitet, aber im Grunde liegt sie gar nicht so falsch. Ich würde mich gerne einmal mit ihr unterhalten."

„Das lässt sich bestimmt einrichten."

„Wie heißt denn die Firma, bei der die Tote gearbeitet hat?"

„GIP und ihr Geschäftsführer heißt Dr. Magnus Sartorius."

Wedel pfiff durch die Zähne.

„Kennst du die etwa?"

„Die steht auf meiner Beobachtungsliste. Ich habe aber noch nicht allzu viel herausgefunden. Als erste Einschätzung kann ich sagen, dass die Fischbach durchaus auf der richtigen Fährte sein könnte." Wedel lehnte sich in seinen Stuhl zurück. „Was weißt du über die Mechanismen im Bereich der illegalen Geldtransfers?"

„So gut wie nichts."

„Gut, dann will ich dir mal einen kurzen Abriss geben. Firmen, zu denen vermutlich auch die GIP zählt, gehören zu einem ziemlich wirren Konstrukt. Im Vordergrund steht eine scheinbar legale Firma, die irgendwelche Projekte realisiert, zumeist solche, in die irre viel Geld investiert werden muss. Das Geld selbst stammt von dubiosen Firmen im Hintergrund. Sie treten als sogenannte „Nominee" auf, das heißt, sie gerieren sich als Besitzer von Wertpapieren. Das Eigentum an diesen Wertpapieren wiederum liegt bei unbekannten Personen. Sie handeln quasi als Treuhänder. Man kann sie auch als Strohmänner bezeichnen."

„Klingt ziemlich kompliziert."

„Das ist gewollt. Außer den Hintermännern soll nämlich niemand durchblicken. Vom Prinzip her musst du dir das so vorstellen: Jemand hat viel illegales Geld und will dieses in legales verwandeln. Dabei darf sein Name natürlich nicht auftauchen. Das Konstrukt muss so wirr sein, dass sich auch nichts zurückverfolgen lässt." Bohlan nickte, während Wedel begann, zwei Kreise auf ein Blatt Papier zu malen. „Nehmen wir einmal an, zwei Firmen in Irland verwalten Aktien im Wert von zwei Millionen Euro. Hinter diesen Firmen steckt eine weitere Firma mit Sitz auf den British Virgin Islands. Die ehemaligen Jungferninseln liegen in der Karibik und sind bekannt dafür, eine Unmenge an Briefkastenfirmen zu besitzen. Sie gehören zu den Top 20 der weltweiten Geldwäscheparadiesen." Wedel malte weitere Kreise auf das Blatt und verband diese mit Linien. „Um diese Firmen herum gibt es eine Reihe weiterer Firmen, die sich gegenseitig besitzen. Insgesamt verwalten sie ein Aktienvermögen von mehreren Milliarden Euro. Als einer der Hauptbeteiligten gilt die Familie Santos aus Mexiko. Sie nennt zahlreiche Firmen in den USA, Lateinamerika und Deutschland ihr Eigen." Wedel sah Bohlan an, dem in Anbetracht der Kreise und Linien der Kopf schwirrte. „Verstehe. Über dieses ganze Durcheinander …", der Kommissar deutete auf das Blatt Papier, „… wird also das Geld aus Drogengeschäften gewaschen und dann in saubere Projekte umgeschichtet."

„Ungefähr so muss man sich das vorstellen. Korruption, Geldwäsche, Drogenschmuggel und so weiter stehen bei uns auf der Tagesordnung."

„Und du bist dir sicher, dass diese GIP zu diesem ganzen Konstrukt gehört?"

„Sicher nicht. Es gibt gewisse Indizien. Wir können noch nichts nachweisen. Vorsicht aber ist geboten."

Bohlan fuhr sich mit der Hand über den Kopf, als wolle er die nicht mehr vorhandenen Haare glätten. Nach einem Moment der Stille sprach Wedel weiter. „Die organisierte Kriminalität hat ein großes Problem. Sie ist immer auf der Suche nach Wegen, das illegal verdiente Geld in legales umzuwandeln. Viele Milliarden Dollar müssen ihren Weg finden. Die großen Kartelle haben mittlerweile ihre eigenen Finanzabteilungen, die sich um diese Dinge kümmern. Es werden Kredite vergeben oder Aktien gekauft. Die Wirtschaftskrise mit dem plötzlichen Wertverfall vieler Aktien war eine willkommene Gelegenheit, sich billig in große Firmen einzukaufen. Und wenn die Kurse wieder steigen, umso besser. Glaub mir, die sitzen mittlerweile an vielen Tischen. Die Grenzen zwischen legal und illegal verwischen zunehmend. So ist das Leben, Tom."

„Legal, illegal, scheißegal!", entfuhr es Bohlan.

„Wir gehen davon aus, dass Sartorius exzellente Kontakte nach Mexico besitzt. Dass das mittelamerikanische Land eine Hochburg des Drogenhandels ist, dürfte sich auch bis zu dir herumgesprochen haben. Ihre Syndikate sind die gefährlichsten und gewalttätigsten weltweit. Es gibt Massengräber mit Dutzenden verkohlten Leichen, mehr als 12.000 Menschen haben in den letzten Jahren bei Kämpfen zwischen staatlichen Sicherheitskräften und der Drogenmafia ihr Leben verloren."

Bohlan nickte.

„Von Zeit zu Zeit soll Sartorius in einer Frankfurter Anwaltskanzlei im noblen Westend mit einem Koffer voll Bargeld auftauchen. Was damit geschieht, weiß kein Mensch. Wir wissen aber, dass er ein Spezialist in Sachen Abgreifen von Fördermitteln der EU ist. Mit den Fördergeldern und dem Drogengeld entstehen dann tolle Projekte."

„Das ist doch unfassbar. Kann man denn die Politik nicht vor diesem Mann warnen?"

„Kann man schon, aber das will niemand hören. In Zeiten, in denen die öffentlichen Kassen leer sind, ist man über jeden Cent glücklich, der von privater Hand investiert wird."

Bohlan schüttelte ungläubig den Kopf.

„Die Habgier hat in den vergangenen Jahren immer mehr zugenommen. Und ich meine damit nicht die Habgier der kleinen Leute, die sich Omas kleines Häuschen erschleichen. Es ist die Habgier der großen Kartelle und Finanzhaie, die unsere Gesellschaft zerstört und die Werte verdirbt."

Dr. Magnus Sartorius steuerte seinen schwarzen VW-Phaeton auf die Ausfahrt, die zur Autobahnraststätte „Taunusblick" führte, und bremste langsam ab. Der Wagen rollte über den Asphalt und blieb am Rande des wenig gefüllten Parkplatzes stehen. Er schaute ungeduldig auf die Uhr. Nach fünf Minuten stieg er aus, stellte den Kragen seines Mantels nach oben und setzte sich eine Mütze auf, um sich vor dem kalten Wind zu schützen. Er lief einige Schritte hin und her, bis er einen goldfarbenen Mercedes S-Klasse erblickte, der gerade auf den Parkplatz einbog. Die Scheiben des außergewöhnlichen Gefährts waren abgedunkelt. Sartorius schüttelte ungläubig den Kopf. Er hatte den Mann, dem der Wagen gehörte, einige Jahre nicht gesehen. In dieser Zeit waren seine Geschäfte reibungslos verlaufen und er hatte seine Dienste nicht benötigt. Der Wagen rollte auf Sartorius zu und hielt unmittelbar vor ihm. Die Fensterscheibe senkte sich ein wenig und ein fast kahlgeschorener Kopf war kurz zu sehen, der Sartorius mit ernstem Gesichtsausdruck zunickte. Sartorius öffnete die Beifahrertür und stieg ein.

„Womit kann ich dienen?", fragte der Mann neben ihm, den Blick starr nach vorne gerichtet.

„Jemand stört mich bei meinen Geschäften. Normalerweise habe ich Mittel und Wege, um dies selbst in den Griff zu bekommen. Aber in diesem Fall brauche ich einen Profi, wenn du verstehst, was ich meine."

Der Mann stieß ein leichtes Grunzen aus.

„Verstehe." Er zog die Nase hoch und blickte nach draußen, bevor er antwortete. „Du weißt, dass ich so etwas nicht mache."

„Du musst es ja nicht selbst tun. Und an der Bezahlung soll es nicht scheitern. Wie ich höre, geht es deiner Boxschule wirtschaftlich nicht so gut."

Der Mann biss nervös auf seine Lippen. „Ich lasse es mir durch den Kopf gehen."

„Okay. Du hast bis morgen früh Bedenkzeit."

Sartorius stieg aus. Unmittelbar nachdem die Wagentür ins Schloss gefallen war, drückte der Mann auf das Gaspedal. Sartorius sah den sich entfernenden Rücklichtern nach und war sich sicher, dass der Mann den Auftrag übernehmen würde.

„Hört mal her. Ich habe gerade eine erste Auswertung der eingegangenen Hinweise bezüglich Linus Möller erhalten. Es gibt eine verdächtige Häufung von Meldungen, die Möller in den letzten Wochen im Nordend gesehen haben wollen." Bohlan versuchte möglichst unaufgeregt zu wirken, obwohl er innerlich vor Anspannung schier explodierte. Er war aufgestanden und an die Wand gelaufen, an der sich eine Stadtkarte befand. „Die Aussagen konzentrieren sich auf einen Bereich um die Rotlintstraße." Der Kommissar markierte einige Punkte mit Stecknadeln. Die Stones und Will waren aufgestanden und gruppierten sich ebenfalls um die Karte. „Zwei ältere Frauen wollen ihn beim Joggen im Günthersburgpark ausgemacht haben. Die Verkäuferin einer Bäckerei will ihm fast täglich Brötchen verkauft haben. Der Besitzer einer Kneipe berichtet, dass er dort des Öfteren ein Bier getrunken habe."

„Gibt es irgendwelche Hinweise auf die Wohnung?", wollte Will wissen.

„Ja, das dürfte der spannendste Hinweis sein. Ein älterer Mann behauptet, Möller sei im Haus gegenüber ein- und ausgegangen. Mit dem Mann sollten wir auf jeden Fall einmal sprechen."

„Dann sollten wir keine Zeit verlieren ", sagte Steinbrecher.

Eine gute halbe Stunde später standen die vier Kommissare in der Rotlintstraße und begutachteten die Häuser. Nach einer kurzen Lagebesprechung entschieden sie, dass die Stones die Kneipe unter die Lupe nehmen sollten, die sich ein paar hundert Meter weiter in Richtung Innenstadt befand. Bohlan und Will klingelten bei Willi Panzer, der sich als achtzigjähriger Rentner herausstellte. Seine Wohnung befand sich im zweiten Stock eines schnieken Altbaus. Panzer war nicht mehr ganz flink auf den Beinen und benutzte einen Gehstock als Stütze. Geistig machte er einen aufgeweckten Eindruck und behauptete steif und fest, Linus Möller in den letzten Wochen beinahe täglich im Haus gegenüber gesehen zu haben. Er könne sich deshalb so gut an ihn erinnern, weil er stets eine auffällige Umhängetasche getragen habe. An die Tasche könne er sich deshalb so gut erinnern, weil die den Aufdruck „No Pasaran" getragen habe, einem Slogan aus dem spanischen Bürgerkrieg. Meistens habe er am Nachmittag das Haus verlassen, manchmal aber auch morgens, dann aber ohne Tasche, aber im Trainingsanzug. Panzer zeigte den Kommissaren seinen Ausguck, wie er Tisch und Stuhl im Wohnzimmer nannte, die beide direkt am Fenster standen. Nach seinen Worten verbringe er viel Zeit am Fenster und beobachte die Straße und das Treiben. Ansonsten bliebe ihm nicht so viel vom Leben.

„Was hältst du von der Geschichte?“, wollte Will wissen, als die beiden wieder auf der Straße standen.

„Panzer scheint mir glaubwürdig. Der ist geistig noch gut beieinander und warum sollte er uns irgendeine erfundene Geschichte auftischen.“

„Dann sollten wir uns mal schleunigst im Haus gegenüber umsehen“, sagte Will. Die beiden überquerten die Straße und drückten die Klingelknöpfe nacheinander, ohne dass irgendeine Reaktion erfolgte.

„Was machen wir?“, Will sah etwas verzweifelt aus.

„Später noch einmal probieren“, brummte Bohlan. „Mal sehen, wie die Stones in der Kneipe vorangekommen sind.“ Die beiden schlenderten die Rotlintstraße entlang. Auf halber Strecke kamen ihnen Steinbrecher und Steininger entgegen.

„Und was sagt der Kneipenwirt?“, wollte Bohlan wissen, nachdem er von Panzers Aussage berichtet hatte.

„Möller scheint dort Stammkunde gewesen zu sein. Mindestens zwei- bis dreimal pro Woche sei er dort gewesen und habe ein bis zwei Bier getrunken. Meistens dienstags und freitags, ab und an auch mal am Samstag. In der letzten Woche sei er aber gar nicht aufgetaucht.“

„Hat er sich mit irgendwem dort getroffen?“

„Nein, er sei immer alleine gekommen, habe vor seinem Laptop gesessen und das Bier getrunken. Er sei freundlich gewesen, habe ein wenig Smalltalk mit der Bedienung gehalten. Fertig.“

„Das ist alles nicht erfreulich. Jetzt wissen wir zwar, wo der Möller bis zum Mord gelebt hat, aber viel weiter sind wir noch nicht“, sagte Bohlan.

„Und seitdem ist Möller wie vom Erdboden verschluckt“, pflichtete Will bei. „Es gibt zwei Möglichkeiten. Entweder, er hat das Weite gesucht oder …“ Will blickte die Straße entlang und sah eine Frau in Mantel und Mütze gehüllt, die gerade vor dem Eingang des Hauses stand, in dem Panzer Möllers Unterschlupf vermutete. Für einen Moment machte es den Eindruck, als wolle sie auf die Eingangstür zugehen, dann sah sie zu den Kommissaren und lief weiter.

„Was hast du?“, fragte Bohlan.

„Nichts. Ich dachte für einen Moment, dass jemand dort oben ins Haus gehen würde. Ich habe mich aber getäuscht.“

„... oder was?“ hakte Steininger nach.

Will schaute etwas irritiert zu ihren Kollegen. „Oder er hat sein Äußeres und seine Lebensgewohnheiten total verändert.“

„Lasst uns mal zusammenfassen. Bis zu dem Mord im Marriott ging er ab und an morgens laufen. Montags und mittwochs war er im Fitness-Studio, dienstags und freitags, manchmal auch samstags trank er ein Bier“, fasste Bohlan die bisherigen Erkenntnisse zusammen.

„Einer von uns sollte hier Wache schieben und warten, bis einer der anderen Hausbewohner auftaucht“, sagte Will. Die anderen nickten. Steinbrecher zündete sich eine Zigarette an.

„Den Panzer brauchen wir auf niemanden anzusetzen, der sitzt eh am Fenster“, Bohlan machte eine Kopfbewegung Richtung Panzers Wohnung, wo an einem Fenster im zweiten Stock ein Kopf zu sehen war. „Wir könnten Jan dort einquartieren.“

„Gute Idee“, sagte Steininger, der sich sichtlich über diese Aufgabe freute.“

Als Walter Steinbrecher nach Hause kam, fand er seinen Sohn wie üblich vor dem Laptop sitzend, eine Dose Red Bull neben sich. Er legte seine Sachen ab und setzte sich zu ihm.

„Hast du eigentlich überhaupt keine anderen Hobbys?“

„Was meinst du?“ Julian schaute kurz auf.

„Du sitzt den ganzen Tag an diesem Bildschirm und was du da treibst, weiß kein Mensch. Bist du internetsüchtig?“

„Moment, Papa.“ Julians Hände glitten über die Tastatur. Er schaute zufrieden auf den Bildschirm und klappte ihn schließlich zu.

„Du solltest dir ein paar Freunde suchen.“

„Hör auf, du klingst wie Mama.“

„Vielleicht hat sie doch nicht ganz so unrecht.“

„Hast du etwa mit ihr telefoniert?“ Julian machte ein entsetztes Gesicht.

„Ich musste ihr wenigstens sagen, dass du hier bist. Sonst macht sie sich nur Sorgen.“

„Soll sie ruhig“, sagte Julian trotzig und fügte hinzu: „Nein, ich bin nicht internetsüchtig. Ja, ich verbringe viel Zeit am PC, aber das hat auch seine Gründe. Zum einen habe ich eine Freundin in Kanada. Chatten ist nun mal einfacher und vor allem billiger als telefonieren. Zum anderen kümmere ich mich um deinen Flachbildfernseher. Falls es dich beruhigt.“

Der Flachbildfernseher, den habe ich glatt über dem aktuellen Fall vergessen, dachte Steinbrecher und sagte: „Eine Freundin in Kanada? Wie hast du die denn kennengelernt?“

„Schüleraustausch, vor zwei Jahren. Ich war dort, falls du dich erinnerst.“

Verdammt. Julian war vor zwei Jahren für ein halbes Jahr in Kanada gewesen. Auch das hatte Steinbrecher völlig verdrängt. Er fühlte sich als Rabenvater. Sicher, dass er in den letzten Jahren so wenig Anteil am Leben seines Sohnes genommen hatte, war nicht allein sein Verschulden. Dass er mehr um seine Rechte als Vater hätte kämpfen können, war das eine. Dass er aber auch die wenigen Details, die er aus dem Leben seines Kindes wusste, verdrängt hatte, war das andere.

„Ich erinnere mich. Das Landei in Calgary.“

Beide mussten lachen.

„Also, Papa, leider habe ich schlechte Nachrichten für dich.“ Julian war aufgestanden, um sich aus der Küche eine Flasche Wasser zu holen. „Ich fürchte, du bist der Fake-Shop-Bande aufgesessen.“

„Fake-Shop – was?“

„Fake-Shop-Bande. Sag bloß, du hast von denen noch nie etwas gehört?“

„Nein, was soll das sein?“

„Du bist doch bei der Polizei.“

„Das schon, aber zuständig für Mord und Totschlag.“

„Die sogenannte Fake-Shop-Bande betreibt hunderte von virtuellen Filialen im Internet. Dort werden teure Geräte zum Kauf angeboten wie Kameras, iPods, sogar Goldbarren und Autos. Der Trick: Geliefert wird nur gegen Vorkasse. Es wird bezahlt, aber nicht geliefert. So wie bei dir."

„Da muss man aber doch was gegen tun können. Die Firmen haben doch eine Geschäftsadresse und eine E-Mail."

Julian lachte kurz auf. „Bist du wirklich so naiv, Papa? Das ist natürlich alles Fake. Die sitzen sonst wo, jedenfalls nicht an den Adressen, die sie angeben. Du bist doch Bulle und musst reihenweise mit solchen Machenschaften zu tun haben."

„Vorsicht, Julian. Keine Beleidigungen." Steinbrecher wurde es heiß und kalt. War er wirklich als gewiefter Hase auf einen so billigen Trick hereingefallen? Es war ihm schon komisch vorgekommen, dass er Vorkasse zu leisten hatte. Er hatte den Fernseher eigentlich auf Rechnung bestellen wollen, was aber nicht möglich war. Also hatte er sich das Impressum der Seite genau angesehen und für seriös empfunden. Zudem hatte es eine Reihe von Top-Kundenbewertungen gegeben und dann war da natürlich der unschlagbare Preis gewesen.

„Bist du dir sicher oder gibt es noch Hoffnung?", fragte Steinbrecher.

„Ich bin mir ziemlich sicher. Die E-Mails werden nicht beantwortet, die Telefonnummer ist ständig besetzt. Ich gehe davon aus, dass es die gar nicht gibt oder was auch immer."

„Ich muss total blöd gewesen sein", stammelte Steinbrecher.

Julian sah seinen Vater mitleidig an. „Wenn es dir ein Trost ist – auf diese Tricks fallen täglich Hunderte herein."

„Mag sein. Jetzt brauche ich erst mal ein Bier."

Steinbrecher schlurfte in die Küche.

„Kannst du nicht deine Kollegen auf die ganze Sache ansetzen?", rief ihm Julian hinterher.

„Da kannst du Gift drauf nehmen, dass ich das mache."

Es war sieben Uhr, als Willi Panzer Jan Steininger einen Stups in die Rippen gab.

„Herr Kommissar. Es gibt Arbeit."

Steininger schreckte hoch und hätte fast die Tee-Tasse, die auf dem Tisch stand, umgeworfen. „Was ist los?"

„Die junge Frau, die gegenüber im ersten Stock wohnt, ist gerade nach Hause gekommen."

Steininger blickte aus dem Fenster und sah, wie das Licht im ersten Stock eingeschaltet wurde. Auf einen Schlag war er hellwach. „Ja, habe ich auch bemerkt. Dann werde ich der jungen Dame mal einen Besuch abstatten." Er stand auf und ging zur Tür. Kurz bevor er die Klinke nach unten drücken konnte, sagte Panzer: „Keine Ursache. Ich brauche auch ab und an einen kurzen Schlaf."

Nachdem Steininger gegangen war, setzte sich Willi Panzer wieder ans Fenster und blickte auf das Haus gegenüber. Er sah, wie Steininger über die Straße lief und klingelte. Er hatte dem jungen Kommissar das Ankommen der Frau gemeldet. Dass er wenige Minuten zuvor einen Schatten in der Wohnung des zweiten Stocks entdeckt hatte, hatte er genauso wenig verraten wie das Auftauchen Maria Costellos. Selbstverständlich stand er auf der Seite der Polizei. Aber es war auch eine einmalige Attraktion, dass vor seiner Haustür eine so spannende Sache passierte. Es war schön, einmal die Geschicke bestimmen zu können, statt immer nur Zuschauer zu sein. Und Willi Panzer wollte diese Aufführung noch ein wenig genießen.

Ein eisiger Wind wehte durch die Straßen des Bahnhofsviertels und selbst die Nutten, die an manchen Ecken herumlungerten, waren in warme Kleider gehüllt. Vereinzelt standen ein paar Junkies herum, die auf ihren Hehler warteten. Ein Streifenwagen fuhr im Schritttempo durch die Niddastraße. Selbst den beiden Polizisten war es zu kalt, um auszusteigen. Sie übersahen die Fixer geflissentlich. Vielleicht lag es aber auch gar nicht an der Kälte, sondern daran, dass sie genauso zum Frankfurter Nachtleben gehörten wie die Bars und Bordelle. Sartorius ging selten hierher, wenn er gewisse Bedürfnisse hatte. Dafür gab es eigentlich bessere Adressen. Dort waren die Dienstleistungen zwar etwas teurer, boten aber mehr Ambiente und Exklusivität. Heute aber war er auf eine schnelle Nummer aus und dafür waren die Laufhäuser, die sich inmitten einer Landschaft aus Sexshops und Videokabinen befanden, gerade gut genug. Der Tag war anstrengend gewesen und die nächsten

Tage würden diesem in nichts nachstehen. Immerhin war er einige entscheidende Schritte weitergekommen. Er stellte den Kragen seines Mantels steil nach oben und schlüpfte durch die Eingangstür des Laufhauses. Dabei versuchte er möglichst geradeaus zu schauen, ohne die anderen Besucher zu betrachten. Zumeist waren es einfache Leute, die nicht sein Niveau hatten. Er ging zielstrebig in den dritten Stock. Dort bot eine Dame aus Kolumbien ihre Dienste an. Sartorius war schon ab und an bei ihr gewesen und für eine Nutte, die ihre Dienste in einem Laufhaus anbot, war sie nicht schlecht und kam seinen Vorlieben gerne nach. Inständig hoffte er, dass sie gerade frei war.

Dienstag

Als Julia Will die Augen öffnete, war es draußen schon hell. Ein klares Indiz dafür, dass sie länger geschlafen hatte als geplant. Sie rieb sich über die Augen und dachte an den Abend und die vergangene Nacht. Der Thai-Lieferservice hatte das Essen gebracht und Alex eine Flasche Rotwein der besseren Sorte beigesteuert. Sie hatten gegessen und getrunken und sich dann die halbe Nacht geliebt. Zeit zu zweit war einfach mal nötig gewesen. In den letzten Wochen hatten sie beide ziemlich viel um die Ohren gehabt. Julia hatte wie vom Teufel besessen gearbeitet und Alex hatte dann, wenn sie mal freihatte, die Tage bei diversen Judoturnieren zugebracht. Sie drehte sich zu Alex um, der noch tief und fest schlief. Er war wirklich ein schöner Mann, dachte sie und hauchte ihm einen Kuss auf die Wange, der von einem leisen Seufzer quittiert wurde. Sie stand auf und ging ins Bad. Als sie eine halbe Stunde später das Wohnzimmer betrat, duftete es bereits nach frisch gebrühtem Kaffee und getoastetem Brot. Sie warf im Vorübergehen einen Blick auf ihr Handy und stellte beruhigt fest, dass weder ein Anruf noch eine SMS eingegangen war.

„Morgen, mein Schatz“, flötete Alex.

„Morgen, bist ja doch schon wach.“

„Bei dem Lärm, den du veranstaltest.“

„Ich, wieso? Ich war doch total leise.“

„Das glaubst aber auch nur du.“

Julia setzte sich an den fertig gedeckten Frühstücktisch und schmierte sich einen Toast mit Kirschmarmelade.

„Wie spät haben wir eigentlich?“, fragte sie.

„Gleich neun. Ich muss mich leider ein wenig beeilen, weil ich in einer halben Stunde den ersten Kunden habe.“

„Kein Problem. Ich muss auch ins Präsidium.“

„Wie kommt ihr denn voran?“

Will schluckte den letzten Bissen Toast hinunter. „Nicht so richtig. Wir werden zunehmend mit Informationen und Hintergrundwissen überhäuft. Aber unser Hauptverdächtigter ist wie vom Erdboden verschluckt. Immerhin wissen wir jetzt, wo er vor dem Mord gewohnt hat. Jan wollte gestern Abend noch eine Schicht dranhängen und das Haus beobachten.“

Alex trank das Glas Orangensaft aus und erhob sich. „Ich muss wirklich los.“ Er gab Julia Will einen Kuss.

Walter Steinbrecher war an diesem Morgen ungewöhnlich früh im Präsidium. Er lächelte der Dame, die im Glaskasten des Empfangs saß, freundlich zu und steckte seinen Dienstausweis in den Kontrollautomaten. Nachdem er das Drehkreuz passiert hatte, schlug er nicht den üblichen Weg zur Mordkommission ein, sondern begab sich auf direktem Weg zur Abteilung für Wirtschaftskriminalität. Der Kollege Wedel war dafür bekannt, einer der Ersten am Arbeitsplatz zu sein und diesen Umstand wollte Steinbrecher nutzen.

„Die Mordkommission taucht in letzter Zeit oft bei mir auf“, posaunte Wedel zur Begrüßung. „Muss ich mir etwa Sorgen machen?“

„Keineswegs. Ich komme auch nicht dienstlich, sondern eher privat. Und eigentlich ist es mir auch ein wenig peinlich“, sagte Steinbrecher.

„Setz dich doch erst mal. Kann ich dir einen Kaffee anbieten?“

„Gerne.“

Wedel füllte zwei Pötte mit frischem Filterkaffee und stellte Steinbrecher einen der beiden auf den Tisch.

„Milch oder Zucker nimmst du dir bitte selbst.“

„Ja, danke."

„Was kann ich für dich tun?"

„Also, es geht darum, dass ich im Internet einen dieser neuen Flachbildfernseher gekauft habe", brachte Steinbrecher drucksend vor.

„Die sind super, ich habe auch schon seit ein paar Monaten einen. Klasse Bild, nicht wahr?"

„Kann ich dir nicht sagen. Er wurde bisher nicht geliefert. Und genau das ist das Problem. Mein Sohn meint, dass ich auf eine Fake-Shop-Bande hereingefallen sei."

„Du hast den Fernseher doch nicht etwa gegen Vorkasse gekauft?"

„Doch", räumte Steinbrecher kleinlaut ein.

Wedel hieb sich mit der Hand an die Stirn. „Mann, Mann, Mann. Du bist doch Kommissar und da machst du so bekloppte Aktionen?"

„Der Preis war halt so verlockend."

„Und nun soll ich dir aus der Patsche helfen?", fragte Wedel leicht amüsiert.

„Quatsch." Natürlich hoffte Steinbrecher auf Hilfe, doch er wollte das nicht laut hinausposaunen. „Ich dachte nur, es hilft euch, wenn ihr einen Hinweis bekommt."

„Klar, Hinweise sind immer gut. Allerdings glaub ich nicht, dass wir da viel ausrichten können. Die Betreiber dieser Shops sind Teil einer neuen, internationalen Kriminalität. Professionell, innovativ und weltweit vernetzt. Das Internet raubt mir noch den letzten Nerv. Du kannst da wirklich alles kaufen: Kontodaten, Waffen, Erpressersoftware, gefälschte Ausweise. Für Kriminelle jeder Art ist das ein Eldorado. Und wir stehen dem ziemlich machtlos gegenüber. Was nützen uns deutsche Gesetze, wenn du deine Ware von sonst wo aus anbieten kannst. Und das ist nur die Spitze des Eisberges. Du glaubst gar nicht, was es alles für Programme gibt, die sich auf deinen Rechner einschmuggeln. Das Schlimme ist, die sind so einfach in der Bedienung, dass sie jeder Kleinkriminelle einsetzen kann. Software-Kenntnisse sind heutzutage nicht mehr erforderlich. Auch eine teure Hardware nicht. Ein Notebook für 250 Euro reicht aus." Wedel trank einen Schluck Kaffee.

„Ist das wirklich alles so einfach?"

„Im Prinzip reicht es aus, ein paar einschlägige Suchbegriffe zu googeln, schon öffnen sich die Pforten zu gigantischen Schwarzmärkten. Du kannst dir zum Beispiel Keylogger kaufen. Das sind Programme, die sich auf fremden PCs installieren und alles protokollieren, was der Nutzer eintippt. Die Daten werden dann im Hintergrund zu dir geschickt. Das Opfer merkt erst etwas, wenn seine Konten geräumt sind. Oder ein anderes Beispiel: Botnets. Das sind Netzwerke, die aus infizierten Privatrechnern bestehen. Über sie lassen sich massenhaft Werbemails versenden. Man kann sie aber auch dafür benutzen, ganze Websites lahmzulegen. Sehr beliebt ist es auch, mit solchen Botnets massenhaft Werbeanzeigen auf den eigenen Seiten anklicken zu lassen. Der Seitenbetreiber bekommt dann jeden Klick bezahlt."

„Kann man denn da gar nichts machen?"

„Gefasst werden meist nur die Handlanger, die z. B. ihre Konten zur Verfügung stellen. Die Hintermänner bleiben unbehelligt. Sie stammen häufig aus dem Umfeld der italienischen Mafia, der russischen oder der chinesischen Triaden, der japanischen Yakuza oder der südamerikanischen Drogenkartelle. Da kommt man nur sehr schwer ran."

„Wenn ich das alles so höre, dann sollten wir unbedingt eine neue Abteilung aufmachen, die sich nur um solche Fälle kümmert."

„Das wäre mehr als nötig. In den USA wurde eine National Cyber-Forensics & Training Alliance gegründet. Das FBI ist daran maßgeblich beteiligt. Rund ein Viertel aller Hacker sind schätzungsweise Informanten des FBI. Spezialagenten unterwandern die Online-Schwarzmärkte. In Deutschland steckt man noch in den Kinderschuhen. Das nationale Cyber-Abwehrzentrum, das vor Kurzem in Berlin gegründet wurde, ist eher ein Witz."

„Dann schieß mal los, Jan. Was ist gestern noch passiert?" Tom Bohlan sprühte vor Elan.

„Nach einiger Wartezeit ist tatsächlich die Frau aufgetaucht, die unter der Wohnung wohnt, in der Möller ein- und ausgegangen ist. Eine ziemlich attraktive Erscheinung übrigens. Mitte zwanzig. Groß. Blond. Nett. Sie hat bestätigt, dass Linus Möller bis letzte Woche quasi über ihr gewohnt hat. Da sie aber keine Zeitung liest, hat sie unser Fahndungsfoto nicht gesehen. Sie war ganz überrascht, dass er von der Polizei gesucht wird."

„Konnte sie etwas dazu sagen, wem die Wohnung über ihr gehört?", hakte Bohlan nach.

„Ja. Einer gewissen Maria Costello. Sie ist Mexikanerin, Mitte dreißig, zirka ein Meter sechzig groß und zierlich. Ich habe sie im Treppenhaus getroffen, als ich gerade gehen wollte."

„Und?", fragte Will, einigermaßen verblüfft.

„Und was?"

„Was sagt sie zum Verschwinden Linus Möllers?"

„Nicht viel. Er sei am Freitag ausgezogen."

„Was? Wohin? Weshalb?" Will platzte fast vor Neugierde.

„Angeblich hat er einige Monate bei ihr gewohnt. Möller habe ihr erzählt, dass er für eine größere Firma die Sicherheit des Netzwerkes überprüft habe. Am Freitag sei er damit fertig geworden und zurück nach Berlin gefahren. Sie sei selbst überrascht gewesen, dass er so schnell ausgezogen sei. Ursprünglich habe er noch zwei Wochen länger bleiben wollen."

„Und? Glaubst du ihr?"

„Costello hat auf mich einen glaubwürdigen Eindruck gemacht."

„Warum hat sie sich noch nicht bei uns gemeldet?"

„Weil auch sie keine Zeitung liest und wohl auch kein Radio hört. Sie ist aus allen Wolken gefallen, dass Möller gesucht wird."

„Das scheint das Haus der Unwissenden zu sein", bemerkte Steinbrecher. „Es ist immer wieder erstaunlich, wie wenig die Menschen von dem mitbekommen, was um sie herum passiert."

Möller trank die Dose Red Bull in einem Zug aus und wandte sich wieder seinem Laptop zu. Er hatte den ganzen Nachmittag an einem Text gearbeitet, der den Dokumenten als Einleitung vorangestellt werden sollte. Seine Hände flogen über die Tastatur. Auf dem Bildschirm setzten sich die Buchstaben zu einem Schlusssatz zusammen. Möller las noch einmal alles durch und war mit sich und der Welt zufrieden. „So, fertig. Wie sieht es bei dir aus?" Die

Frage richtete sich an Maria Costello, die ihm gegenübersaß und einen verzweifelten Eindruck machte.

„Nicht gut. Es fehlen immer noch Serverkapazitäten. Ich habe heute Mittag noch mal eine Rundmail geschrieben und eine verschlüsselte Botschaft gezwitschert, aber die Resonanz ist eher bescheiden."

„Dann müssen wir eben Kapazitäten bei Amazon oder sonst wem anmieten."

Costello schüttelte den Kopf. „Nein, das muss diesmal anders laufen. Nicht dass die uns nach ein, zwei Tagen wieder den Hahn zudrehen, wie sie es bei Wikileaks gemacht haben."

„Ja, das ist ein Problem. Aber wie soll es sonst gehen? Wir brauchen mehr Kapazitäten, sonst stürzt uns die Seite ab."

„Wir müssen noch ein paar Tage warten. Ich brauche noch etwas Zeit."

„Davon brauchst du neuerdings alle Welt. Wir können nicht bis zum Sankt Nimmerleinstag warten."

„Sei doch nicht immer so ungeduldig."

„So bin ich eben. Außerdem habe ich immer noch Angst, dass mich die Bullen erwischen, bevor wir das hier fertig haben. Gerade nach der Aktion gestern."

„Ach, mach dich locker. Den komischen Kommissar habe ich prima abgewimmelt und Jenny wird auch die Klappe halten. Ich habe ihr das noch einmal eingeimpft."

„Du hast echt die Ruhe weg. Aber ich bin mir nicht mehr sicher, ob du alles im Griff hast."

„Wie meinst du das?"

„Na ja. Mit der Mordgeschichte kommst du nicht wirklich weiter und jetzt schaffst du es auch nicht, genügend Serverkapazitäten zu bekommen. Vielleicht sollten wir uns Hilfe holen."

„Halt's Maul". Maria schlug mit der Hand auf den Tisch. „Ich habe alles im Griff. Das wirst du schon sehen."

Das Haus, in dem Dr. Magnus Sartorius seit nunmehr einem Jahrzehnt lebte, war eine alte Villa, im zwanzigsten Jahrhundert erbaut und vor seinem Einzug kernsaniert. Den Garten hatte Sartorius etwas verwildern lassen, Efeu rankte sich an der Hausfassade entlang. Dies alles tat der Schönheit des Anwesens aber keinen Abbruch – im Gegenteil, der Garten verlieh dem Haus ein verwunschenes Ambiente. Innen war das Haus nach modernen Standards eingerichtet und ausgestattet. Einzig den Keller hatte Sartorius seinerzeit in seinem ursprünglichen Zustand belassen. Dort bestimmten unverputzte Wände das Bild und es lag etwas Feuchtes und Muffiges in der Luft. Dr. Sartorius hatte in aller Ruhe zu Abend gespeist. Steak und Salat, zubereitet von seiner Haushälterin. Sie wohnte ein paar Straßen weiter, zusammen mit ihrem Mann, war Ende sechzig und arbeitete jeden Tag zwei bis drei Stunden bei Sartorius. Diesem glücklichen Umstand war es zu verdanken, dass das Haus sich immer in einem tadellosen Zustand befand. Er räumte Teller und Besteck in die Küche und schenkte sich einen Whisky ein. Versonnen sah er aus dem Fenster. Gerade als er den Fernseher einschalten wollte, läutete das Telefon. Sartorius stellte das Glas ab und griff zum Hörer.

Als Julia Will durch das Villenviertel von Niederursel stapfte, war es bereits fast halb acht. Ihr Kopf war voll und leer zugleich. Sie bog von der U-Bahn Station Wiesenau kommend in die Hohemarkstraße ein und erreichte ihr Zuhause wenige Minuten später. Sie hängte Mantel und Mütze an den Haken neben der Tür. Die Tür, die vom Flur abging und in Omas Wohnzimmer führte, stand einen Spalt offen. Der Geruch von verbrennendem Holz strömte aus dem Zimmer. Julia wähnte ihre Oma vor dem Holzofen sitzend und ein Buch lesend. Langsam trat sie ein.

„Da bist du ja, mein Kind. Du lebst tatsächlich noch." Annegret Will blickte von ihrem Buch auf.

„Natürlich lebe ich noch, was denkst du denn?"

„So selten, wie man dich in der letzten Zeit sieht." Annegret Wills Stimme klang keineswegs so vorwurfsvoll, wie die Worte es erscheinen ließen.

„Wir stecken mitten drin in den Ermittlungen."

„Und dann gibt es ja auch noch Alex, nicht wahr?"

Manchmal fühlte Will sich wie ein Teenager, der zu Hause seinen ersten Freund beichtet.

„Ja, es gibt auch noch Alex, wenn dich das beruhigt."

„Hast du denn schon zu Abend gegessen?"

„Nein."

„Was hältst du davon, wenn wir einen kleinen Spaziergang durch den Ort machen? Wir können im Café Mutz was essen. Ich zahl auch."

Einerseits hatte Will überhaupt keine Lust, das Haus noch einmal zu verlassen. Andererseits hatte sie ihre Oma seit Tagen nicht mehr gesehen und deswegen ein so schlechtes Gewissen, dass sie ihr keinen Wunsch abschlagen konnte. Seit sie mit Alex zusammen war, waren die gemeinsamen Abende mit ihr deutlich weniger geworden.

„Okay. Machen wir."

„Dann erzähl mal, was dich so bedrückt!", forderte Annegret Will sie auf, während sie die Luftzufuhr am Ofen herunterdrehte.

„Es ist unglaublich, wie viel Hass, Gewalt und Unrecht es auf der Welt gibt. Wir stecken mit unseren Ermittlungen zur Hälfte in einem Drogenkrieg, der irgendwo in Mexiko seinen Ausgang genommen hat. Sagt dir die Stadt Ciudad Juarez etwas?"

„Ja, ich habe einmal einen Artikel in der Zeitung darüber gelesen", antwortete Oma Will nachdenklich. Und dann prasselten die Worte aus Julia Will heraus wie aus einem geborstenen Wasserrohr, bis sie das Café Mutz, das sich im Ortskern Niederursels befand, erreichten.

„Ist eigentlich ein gemütliches Lokal", stellte Julia fest, nachdem sie bestellt hatten. „Als ich das letzte Mal hier drin war, hieß es noch *Zu den drei Raben.*"

„Das ist schon einige Zeit her. Weißt du eigentlich, wie es zu diesem Namen gekommen ist?"

„Nein."

„Die Familie, die das Restaurant gegründet hat, kam ursprünglich aus Praunheim. Dort hatten sie als Totengräber gearbeitet. Es gab drei Töchter, die immer schwarz gekleidet waren und man sagt, dass sie ein wenig verrottet rochen. Das waren die drei Raben."

Julia Will trank einen Schluck Äppelwoi und schmunzelte.

„Habe ich dir eigentlich schon erzählt, dass ich ein Buch schreibe?", sagte Annegret Will wie aus dem Nichts heraus.

Julia verschluckte sich fast. „Jetzt sag aber bitte nicht, dass es ein Krimi wird."

Oma Will sah ihre Enkelin einige Sekunden an und wirkte, als habe man sie ertappt. Dann zog ein leichtes Lächeln über ihr Gesicht. „Nein, kannst beruhigt sein. Ich möchte die Geschichte Niederursels für die Nachwelt erhalten."

„Gibt die denn so viel her?"

„Und ob. Sie ist spannend wie ein Krimi." Die Bedienung servierte das Essen. „Schon die Römer siedelten hier in der Gegend. Aber das nur am Rande, wirklich spannend wurde es im fünfzehnten Jahrhundert, als der königliche Vogt Henne von Niederursel den Ort teilte und jeweils zur Hälfte an die Stadt Frankfurt und die Ritter von Kronberg verkaufte. Die nächsten dreihundert Jahre blieb der Ort geteilt. Hast du dich nie gefragt, warum es hier alles doppelt gibt?"

Julia schüttelte den Kopf.

„Lange gab es Streit und das eine oder andere Gemetzel über den Verlauf der Grenze, die mitten durch den Ort lief. Erst 1712 einigten sich die damaligen Herren auf die Hauptstraße als Trennlinie." Annegret Will sah aus dem Fenster. „Was du da draußen siehst, war damals die Grenze. Im Süden waren die Herren zu Solms für Gesetz und Ordnung zuständig, im Norden die Freie Reichsstadt Frankfurt. Erst 1898 kam die Wiedervereinigung. Wie du siehst, ist die Geschichte überall in der Welt eine schmerzliche Angelegenheit. Kämpfe, die man heute in Afrika, Palästina oder von mir aus auch in Mittel- und Südamerika erlebt, waren hier viele Jahrhunderte auf der Tagesordnung. Und es gab keine UNO, die versucht hat, das Land zu befrieden."

Sartorius legte den Hörer zufrieden zur Seite. Der Fisch hatte tatsächlich angebissen. Gute Informationen waren die Grundvoraussetzung zum Erfolg. Ohne sie konnte man die Klaviatur der Manipulation nicht erfolgreich spielen. Schon morgen in aller Frühe würde er sich erneut mit dem Fahrer des goldenen Mercedes treffen. Wenn alles glatt lief, würde er schon bald die verlorenen Informationen wieder in den Händen halten. Zufrieden schenkte er sich noch einmal einen Whisky ein.

Mittwoch

Julia Will quälte sich aus dem Bett. Ihr Kopf war noch benebelt vom gestrigen Abend. Nach langer Zeit schien sie sich tatsächlich einen Kater eingefangen zu haben. Nach dem Essen im Café Mutz waren sie durch die kalte Eisluft nach Hause gelaufen und hatten vor dem Holzofen sitzend einige Runden Backgammon gespielt und dabei eine Flasche Rotwein geleert. Die Mischung aus Äppelwoi und Rotwein hatte ihren Kopf gehörig durcheinandergewirbelt. Als sie eine halbe Stunde später die Küche betrat, war wie üblich alles vorbereitet und ihre Oma verbreitete beste Laune. Will setzte sich an den Tisch, griff ein Brötchen und trank Omas Anti-Kopfwehgetränk.

„Wie machst du das eigentlich?", fragte Julia. „Warum wirft dich so ein Abend nicht aus der Bahn? Du trinkst genauso viel wie ich, du schläfst genauso wenig wie ich und bist doppelt so alt."

„Im Alter braucht man einfach weniger Schlaf und im Übrigen schlafe ich mittags ein Stündchen. Das hilft." Will schenkte sich eine Tasse Kaffee ein. „Übrigens, Alex hat angerufen. Er wünscht dir einen schönen Tag."

„Hat er sonst noch etwas gesagt?"

„Nur, dass er heute einen frühen Termin hat. Du brauchst also nicht zurückzurufen."

Will blickte auf die Küchenuhr und fuhr zusammen. Es war schon neun Uhr. Eigentlich sollte sie längst im Präsidium sitzen. Sie biss noch einmal in ihr Brötchen und stürmte zur Tür. „Mach's gut, Oma. Ich muss dringend los."

Der Tag tröpfelte dahin wie eine zähflüssige Masse. Die Kommissare wendeten Überlegungen hin und her, stellten Vermutungen auf und verwarfen sie wieder. Die Durchsicht der beschlagnahmten Unterlagen brachte keinerlei neue Erkenntnisse. Ebenso wenig waren die Ermittlungsversuche im Hackermilieu von Erfolg gekrönt. Will kam es vor, als seien sie auf ein Kartell des Schweigens gestoßen. Diese Computerkönige hielten zusammen wie Pech und Schwefel. Eigentlich hasste Will Observationen wie die Pest, doch an diesem Tag war sie froh darüber, den Nachmittag bei Willi

Panzer verbringen zu dürfen. Nach dem Mittagessen fuhr sie in die Rotlintstraße und löste Walter Steinbrecher ab.

„Linus, ich habe ein Problem." Möller blickte auf. Maria stand im Türrahmen und machte ein verzweifeltes Gesicht.

„Was gibt's denn?"

„Ich habe noch etwas Wichtiges zu erledigen und meine Mutter kann nicht auf die Kleine aufpassen."

„Nein, nein, nein", Möller schüttelte den Kopf. „Das verlangst du nicht im Ernst von mir."

„Warum nicht? Du kommst doch prima mit ihr zurecht. Und für dich ist es sowieso am besten, das Haus nicht zu verlassen."

Möller stieß einen Seufzer aus. Eigentlich hatte Maria recht, ein bisschen Abwechslung war vermutlich gar nicht schlecht. Und er hatte die Kleine längst in sein Herz geschlossen. „Also gut. Ich mach's."

Maria gab ihm einen Kuss auf den Mund. „Ich muss los. Geh bitte gleich nach oben, meine Mutter muss in spätestens einer halben Stunde weg."

„Moment. Wo willst du eigentlich hin?" Maria konnte nicht mehr antworten. Sie hatte sich bereits umgedreht und war durch die Tür verschwunden.

„Wollen Sie eine Tasse Kaffee?" Die Frage war für Willi Panzer mehr Feststellung als Angebot. Julia Will wollte eigentlich den Kopf schütteln, aber Panzer hatte bereits eine alte Porzellantasse mit Blumenmuster vor sie gestellt und schenkte ein.

„Das Geschirr haben wir zu unserer Hochzeit bekommen."

„Was ist mit Ihrer Frau?"

„Tot, schon seit zehn Jahren."

„Das tut mir leid." Will rührte mehrere Löffel Zucker in den Kaffee.

„Das muss es nicht. Es ist der Lauf der Welt. Manche sterben früher und manche einfach zu früh."

„Haben Sie Kinder?"

„Leider nein. Wir haben uns immer welche gewünscht, aber nach zwei Fehlgeburten haben wir es aufgegeben. Möchten Sie einen

Keks?“ Panzer öffnete eine Packung Schokoladenkekse und hielt sie Will hin. Gedankenverloren griff die Kommissarin zu und schob mechanisch den Keks zum Mund, bevor sie ihren Blick wieder auf die Straße wandte.

„Die Frau, bei der dieser Linus Möller gewohnt hat, hat eine so süße Tochter. So eine habe ich mir immer gewünscht.“

Für einen Moment verlor Will die Konzentration, sodass der Keks ihr aus der Hand fiel und direkt in die Kaffeetasse plumpste. Der Kaffee spritzte hinaus und hinterließ auf der Tischdecke braune Flecken.

„Oh, entschuldigen Sie, das tut mir sehr leid. Ich wollte Ihre schöne Decke nicht schmutzig machen.“

„Das ist kein Problem. Die kommt heute Abend in die Wäsche. Machen Sie sich deswegen keine Sorgen.“

„Sie hatten bisher nicht erwähnt, dass Frau Costello eine Tochter hat.“

„Habe ich nicht? Dann habe ich das wohl vergessen. Hat das denn Bedeutung für Ihre Ermittlungen?“

„Für unsere Ermittlungen ist alles von Bedeutung. Manchmal ist es ein kleines, nebensächliches Detail, das uns auf die richtige Spur führt. Schauen Sie zum Beispiel die Sache mit der Tochter. Eben ist Frau Costello aus dem Haus gegangen, und zwar alleine. Da stellt sich natürlich die Frage: Wo steckt die Tochter? Wie alt ist sie eigentlich?“ Panzer dachte einen Moment nach, bevor er antwortete.

„Vier oder fünf, schätze ich mal. Jedenfalls geht sie nicht in die Schule.“

„Dann bleibt die Frage, wo die Tochter jetzt steckt.“

„Vermutlich bei der Oma. Frau Costellos Mutter wohnt eine Etage über ihr.“

Will ließ ihren Blick an der Fassade des Hauses entlanggleiten. Tatsächlich brannte im dritten Stock Licht. Allerdings waren die Vorhänge zugezogen, sodass man keinen Einblick hatte. Will kramte ihren Notizblock aus der Tasche. Sie musste Steininger unbedingt fragen, ob er auch die Mutter vernommen hatte. Obwohl sie sich bereits länger mit dem Haus in der Rotlintstraße beschäftigten, schienen dort noch einige Geheimnisse zu lauern.

Möglicherweise sollten sie eine Hausdurchsuchung in Erwägung ziehen.

Jan Steininger war nach dem Dienst nur kurz in seiner Wohnung gewesen. Genau genommen hatte er lediglich seinen Rucksack gegen eine Sporttasche getauscht. Danach hatte er im Supermarkt um die Ecke eine Flasche Sprudelwasser und ein belegtes Sandwich aus dem Kühlregal erstanden und war in die Boxhalle gefahren. Steininger war stolz auf sich. Noch vor einem halben Jahr hätte er sich nach einem Arbeitstag auf sein Sofa fallen lassen und wäre in die heile Welt der Doku-Soaps eingetaucht. Zwar war er nicht minder erschöpft als in früheren Zeiten, aber die Freude auf das Training verdrängte alle Müdigkeit. Zudem würde er heftigen Ärger mit Jürgen Delius bekommen, wenn er grundlos das Training schwänzte. Als er die Boxhalle betrat, herrschte dort hektischer Trainingsbetrieb. Steininger begrüßte Delius, der etwas mürrischer war als sonst, per Handschlag und ging in den Aufwärmbereich, wo er mit leichtem Seilspringen begann. Noch vor wenigen Wochen hatte er kaum zehn Sprünge hinbekommen, ohne sich mit den Füßen im Seil zu verheddern, doch mittlerweile legte er eine beachtliche Geschmeidigkeit und Kondition an den Tag.

Linus Möller hatte die letzte Stunde damit zugebracht, Sofia Bücher vorzulesen. Zum Glück hatte Marias Mutter die Kleine bereits bettfertig gemacht, bevor sie ins Theater gegangen war. So musste er sie nur noch bis zum Sandmann beschäftigen und konnte sie pünktlich um sieben ins Bett legen. Er stellte eine CD mit Feengeschichten an, machte die Tür zu ihrem Zimmer zu und begab sich ins Wohnzimmer, wo der Fernseher stand. Möller zappte sich durch die Programme und blieb beim „perfekten Dinner" hängen. Eigentlich konnte er solchen Sendungen nichts abgewinnen, doch jetzt machte er die Entdeckung, dass man beim Blick in Nachbars Wohnstuben herrlich abschalten konnte. In den letzten Tagen war er mehr mit sich selbst beschäftigt gewesen als jemals zuvor in seinem Leben. Normalerweise bewegten sich seine Gedanken vorwiegend um Dinge, die sich mit dem Computer beschäftigten. Sei es Hacken oder das Schmieden von geheimen

Allianzen, um die Welt mit Aktivitäten im virtuellen Raum zu verändern. Ab und an beschäftigte ihn auch eine Frau. Allerdings waren diese Dinge nicht von größerer Bedeutung. Die meiste Zeit in seinem Leben hatte er eine Frau an seiner Seite gehabt, jedenfalls seitdem er sich für das andere Geschlecht interessierte. Er hatte nie große Eroberungsfeldzüge initiieren müssen, meist genügte ein kurzes Werben. Seit letztem Freitag allerdings war alles anders. Plötzlich standen existentielle Dinge im Vordergrund. Die Angst, die nächsten Jahre das Dasein in irgendeinem Gefängnis fristen zu müssen, war permanent präsent. Noch größer war die Angst, das Projekt nicht fertigbringen zu können. Hinzu kam, dass er eigentlich schon jetzt wie in einem Gefängnis lebte. Er verließ die Wohnung nur noch selten. Obwohl sich Maria alle Mühe gegeben hatte, sein Äußeres zu verändern, war er doch unsicher, wenn er durch die Straßen ging. Vielleicht war das alles doch die falsche Entscheidung gewesen? Vielleicht wäre es besser gewesen, den eigenen Willen durchzusetzen? Möglicherweise wäre er in Untersuchungshaft gelangt, aber es hätte immerhin auch die Chance bestanden, seine Unschuld zu beweisen. Und das Projekt wäre auch nicht weniger weit gewesen als jetzt. In der letzten Woche waren sie kaum einen Schritt vorangekommen. Er hatte an den Texten und am Design gefeilt. Aber die technischen Probleme, um die sich Maria kümmerte, waren kaum weniger geworden. Insbesondere war immer noch die Frage unbeantwortet, woher genügend Serverkapazitäten kommen sollten. Bislang hatte er nie an Marias Fähigkeiten gezweifelt, nun war er sich nicht mehr so sicher, ob sie wirklich mit vollem Elan bei der Sache war. In den letzten Tagen verbrachte sie viele Stunden außer Haus. Angeblich war sie damit beschäftigt, Beweise für seine Unschuld zu sammeln. Aber auch in dieser Angelegenheit konnte sie bislang nicht wirklich brauchbare Ergebnisse vorlegen. Das Piepsen seines Handys riss ihn aus den Gedanken. Möller warf einen Blick auf das Display, das den Eingang einer SMS anzeigte.

„Wenn Sie Ihre Unschuld beweisen wollen, kann ich Ihnen helfen. Seien Sie in einer Stunde im Boxklub."

Nachdenklich betrachtete Möller das Handy. Komische Geschichte. Woher zum Teufel hatte der Absender dieser Nachricht seine Handynummer? Es gab nur wenige Menschen, die sie kannten. Spontan fielen ihm eigentlich nur drei ein: seine Mutter, Maria und Jens, ein Freund aus gemeinsamen Hackertagen. Seine Mutter würde niemals die Nummer verwenden oder weitergeben, davon war er überzeugt. Maria würde ihn darüber informieren, wenn sie jemandem die Nummer weitergeben würde. Aber auch sie würde das vermutlich nicht tun. Und Jens? Eigentlich war auch er eine superdichte Stelle. Aber zur Sicherheit entschied Linus Möller, der Sache auf den Grund zu gehen. Er rief Jens an, der ihm versicherte, dass er zu keinem Zeitpunkt irgendwem die Nummer geben hatte. Marias Handy war ausgeschaltet. Er konnte sie also nicht erreichen. Möller sah auf die Uhr. Wenn er diesen dubiosen Informanten treffen wollte, musste er jetzt los. Aber es gab noch ein Problem. Was sollte er mit Sofia anstellen? Er schlich an die Zimmertür und warf einen Blick hinein. Das Mädchen schlief tief und fest. Er würde allenfalls zwei Stunden weg sein. Das Risiko war also überschaubar. Möller zog sich seine Schuhe an, holte aus Marias Wohnung seinen Mantel und schlich leise die Treppe hinunter. Vor Jennys Tür verharrte er. Vielleicht sollte er bei ihr klingeln? Sie könnte auf Sofia aufpassen. Jenny war in solchen Fällen eine gute Hilfe. Er lauschte an der Tür, es war ruhig. Trotzdem klingelte er zur Sicherheit, doch als sich immer noch nichts rührte, entschied sich Möller dazu, das Risiko einzugehen und Sofia alleine zu lassen. Er lief an der Haustür vorbei und öffnete die Kellertür. Obwohl er Marias Verfolgungswahn für überflüssig hielt, hatte er sich dazu entschieden, ihren Anweisungen absolute Folge zu leisten. Im Keller gab es eine Tür, die in den Keller des Nachbarhauses führte. Von dort aus konnte man in einen Hinterhof gelangen und über diesen in ein weiteres Haus. Dort gab es einen Hauseingang, der zur Seitenstraße führte, und somit konnte Linus Möller das Haus verlassen, ohne von jemandem gesehen zu werden, der seinen Eingang beobachtete. Zwar war ihm in den letzten Tagen niemand aufgefallen, der sich vor dem Hauseingang, in einem Auto oder wo auch immer postiert hatte. Aber man konnte nie wissen. Vorsicht ist die Mutter der Porzellankiste. Die Stimme seiner Großmutter klang ihm im Ohr.

Jan Steininger hatte über eine halbe Stunde auf Sandsäcke eingedroschen. Sein T-Shirt war in Schweiß getränkt und die blitzartig ausgeführten Schläge hatten seine Arme erschlaffen lassen. Er zog die Boxhandschuhe aus, nahm ein Handtuch und wischte sich über die Stirn. Sein Blick wanderte durch die Halle, auf der Suche nach Jürgen Delius. Er erblickte den Trainer am Tresen neben der Eingangstür stehend. Der Mann, mit dem er sich unterhielt, kehrte Steininger den Rücken zu. Er trug einen Parka und hatte einen kahlgeschorenen Kopf. Steininger überlegte, ob er zu den beiden gehen sollte, doch er wollte nicht stören. Delius legte meist eine schroffe Art an den Tag und reagierte ungehalten, wenn er bei einem Gespräch gestört wurde. Eigentlich gab es auch nicht wirklich etwas zu besprechen. Er war mit seinem Trainingsprogramm durch und legte sich das Handtuch um den Hals, bevor er nach seinen Boxhandschuhen griff und sich auf den Weg Richtung Dusche machte. Kurz bevor er die Tür erreicht hatte, drehte er sich noch einmal um. Delius und der Mann waren immer noch in ein Gespräch vertieft. Steininger wollte den Kopf bereits wieder abwenden, als er einen flüchtigen Blick auf den Boden warf. Dort, direkt vor dem Tresen, stand eine blauschwarze Tasche aus LKW-Plane mit dem Aufdruck „No pasaran“. Sie hatte die Größe eines Laptops. Ach du Scheiße, dachte der Kommissar. Seine Schweißdrüsen wurden noch einmal aktiviert und sein Herz schlug schneller.

„Du bist dir wirklich sicher, dass hier niemand auf mich gewartet hat?“

„Wenn ich es dir doch sage, außer den Stammgästen war heute niemand hier. Kein Neuzugang, kein Interessent. Nichts. Absolut tote Hose.“

„Merkwürdig, sehr merkwürdig“, Möller runzelte die Stirn. „Hat vielleicht jemand etwas für mich hinterlegt? Einen Umschlag zum Beispiel.“

„Auch nicht. Du bist veralbert worden, glaub es mir.“

„Wer sollte so etwas machen und warum?“

„Was weiß ich, was du für krumme Dinger drehst.“

„Ich drehe keine krummen Dinger.“

Möller sah Delius nachdenklich an, bevor er seine Tasche aufhob und Richtung Ausgang strebte. Als er die Boxhalle verlassen hatte, kam Steininger aus der Umkleidekabine gestürzt. Er hatte lediglich die Schuhe gewechselt und die Winterjacke über die Trainingsklamotten gezogen.

„So eilig heute, Herr Steininger?"

Der Kommissar wandte sich um. Jürgen Delius stand, die Arme vor dem Körper verschränkt, direkt hinter ihm.

„Ja, ich hatte gerade einen Anruf vom Chef. Muss noch mal ins Büro."

„Ihr arbeitet alle zu viel."

„Was soll man machen, in der heutigen Zeit." Steininger lächelte Delius kurz zu, dessen Gesichtszüge genauso unverändert wie undurchschaubar blieben. Komische Geschichte, dachte der Boxer. Es wird viel telefoniert in letzter Zeit. Er fragte sich, ob es zwischen den Telefonaten einen Zusammenhang gab.

Steininger trat auf die Straße und sah den Mann, der eben noch mit Delius geplaudert hatte, hastig davonlaufen. Wenn er sich nicht grundlegend täuschte, strebte er der U-Bahn-Haltestelle entgegen. Steininger holte sein Handy aus der Jackentasche und wählte Bohlans Nummer.

„Hallo, Tom, du glaubst nicht, hinter wem ich gerade herlaufe."

„Spann mich nicht auf die Folter, ich bin gerade dabei, ein Steak in die Pfanne zu hauen."

„Vor mir läuft Möllers Laptoptasche."

„Bist du besoffen, oder was ist los?"

„Ich laufe einem Mann hinterher, der eine Tasche hat, die genauso aussieht wie Möllers Laptop-Tasche. "

„Und, ist es Möller?"

„Weiß ich nicht. Ich habe den Mann bisher nur von hinten gesehen. Er trägt jetzt Glatze."

„Dann halt ihn an und überprüfe die Identität ... Oder nein. Hefte dich an seine Fersen und versuche herauszufinden, wo er Unterschlupf gefunden hat. Und halte mich auf dem Laufenden."

Na bravo, dachte Bohlan und drehte das Gas ab. Er warf einen wehmütigen Blick auf das Steak, bevor er es in eine Dose legte und in den Kühlschrank stellte. Muss warten bis morgen. Er nahm das Telefon seines Festnetzanschlusses und verständigte Steinbrecher und Will über Steiningers Entdeckung und wies beide an, sich bereitzuhalten. Nachdem er das erledigt hatte, lief er wie ein Tiger im Wohnzimmer auf und ab. Sein Puls schlug schnell und er war in Angriffsstellung, ohne zu wissen, wann und wo ein Kampf stattfinden würde. Verdammte Steinzeitgene, dachte der Kommissar. Vielleicht war der Verfolgte tatsächlich Linus Möller. Es konnte aber genauso gut sein, dass es ein unbeteiligter Dritter war, der nur zufällig die gleiche Tasche besaß. Zudem spielte sich die Verfolgungsszene irgendwo in der City ab. Bohlan wusste noch nicht einmal, wo. Er hatte vergessen, Steininger danach zu fragen. Für einen Moment dachte er daran, Steininger anzurufen, um sich nach dem Fortgang der Verfolgung zu erkundigen. Vielleicht wäre eine Liveübertragung des Geschehens per Handy möglich. Doch die Furcht, das Klingeln des Handys könnte seinen Kollegen auffliegen lassen, hielt ihn davon ab. Bohlan konnte vernünftigerweise nur warten, bis sich Steininger wieder meldete. So betrachtet, hätte er auch sein Steak braten und essen können. Er lief wieder in die Küche, riss den Kühlschrank auf. Nachdenklich blickte er auf die Dose. Er öffnete den Deckel. Das saftige Stück Frischfleisch weckte seinen Jagdinstinkt. Zudem machte sich ein Grummeln im Bauch bemerkbar, das unzweideutig „Hunger“ signalisierte. Bohlan war hin und her gerissen. Schließlich überzeugte ihn die Überlegung, dass es doch mehr als ärgerlich wäre, wenn Steininger erneut anrief, wenn das Steak gerade in der Pfanne brutzelte. Nicht auszudenken wäre es, wenn er es halbgegessen auf dem Teller zurücklassen musste. Schweren Herzens stellte er die Dose zurück in den Kühlschrank und schmierte sich ein Leberwurstbrot. Nachdem er dieses hastig aufgegessen hatte, zog er Jacke, Mütze und Schal an und trat nach draußen. Sein Blick ging gegen Himmel, der wolkenverhangen und undurchsichtig war. Bohlans Gefühle schwankten zwischen Gespanntheit und Euphorie. Würde Steiningers Entdeckung zu einem entscheidenden Durchbruch führen oder war es nur ein kurzer Hoffnungsschimmer?

„Hallo? Hier ist Delius“, sagte der Boxer, während sein Blick verträumt über das Konterfei Muhammed Alis schweifte. „Möller war eben hier. Ich habe ihn wieder nach Hause geschickt. Er wirkte ziemlich verunsichert. Ja ... Hm ... Ach so. Der junge Polizist, der hier seit einiger Zeit trainiert, hat sich an seine Fersen geheftet. Okay." Er legte nachdenklich das Telefon zur Seite, blickte ein letztes Mal auf Ali und löschte das Licht.

Julia Will packte ihre Sachen zusammen und verabschiedete sich von Willi Panzer. Seit dem Mittag hatten sie sich während der Observation des gegenüberliegenden Hauses, die bei Weitem nicht so aufregend war, wie man es aus diversen Krimis kannte, sehr angeregt unterhalten. Panzer erinnerte sie in manchen Dingen sehr an ihre Oma. Vielleicht sollte sie mal ein Kaffeekränzchen mit den beiden veranstalten. Will war sich nicht sicher, ob sie ihre Stellung tatsächlich schon aufgeben sollte. Vielleicht kroch Möller erst nachts aus seinem Versteck? Andererseits hatte weder Steininger am Vormittag noch sie am Nachmittag etwas Verdächtiges bemerkt. Letztlich ausschlaggebend für den Entschluss, den Hochsitz zu verlassen, war das Telefonat mit Bohlan. Wenn es tatsächlich stimmte, dass Steininger Möller auf den Fersen war, dann war es mehr als unwahrscheinlich, dass er in dem gegenüberliegenden Haus noch seinen Unterschlupf hatte. Zudem versprach Panzer ihr, noch einige Zeit am Fenster auszuharren. Sie würde sich jetzt an der nächsten Bude einen Döner holen und dann Richtung Römerstadt fahren, wo eine hoffentlich gemeinsame Nacht mit Alex auf sie wartete. Sollte Steininger tatsächlich dem richtigen Möller hinterherjagen, könnte sie immer noch umkehren, an welchem Ort auch immer der Showdown stattfinden würde.

Linus Möller beeilte sich, nach Hause zu kommen. Ein mehr als mulmiges Gefühl breitete sich in seinem Körper aus. War er tatsächlich auf einen so billigen Trick hereingefallen? Andererseits war es doch eigentlich völlig unmöglich, dass ein Fremder seine geheime Handynummer herausgefunden hatte. Verdammt. Er stieg aus der U-Bahn und eilte die Straße entlang. Wieder gelangte er durch die Hintertür in den Hof, überwand ein kleines Mäuerchen, schlüpfte durch eine Kellertür, durchquerte den Verbindungsgang und fand sich schließlich im Treppenhaus wieder. Er lauschte, doch alles schien ruhig zu sein. Nichts deutete darauf hin, dass sich hier in der letzten Stunde etwas Dramatisches ereignet hatte. Lediglich der leichte Hauch eines vertrauten Parfums weckte seine Instinkte.

Verwundert blieb Jan Steininger im Hinterhof stehen. Der Mann, den er verfolgte, war verschwunden. Hatte der Verfolgte ihn bemerkt und erfolgreich abgeschüttelt? Er schaute sich um und mit einem Mal fiel es ihm wie Schuppen von den Augen. Nein, er hatte ihn nicht bemerkt, das war der normale Weg zu seinem Unterschlupf. Ganz schön raffiniert. Steininger schlug sich mit der Hand gegen die Stirn. Dass wir darauf nicht früher gekommen sind. Hektisch kramte er sein Handy hervor, rief zuerst Bohlan und dann Julia Will an. Vielleicht saß sie noch eine Häuserreihe weiter am Fenster.

„Wo wart ihr?" Maria Costellos Stimme war laut und schrill. Ihr Blick traf Möller wie ein Messer, kratzte an seinem Körper und fiel suchend daran ab. „Wo ist Sofia?"

„Wo soll sie sein? Sie liegt in ihrem Bett und schläft", würgte Möller an einem Kloß im Hals vorbei hinaus.

„Da ist sie eben nicht."

„Dann wird sie irgendwo anders in der Wohnung sein." Möller bekam erste Schweißausbrüche. Die latente Angst bildete sich langsam zur Gewissheit heraus. Hier war etwas passiert. Man hatte ihn fortgelockt, um Sofia zu entführen. Er zwängte sich an Maria vorbei.

„Du brauchst nicht zu suchen. Sie ist nicht hier oben. Ich habe schon alles abgesucht und ich bin nicht blind."

„Und unten, in deiner Wohnung?"

„Auch nicht."

„Bei Jenny? Ja, sie wird bei Jenny sein", für einen Moment glaubte Möller selbst, was er sprach. Er wandte sich nach unten.

„Zwecklos. Bei mir ist sie auch nicht." Jenny trat aus Costellos Wohnung.

„Das gibt's doch nicht. Sie kann doch nicht einfach so vom Erdboden verschwinden."

Costello brach in Tränen aus. Zum ersten Mal im Leben sah Möller Maria mit Tränen im Gesicht. „Wo hast du dich herumgetrieben?" Plötzlich hatte Maria seine Schultern gepackt, rüttelte und zerrte an ihm herum. „Du verdammter Scheißkerl. Wie konntest du meine Tochter alleine lassen?" Marias Verzweiflung schien in Wut umzuschlagen.

„Sag, dass das nicht wahr ist." Julia Will schluckte einen Bissen Döner hinunter. Weiße Sauce lief ihr über die Hand. Die beiden Kommissare standen vor Costellos Haus. „Wir haben Stunden am Fenster gesessen und der Kerl konnte einfach über den Hinterausgang ein und ausgehen?"

„So sieht es aus. Den genauen Weg weiß ich nicht, aber es gibt nur diese eine Erklärung. Ich wollte ihm nicht weiter folgen. Das war mir alleine zu gefährlich, aber ich bin mir ziemlich sicher, dass er jetzt wieder da oben ist." Steiningers Blick wanderte die Fassade entlang. Will stellte sich an die Haustür und hielt ihr Ohr dran.

„Aus dem Treppenhaus kommen Stimmen, klingt nach Streit. Ich kann aber nichts verstehen." Sie stopfte den letzten Rest Döner in den Mund und wischte sich die Hände ab. „Tom müsste jeden Moment da sein. Was sollen wir machen?"

„Weiß nicht. Handeln oder abwarten."

„So schlau bin ich auch", sagte Will und dachte, er ist doch noch nicht zum harten Hund gereift. Sie streckte den Finger aus, um den Klingelknopf zu betätigen. Mehrere Einsatzwagen der Polizei, die in diesem Moment um die Ecke bogen, hielten sie zurück. Das Sondereinsatzkommando übernahm die Regie. Die Haustür wurde geöffnet. Linus Möller und Maria Costello wurden auf das Präsidium gebracht. Sie leisteten keinerlei Gegenwehr.

Tom Bohlan ließ Möller und Costello in getrennte Vernehmungszimmer bringen. Er postierte jeweils einen Beamten vor der Tür. Zusammen mit Will und Steininger verzog er sich in eine Ecke.

„Wir nehmen uns zuerst Möller vor. Steininger kommt mit rein." Der Kommissar blickte seine Kollegen an. Dann sagte er zu Julia, die einen leicht frustrierten Gesichtsausdruck hatte: „Du bleibst draußen vor der Scheibe. Sollte ich die Kontrolle verlieren oder dir etwas auffallen, kannst du eingreifen. Steinbrecher müsste jeden Moment hier sein. Er unterstützt dich."

Bohlan wandte sich um. Gefolgt von Steininger ging er in das Vernehmungszimmer und schaltete Aufnahmegerät und Videokamera ein. Möller beobachtete den Kommissar missmutig.

„Ist das alles rechtens, was Sie da tun?"

„Davon können Sie ausgehen. Wenn es Ihnen nicht passt, können Sie einen Anwalt hinzuziehen." Er blickte Möller streng an. „Wollen Sie etwas trinken?"

„Nein, danke."

„Linus Möller. Ist das richtig?" Bohlans Blick durchbohrte den Computer-Hacker.

„Das wissen Sie doch. Warum fragen Sie so blöd?"

„Weil ich es von Ihnen hören will."

„Ja, ich bin Linus Möller. Hören Sie, die Tochter meiner Freundin ist vor wenigen Minuten entführt worden. Sie müssen sofort etwas unternehmen."

Für einen Moment blickte Bohlan Möller verwirrt an. „Deswegen sind Sie nicht hier, sondern wegen des Todes einer gewissen Esmeralda Gonzales. Sagt Ihnen das etwas?"

Möller rutschte nervös auf seinem Stuhl hin und her.

„Was haben Sie letzten Freitag gemacht? Sie waren doch im Marriott, oder etwa nicht?"

„Hören Sie, Herr Kommissar, ein Kind ist entführt worden. Sie müssen unbedingt etwas unternehmen. Wer weiß, was die mit ihr vorhaben."

„Was reden Sie denn immerfort von einem Kind? Und wer soll etwas vorhaben? Lenken Sie nicht vom Thema ab."

Möllers Oberkörper schnellte nach vorne. Er schlug mit der Faust auf den Tisch und schien äußerst aufgebracht.

„Zum letzten Mal, heute Abend, kurz bevor Sie in der Rotlintstraße aufgetaucht sind, ist Sofia, die Tochter von Maria Costello, aus ihrem Zimmer verschwunden. Vermutlich wurde sie entführt. Bitte, ich flehe Sie an, kümmern Sie sich endlich darum, bevor die Entführer mit ihr über alle Berge sind. Ich laufe Ihnen ja nicht weg. Wenn Sie alles in die Wege geleitet haben, können wir uns gerne über Freitagabend unterhalten." Möller saß, immer noch nach vorne gebeugt, am Tisch und schaute Bohlan in die Augen. Der Kommissar merkte, dass tatsächlich etwas im Busch sein musste. Er lehnte sich nach hinten, spielte mit einem Kugelschreiber und taxierte Möller.

„Also gut. Ich werde mit Maria Costello sprechen. Wenn sie Ihre Aussage bestätigt, leiten wir alles in die Wege."

Möller sackte erleichtert in seinem Stuhl zusammen. Bohlan und Steininger verließen den Raum.

„Was meint ihr?" Bohlan blickte Steininger und Will an. „Sagt er die Wahrheit oder ist alles ein Ablenkungsmanöver?"

„Wahrheit", sagte Will. Steininger nickte zustimmend.

„Okay, dann mal sehen, was Costello sagt."

„Sie heißen Maria Costello. Ist das richtig?"

„Ja."

„Bevor ich Ihre weiteren Personalien aufnehme: Sie haben eine Tochter?"

„Ja, Sofia. Sie ist fünf Jahre alt."

Bohlan nickte. „Wo ist Ihre Tochter jetzt?"

„Sie übernachtet bei einer Freundin."

Bohlan sah überrascht zu Steininger.

„Können wir das überprüfen?"

„Warum wollen Sie das überprüfen? Ist das so ungewöhnlich, dass ein kleines Mädchen einmal bei einer Freundin übernachtet?"

„Nein, sicher nicht", sagte Bohlan und fügte nach einigen Sekunden hinzu: „Ungewöhnlich aber ist, dass Ihr Freund gerade ausgesagt hat, die kleine Sofia sei entführt worden."

„Was? So einen Schwachsinn würde Möller niemals behaupten." Sie lehnte sich lässig zurück und blickte die beiden Kommissare an. „Er hat das wirklich gesagt?"

Bohlan nickte.

„Dann hat er keine Ahnung. Er kam nach Hause, hat Sofia gesucht und nicht gefunden. Dann sind Sie beziehungsweise Ihre Kollegen gekommen und haben alles auf den Kopf gestellt. Ich konnte ihm noch nicht sagen, dass Sofia heute woanders übernachtet."

„Ist er der Vater des Kindes?"

Costello lachte auf. „Nein, wo denken Sie hin."

„In welcher Beziehung stehen Sie zu Linus Möller?"

„Nennen wir ihn einen Freund."

Bohlan blickte erneut kurz zu Steininger, der sich aufgefordert fühlte, in die Vernehmung einzugreifen. Er schob Costello Zettel und Bleistift über den Tisch. „Schreiben Sie bitte Name und Adresse der Freundin auf."

Costello ergriff das Blatt und begann, ohne nachzudenken, zu schreiben.

„Was haben Sie letzten Freitagabend gemacht?"

Costello blickte auf. „Freitag? Warten Sie." Sie zog die Stirn in Falten. „Ich denke, ich war zu Hause und habe gearbeitet."

„Was arbeiten Sie?"

„Dies und das am Computer."

„Bedeutet dies und das, dass Sie ähnliche Dinge machen wie Linus Möller?"

„Ich beschäftige mich mit Computersicherheit und helfe Firmen, sich gegen Eingriffe von außen zu wehren."

„Oder helfen Sie, in Systeme einzudringen?" Bohlans Stimme klang etwas provokant.

„Man kann das eine nicht können, ohne das andere."

„Sie geben also zu, dass Sie illegale Dinge tun?"

Costello sah Steininger feindselig an. „Ich glaube nicht, dass ein Staatsvertreter mir illegales Handeln vorwerfen kann. Wer schleust denn Staatstrojaner auf PCs, um unbescholtenen Personen an den Karren fahren zu können?"

Für einen Moment herrschte Schweigen. Steininger wollte etwas entgegnen, doch Bohlan kam ihm zuvor.

„Das führt uns jetzt nicht weiter." Er sah Costello fragend an. „Weder Kommissar Steininger noch ich sind in der Lage, irgendwelche Trojaner irgendwo einzuschleusen. Wir sind aber in der Lage, einen Mord aufzuklären. Also, waren Sie am Freitagabend alleine zu Hause?"

„Ja, sagte ich doch schon", sagte Costello trotzig.

„Wo war Sofia?"

„Sie schlief bei meiner Mutter. Die wohnt eine Etage über mir. Sofia hat dort ihr Zimmer, weil ich oft nachts arbeite."

„Wo war Ihre Mutter heute Abend?"
„Im Theater."
Bohlan nickte. „Kommen wir zurück auf letzten Freitag. Wissen Sie, wo Linus Möller da war?"
„Ja, er wollte sich mit einem Kunden treffen. Kam aber erst am nächsten Morgen zurück."
„In welcher Verfassung?"
„In keiner guten. Ich glaube, die Kundin war die Frau, die in dieser Nacht ermordet wurde."
„Könnte Ihr Freund etwas mit dem Mord zu tun haben?"
„Linus?" Costello blickte überrascht. „Nein, das glaube ich nicht."
„Warum hat er sich nicht gestellt?"
„Das müssen Sie ihn schon selbst fragen."
„Warum sind Sie nicht zur Polizei gegangen? Warum haben Sie uns belogen?"
Costello blickte Bohlan zweifelnd an. „Würden Sie Ihre Freundin verpfeifen?"

„Wir müssen sie laufen lassen", sagte Bohlan und nippte an seinem Kaffee. Die anderen blickten ihn an. „Das Einzige, was wir Maria Costello vorwerfen können, ist, dass sie Möller nicht verpfiffen hat."
„Du hast recht", pflichtete Will bei. „Lass sie laufen. Wir haben genug mit Linus Möller zu tun."
„Habt ihr die Sache mit der Tochter überprüft?"
„Ja, Sofia befindet sich bei der Freundin. Das hat zumindest die Mutter des Kindes am Telefon bestätigt."
„Dann werden wir uns noch mal Möller vorknöpfen", sagte Bohlan und blickte auffordernd zu Steininger.

„Wir haben ein Problem, Herr Möller." Bohlan taxierte den Hacker und drehte dabei den Kugelschreiber in den Händen. „Sofia ist nicht entführt. Sie übernachtet lediglich bei einer Freundin."
„Was? Wie bitte?", stotterte Möller und blickte verstört von Bohlan zu Steininger und zurück. „Das kann nicht sein."
„Ihre Freundin hat das ausgesagt und wir haben es überprüft."
Möller starrte ungläubig an die Decke. Schweiß stand auf seiner Stirn.

„Haben Sie mich verstanden?“, fragte Bohlan.

„Ja.“ Möllers Stimme war tonlos und leer.

„Das müsste Sie doch eigentlich freuen, wo Sie sich solche Sorgen gemacht haben. Oder war die ganze Geschichte doch nur ein Ablenkungsmanöver?“

„Nein, um Gottes Willen, nein“, stammelte Möller. „Wir, ich, ich war mir sicher. Sofia war verschwunden. Maria hat zu keinem Zeitpunkt erwähnt, dass sie weiß, wo Sofia ist.“

„Vielleicht sind sie einfach ein bisschen durcheinander. Es würde helfen, wenn Sie uns reinen Wein einschenken.“

Möller blickte fragend auf.

„Was ist letzten Freitag passiert?“

Man sah Möller an, dass in seinem Inneren ein Kampf tobte. Die Schweißperlen auf seiner Stirn vermehrten sich und die Augen zuckten hin und her. Bohlan versuchte ruhig und gelassen zu wirken, obwohl auch er unter enormer Anspannung stand. Doch er wollte Möller nicht unter Druck setzen. Sein Gefühl sagte ihm, dass Möller kurz davor war, reinen Tisch zu machen und tatsächlich trug der Schein nicht.

„Wir haben uns in der Lobby getroffen. Eine Frau, die sich Emi nannte, und ich. Sie hatte mich einige Tage zuvor per E-Mail kontaktiert. Angeblich wollte sie mir Dokumente und Dateien zur Verfügung stellen, die ich für mein Internetprojekt benötige.“

„Was für ein Projekt ist das?“, fragte Bohlan.

„Sagt Ihnen Wikileaks etwas?“

„Ja, natürlich.“

„Ich habe so etwas Ähnliches vor. Nicht ganz so groß und weniger spektakulär. Mein erstes Projekt soll die Beziehungen zwischen lokaler Politik und internationaler Kriminalität aufdecken Die organisierte Kriminalität ist gerade dabei, schmutziges Geld zu waschen und die Gesellschaft zu unterwandern. Emi gab vor, Dokumente zu haben, die sich mit dem Bau des Sportparks im Frankfurter Stadtwald beschäftigen. Die Investoren, die dahinterstehen, sind alles andere als koscher.“ Möller blickte Bohlan und Steininger an. Beide hatten tausend Fragen auf den Lippen, wollten den Hacker aber nicht unterbrechen. Die Ruhe, die die beiden Kommissare ausstrahlten, verlieh Möller Vertrauen und Sicherheit.

„Ich habe mich zwar ein wenig darüber gewundert, woher Emi wusste, mit was ich mich gerade befasse, doch es gibt hin und wieder im Leben gewisse Zufälle. In Hackerkreisen ist es durchaus kein Geheimnis, was ich im Groben vorhabe und zudem sind wir auf der Suche nach Unterstützern, Geldgebern und Sponsoren. Ich dachte mir, dass sie auf diesem Wege über mich erfahren hat. Normalerweise ist es so, dass ich mir die Dokumente über geheime Briefkästen oder auf elektronischem Wege übermitteln lasse. So wollte ich auch diesmal verfahren, doch Emi bestand darauf, mir die Daten persönlich zu übergeben. So etwas lehne ich normalerweise ab. Ich möchte die Identität der Informanten nicht kennen – zu ihrem und zu meinem Schutz."

Möller hatte vom vielen Sprechen einen rauen Hals bekommen und musste sich räuspern.

„Möchten Sie etwas trinken?", fragte Bohlan, der die Situation erkannt hatte.

„Ja, ein Glas Wasser wäre jetzt prima."

Bohlan blickte zu Steininger, der aufstand und nach draußen ging.

„Also verabredeten wir uns für Freitagabend. Wir trafen uns im Foyer, hielten ein bisschen Smalltalk, gingen dann in das Bistro. Dort zeigte mir Emi Ausschnitte der Dokumente auf einem Laptop. Sie hatte nicht zu viel versprochen. Es war wirklich brisantes Material. Wir wurden uns schnell einig. Ich wollte alles haben und sie mir alles geben und sie wollte kein Geld dafür. Es lief also alles wie am Schnürchen."

Steininger kehrte mit einem Glas sowie einer Flasche Wasser zurück und schenkte das Glas voll. Möller ergriff es und trank es zur Hälfte aus.

„Emi wollte mir die Daten auf einem Stick geben, aber nicht im Bistro, sondern auf ihrem Zimmer. So fuhren wir mit dem Aufzug nach oben. Doch dann kam alles anders als gedacht. Emi verschloss die Tür und begann, sich auszuziehen. Sie fummelte an mir herum und sagte, die einzige Gegenleistung, die sie haben wollte, wäre Sex. Ich ließ mich auf ihr Spiel ein. Doch dabei verlor ich das Bewusstsein. Es war wie ein Filmriss. Als ich wieder zur Besinnung kam, lag ich auf dem Boden. Emi lag leblos auf dem Bett. Panik ergriff mich und ich flüchtete." Möller trank die zweite Hälfte des Wassers aus und lehnte sich erschöpft zurück. Seine Hände zitterten.

Magnus Sartorius sperrte befriedigt die Tür zu seinem Keller zu und hängte den Schlüssel an einen Haken neben der Tür. Voll stolz präsentierte er Delius, der im Wohnzimmer auf ihn gewartet hatte, die Flasche, die er soeben aus dem Keller geholt hatte. Sartorius nahm zwei Gläser aus dem Schrank und schenkte den Schnaps ein.

„Kommen wir zum geschäftlichen Teil." Sartorius Blick wanderte zu einem dicken Briefumschlag, der auf dem Tisch aus Eichenholz lag. Delius griff zu dem Umschlag und musterte ihn.

„Kannst natürlich nachzählen. Aber du hast mein Ehrenwort."

Delius nickte und steckte den Umschlag in die Innentasche seines Mantels. Die beiden Männer prosteten sich zu, setzten die Gläser an die Lippen und leerten sie mit einem Zug.

„Was haltet ihr von Möllers Geschichte?", Bohlan blickte sich fragend um. Das Ermittlungsteam besprach sich im Vorraum des Vernehmungszimmers, in dem Linus Möller noch immer saß. Bohlan hatte ihm belegte Brötchen und eine Flasche Cola bringen lassen. Durch eine Scheibe konnten die Kommissare ihn beobachten.

„Ich weiß nicht. Es ist schon eine ganz schöne Räuberpistole, die er uns aufgetischt hat", sagte Steinbrecher. Steininger nickte zustimmend. Bohlan ließ seinen Blick zu Will wandern.

„Andererseits gibt es nichts, was es nicht gibt." Will dachte kurz nach und fügte nach einer Pause hinzu: „Wir sollten einen Abgleich des bei der Toten gefundenen Spermas machen. Nur zur Sicherheit. Vielleicht war noch jemand in dem Zimmer?"

„Ja, der unbekannte Dritte oder der Gärtner", Steininger lachte auf. „Aber natürlich machen wir einen Abgleich. Er wird bestätigen, dass Möller der Vergewaltiger war. Da bin ich mir sicher."

„Wir werden sehen", sagte Bohlan. „In jedem Fall kommen wir heute Nacht nicht mehr weiter. Wir machen einen Speichelabstrich, dann geht Möller in U-Haft und sein Laptop zur KTU."

Es war bereits dreiundzwanzig Uhr dreißig als Maria Costello wieder in ihrer Wohnung war. Sie holte sich aus der Küche ein Glas

Orangensaft und setzte sich an ihren Schreibtisch. Nachdem sie ihre E-Mails durchgegangen war, lehnte sie sich zurück und dachte nach. Möller hatte also tatsächlich der Polizei erzählt, dass Sofia entführt worden sei. Natürlich waren die Kommissare hellhörig geworden. Mit einer Kindesentführung war nicht zu spaßen. Zum Glück hatte sie Möllers Einlassungen entkräften können. Sie hoffte inständig, dass die Polizei ihrer Freundin am Telefon Glauben geschenkt hatte. Die Tatsache, dass man sie nach Hause hatte gehen lassen, sprach jedenfalls dafür. Natürlich waren die Kommissare froh, Möller gefasst zu haben. Schließlich waren sie der Auffassung, den Mörder gefasst zu haben. Ein Lächeln flog über ihr Gesicht. Was würde Möller nun tun? Natürlich würde er verzweifelte Versuche unternehmen, die Kommissare vom Gegenteil zu überzeugen. Er würde behaupten, er sei in eine Falle gelockt worden. Linus Möller, das unschuldige Opfer eines Komplottes. Erneut setzte sich ein Lächeln in ihrem Gesicht fest. Noch vor Tagen hätte sie jeden Kontakt zwischen Möller und der Polizei verhindern wollen. Doch jetzt war es eine neue Situation. Seit Delius Kontakt zu Sartorius hatte, gab es andere Möglichkeiten, um ans Ziel zu kommen. Es war natürlich nicht ausgeschlossen, dass die Kommissare bei der Überprüfung von Möllers Angaben irgendwann auf den Trichter kamen, dass er tatsächlich unschuldig sein könnte. Doch dies würde mit Sicherheit einige Zeit in Anspruch nehmen. Zeit, die es zu nutzen galt. Sie setzte sich an Möllers Platz und wollte seinen Laptop aufklappen, doch der Schreibtisch vor ihr war leer. Suchend sah sie sich nach der blauschwarzen Laptoptasche um. Vergeblich. Sie war nirgends zu sehen. Costello ließ die Bilder des Abends Revue passieren. „Mierda“, stieß sie aus.

Donnerstag

Das unerbittliche und laute Schrillen seines Weckers schreckte Bohlan auf. Der kalte Luftstrom, der sich durch den Spalt des gekippten Fensters mogelte, ließ ihn frösteln. Er hatte tief und fest geschlafen, was in der Situation, in der er sich befand, an ein Wunder grenzte. Bohlan gehörte zu den Menschen, denen die bevorstehenden Aufgaben meist den Schlaf raubten. Dass er trotz Möllers Verhaftung wie ein Stein geschlafen hatte, zeugte von der tiefen Erschöpfung, die ihn befallen hatte. Manchmal fragte er sich, ob er an einem beginnenden Burn-out-Syndrom litt. Sicher, Erschöpfungsphasen hatte er schon immer gehabt, aber der Abstand zwischen ihnen hatte sich in den vergangenen Jahren drastisch verkürzt. Bohlan war bereits dazu übergegangen, in regelmäßigen Abständen Entspannungswochenenden einzuplanen, um der Dauerbelastung im Präsidium zu entkommen. Doch auch diese Wochenenden, in denen er die Welt einzig und alleine um sich selbst drehen ließ und höchstens noch Barbara einbezog, brachten keine dauerhafte Lösung. Die Laufzeit seines Akkus wurde immer kürzer. Möglicherweise hatte dies mit seinem Alter zu tun, schließlich näherte er sich in Riesenschritten der Fünfzig. Er sträubte sich vehement dagegen, der allgemeinen Burn-out-Hysterie anheimzufallen. Dieses Syndrom geisterte durch die Welt, wie ein fliegendes Ungeheuer und drohte, jeden aufzufressen, der nur halbwegs eine verantwortungsvolle Position innehatte. Hatte der Leistungsdruck wirklich so gravierend zugenommen? Bohlan hatte jedenfalls für sich entschieden, dass Burn-Out für ihn nicht infrage kam. Er wollte sich dem Leben und der Verantwortung stellen. Eine eiskalte Dusche und starker Kaffee würden den müden Krieger wieder munter machen, dachte Bohlan. Der Morgenlauf musste heute sowieso ausfallen, schließlich stand der Fall vor der Aufklärung.

Zu Bohlans Überraschung war er der Letzte, der im Präsidium eintraf. Steininger, Steinbrecher und Will saßen bereits am großen Besprechungstisch und diskutierten lebhaft. Als Bohlan die Tür ins Schloss fallen ließ, wurde es für einen Moment still.

„Und? Gibt's was Neues?"

„Kann man so sagen", antwortete Steinbrecher. „Das Labor hat eine Nachtschicht eingelegt und das Ergebnis ist …" Er putzte sich die Nase. „… überraschend."

„In welcher Beziehung?"

„Nun ja, Möllers Fingerabdrücke befinden sich am gesamten Tatort: Türklinke, Gläser, selbst im Bad. Nicht zuletzt am Tatwerkzeug, einer Art Strang. Insoweit ist alles wie erwartet. Jetzt aber kommt die Überraschung – das Sperma stammt definitiv nicht von Möller."

Bohlan blickte erschreckt auf. „Wie, es stammt nicht von Möller?"

„Bist wohl immer noch nicht ausgeschlafen? Wer auch immer mit Gonzales geschlafen hat. Es war nicht Linus Möller", ergänzte Will.

„Aber das heißt doch, dass eine dritte Person im Raum gewesen sein muss."

„Jeep", entfuhr es Will. „Der unbekannte Dritte kommt ins Spiel."

Bohlan wischte sich mit der Hand über die Stirn.

„Dann wäre Möller nicht der Vergewaltiger, sondern nur zum falschen Zeitpunkt am falschen Ort gewesen", sagte Steininger.

„Das würde ich in diesem Fall anders sehen. Möller war durchaus zum richtigen Zeitpunkt am richtigen Ort." Alle Augen richteten sich fragend auf Bohlan.

„ Er wurde in eine Falle gelockt."

„Verdammt, du hast recht, Tom", entfuhr es Steinbrecher. Er kramte in der Tasche seines Parkas, der über der Stuhllehne hing, und beförderte eine Tabakpackung und das zum Zigarettendrehen notwendige Equipment auf den Tisch. Steininger warf ihm einen missmutigen Blick zu.

„Aber wer sollte Möller in diese Falle gelockt haben und warum?", fragte Steininger.

„Das ist die entscheidende Frage", sagte Bohlan, bei dem jetzt der letzte Rest Müdigkeit gewichen war. „Nehmen wir einmal an, Esmeralda Gonzales wollte wirklich geheime Firmeninterna an einen Computerhacker weitergeben. Ihr Chef oder jemand anderes aus der Firma deckt diesen Betrug auf. Wäre es dann nicht perfekt, wenn die Verräterin tot und der böse Gegenspieler der mutmaßliche Mörder wäre? Mit einem Schlag hätte man zwei Probleme gelöst. Ein nahezu perfekter Plan."

„Na klar, das ist es!" Steininger schlug begeistert mit der Hand auf den Tisch. „Man wartet einfach ab, bis sich die beiden treffen, und schlägt zu. Der Hacker wird als Vergewaltiger und Mörder unglaubwürdig, noch bevor er die Dokumente ins Netz stellen kann. Genial."

„Die Sache hat nur einen Haken“, wandte Will ein. „Wenn dieses Szenario stimmt, müsste Esmeralda Gonzales nicht mit den Hintermännern zusammengearbeitet haben?“

Steiningers Gesicht glich einem Fragezeichen.

„Überlegt doch mal. Der, der das Hotelzimmer reserviert, muss Ort und Zeitpunkt des Treffens mit ihr abgestimmt haben. Zudem muss er wissen, dass Gonzales mit Möller aufs Zimmer geht. Die Übergabe der Daten hätte schließlich auch im Foyer stattfinden können.“

Für einen Moment herrschte ratloses Schweigen.

„Ja, du hast vollkommen recht“, sagt Bohlan schließlich. „Aber auch für all das wird es eine Erklärung geben und die müssen wir herausfinden. Liegen eigentlich schon die Ergebnisse der KTU vor? Vielleicht hilft uns Möllers Laptop dabei, die offenen Fragen zu lösen.“

„Noch nicht, ich werde da mal nachhaken“, sagte Steinbrecher und leckte über das Zigarettenpapier.

„Gut. Dann sollten wir Möller mit den neusten Ergebnissen konfrontieren.“

Keine halbe Stunde später saß Linus Möller im Vernehmungszimmer. Sein Gesicht wirkte eingefallen, tiefe Ringe unter den Augen taten ein Übriges. Bohlan betätigte die Einschaltknöpfe für Video und Tonband. „Wir haben eine gute Nachricht für Sie“, begann er und musterte Möller, der wie unbeteiligt schien. „Die Spermaspuren, die wir bei der Toten gefunden haben, stammen nicht von Ihnen.“

„Das heißt, ich werde entlassen?“ Möllers Gesichtszüge entspannten sich merklich.

„Nicht so schnell. Die fremden Spermaspuren sind ein wichtiges Indiz. Trotzdem waren Sie am Tatort. Als Verdächtiger sind Sie keineswegs aus dem Schneider.“

Möller legte die Stirn in Falten. „Was haben Sie mit mir vor?“

Bohlan blickte zu Steininger und zuckte mit den Schultern, bevor er sich wieder Möller zuwandte.

„Um ganz ehrlich zu sein: Ich bin mir unschlüssig. Sie gehören weiter zum engsten Kreis der Verdächtigen. Aber es gibt einen gewissen Umstand, der Sie entlastet. Trotzdem ist die ganze Sache ziemlich dubios."

„Herr Kommissar, bitte", begann Möller, der Morgenluft witterte. „Lassen Sie mich auf freien Fuß. Ich garantiere Ihnen, dass ich mich zu Ihrer weiteren Verfügung halte. Noch eine Nacht im Gefängnis, das wäre die Hölle."

Bohlan machte ein zweifelndes Gesicht. „Ich weiß nicht, ob das eine gute Lösung wäre. Immerhin bestehen begründete Restzweifel an Ihrer Unschuld. Und wir müssen auch sehen, was es für einen Eindruck in der Öffentlichkeit macht, wenn wir einen mutmaßlichen Mörder wieder laufen lassen."

„Herr Bohlan, ich schwöre, ich bin das nicht gewesen. Lassen Sie mich raus." Möller sah seine Felle wieder davonschwimmen „Meinetwegen können Sie mir auch eine Fußfessel anlegen."

Bohlan dachte einen Moment nach. „Das mit den Fußfesseln ist natürlich Blödsinn. Sie wissen genau wie ich, dass es dazu eines richterlichen Beschlusses bedarf. Trotzdem könnte ich mich auf einen Deal einlassen. Dafür müssen Sie mir schonungslos reinen Wein einschenken. Ich möchte alles wissen, was Sie planen, mit wem Sie zusammenarbeiten, was die Hintergründe sind und so weiter."

Möller musste schlucken. Der Preis für die Freiheit schien sehr hoch zu sein. Wenn er den Kommissar in alles einweihte, könnte er damit sein Projekt gefährden. Trotzdem sah er kaum einen anderen Ausweg. Costello war mit ihren Recherchen keinen Schritt weitergekommen und Möller zweifelte daran, dass sie jemals etwas herausbekommen würde. Und selbst wenn, stand völlig außer Frage, ob ihn das entlasten würde. Zudem hatte ihn Costellos gestriges Verhalten äußerst verwirrt. Warum hatte sie Sofias Entführung geleugnet und ihn in dem ganzen Schlamassel hängen lassen? Vielleicht wäre es besser, mit der Polizei zusammenzuarbeiten?

„Einverstanden", sagte er schließlich.

Linus Möller bog in die Rotlintstraße ein, stellte die Nase in den Wind und versuchte vertraute Gerüche zu finden. Vor Costellos Haus blieb er kurz stehen. Dann steckte er den Schlüssel in das Schloss und sperrte die Haustür auf. Langsam stieg er die Stufen nach oben. Vor der Tür stehend überlegte er, ob er klingeln sollte, entschied sich aber dazu, den eigenen Schlüssel auch für die Wohnungstür zu verwenden. Der Geruch von Vanilletee, der ihm entgegenschlug, verriet, dass Maria zuhause war. Er ließ die Holztür mit einem lauten Rums ins Schloss fallen. Wie aus dem Nichts kommend stand Maria plötzlich vor ihm. Sie machte einen aufgeschreckten Eindruck.

„Linus, wo kommst du denn her?“ Ihr Gesicht zeigte ungespielte Überraschung.

„Aus dem Gefängnis“, sagte Möller nüchtern. „Scheinst nicht gerade erfreut.“

Costello machte einige Schritte auf ihn zu und breitete die Arme aus. Sie sah aus, wie ein Flugzeug, das zur Landung ansetzte.

„Natürlich freue ich mich. Ich hatte nur nicht damit gerechnet, dich so schnell wieder hier zu haben.“ Sie drückte ihren Körper gegen seinen, während ihre Arme seine Hüften umschlossen. Reflexartig taten seine Arme das Gleiche.

„Hast aber nicht viel dazu beigetragen, mich aus der Zelle zu befreien.“

Ihr Kopf löste sich von seiner Brust. Ihre Augen durchdrangen sein Gesicht. „Du lieber Himmel. Was hätte ich denn tun sollen? Einen Sprengsatz an die Gefängnistür werfen?“

„Ein bisschen Wahrheit hätte genügt.“

Costello wandte sich schuldbewusst ab. „Ich weiß, das mit Sofia war nicht fair. Aber was hätte ich denn tun sollen?“ Sie löste sich von Möller, der wie gelähmt stehen blieb.

„Warum hast du der Polizei erzählt, dass Sofia bei einer Freundin ist? Wir beide wissen, dass das nicht stimmt“, rief Möller Costello hinterher. Er zog mechanisch seine Jacke aus und ging langsam in die Küche, aus der er ein leises Schluchzen vernahm. Im Türrahmen stehend blickte er auf Costello, die am Küchentisch saß und den Kopf in ihre Händen verborgen hielt. Ihr Körper schien mit jeder Faser zu zittern.

„Was ist los, Maria?“

Maria löste den Kopf aus ihren Händen. Die Ellenbogen gaben ein Stück Papier frei, das unter ihnen gelegen hatte. Sie schob es über den Tisch. Möller machte einen Schritt auf sie zu, ergriff den Zettel und begann zu lesen.

„Du glaubst also wirklich, dass es eine Falle war?“ Will sah Bohlan fragend an.

„Je länger ich über die Sache nachdenke, desto fester wird meine Überzeugung. Möller wurde gelinkt, und zwar auf eine ganz üble Tour.“

„Aber von wem, wer steckt dahinter? Etwa Sartorius?“

„Der hängt mit Sicherheit mit drin. Die Frage ist nur, ob er der Strippenzieher ist. Wenn wir es hier tatsächlich mit organisierter Kriminalität zu tun haben, sitzen die eigentlichen Puppenspieler wo ganz anders.“

„Trotzdem, wir sollten die Flinte nicht ins Korn werfen“, wandte Will ein. „Lass uns im Marriott noch einmal gezielt nach Hinweisen suchen. Vielleicht hat doch noch irgendein Angestellter etwas gesehen. Der kleinste Hinweis könnte uns zum Durchbruch verhelfen.“

„Warum gehen wir nicht einfach zu Dr. Sartorius und machen eine Speichelprobe? Dann wissen wir, ob er etwas mit dem Mord zu tun hat.“ Alle blickten auf Steininger.

„Weil wir eigentlich nichts gegen ihn in der Hand haben. Ich will mir eine Blamage ersparen. Eigentlich kann ich mir nicht vorstellen, dass Sartorius eine solche Drecksarbeit selbst erledigen würde. Wenn er tatsächlich hinter der Sache steckt, dann hat er das von Handlangern erledigen lassen.“

„Also noch mal langsam zum Mitschreiben. Ist Sofia nun entführt worden oder nicht?“

„Natürlich wurde sie entführt. Was glaubst du denn?“

„Aber warum hast du das nicht bei der Polizei ausgesagt?“

„Bist du so blöd oder tust du nur so?“ Costellos Blick spiegelte eine Mischung aus Unverständnis und Verachtung. „Wenn ich die Entführung bestätigt hätte, hätten wir die Polizei auf dem Hals. Die Bullen würden überall rumschnüffeln. Nichts wäre sicher und Sofia wäre in noch größerer Gefahr.“ Sie blickte auf die Tischplatte. Möller setzte sich neben sie.

„Außerdem“, fuhr Costello fort, „außerdem haben die Entführer die ausdrückliche Anweisung gegeben, die Polizei außen vor zu lassen. Du hast es selbst gelesen.“

Möller nickte. „Ja, das stimmt. Aber verlangen Entführer das nicht immer? Außerdem hast du den Brief doch erst bekommen, nachdem du bei der Polizei warst." Möller blickte Costello an, die weiter schweigend auf den Tisch starrte. So vergingen einige Minuten.

„Was willst du machen?", fragte Möller schließlich.

„Was ich machen will?", Costellos Stimme war wieder laut und schrill. „Das, was die Entführer verlangen, natürlich. Nichts auf der Welt ist so wertvoll wie das Leben meiner Tochter."

Möller hatte die Antwort befürchtet. Es würde zu weiteren Komplikationen kommen. Die Entführer wollten sämtliche Dokumente über den Stadionbau und die Garantie, dass keine Kopien bei Costello und Möller blieben. Das stand unzweideutig in dem Erpresserbrief. Das Problem aber war, dass er vor wenigen Stunden der Polizei Kopien aller Dokumente gegeben hatte.

„Sind Sie ganz sicher?" Julia Will spürte, wie sie nervös von einem Bein auf das andere trat. Der Mann hinter der Bar warf noch einmal einen Blick auf das Foto, das Will auf den Tresen gelegt hatte. Der großgewachsene Barkeeper hob den Kopf. Er hatte schwarze Haare, die akkurat zum Seitenscheitel gegelt waren und Augen, die so dunkel wie die Nacht waren. Er steckte in einem schwarzen Anzug, weißes Hemd, Krawatte, Einstecktuch. Der Innbegriff der Seriosität, dachte Will.

„Hundertprozentig. Dieser Mann saß am Freitag hier. Er trank Whisky, den von der teuren Sorte und beobachtete ein Pärchen, das dort hinten in der Ecke saß."

„War an diesem Abend nicht viel los?"

Der Barkeeper zuckte emotionslos mit den Schultern. „Ging so, warum fragen Sie?"

„Weil ich mich wundere, dass Sie sich so genau erinnern. Die Leute gehen hier doch sicher ein und aus."

„Ja, das stimmt. Aber ich habe ein gutes Gedächtnis, gerade für Gesichter. Außerdem trank der Mann den teuersten Whisky, den wir haben. Das kommt nicht alle Tage vor. Und ich habe mich gefragt, warum er die ganze Zeit das Pärchen so fixierte."

„Und zu welchem Ergebnis sind Sie gekommen?"

„Zu keinem abschließenden."

„Lassen Sie mich an Ihren Überlegungen teilhaben."

„Es waren belanglose Dinge. Wissen Sie, wenn man hier so steht, denkt man sich manchmal Geschichten aus. Zuerst habe ich gedacht, vielleicht ist er Privatdetektiv und soll einen der beiden beschatten, doch dafür war er zu reich. Dann kam mir in den Sinn, dass er seine eigene Frau beobachten könnte, wie sie sich mit einem Liebhaber trifft, doch auch das halte ich eher für ausgeschlossen. Die nächste Idee war ..."

„Halt, warten Sie", unterbrach ihn Will, „Warum halten Sie das für ausgeschlossen?"

„Weil Sie ihn bemerkt hat."

Will sah den Barkeeper fragend an.

„Als sie aufstand, um mit dem anderen Mann die Bar zu verlassen, hat sie einen Moment zu ihm geschaut, zu lange für einen flüchtigen Blick und ich glaube, dass sie ihm irgendein Zeichen gegeben hat."

„Was für ein Zeichen?"

„Kann ich nicht sagen. Es schien mir nur so und tatsächlich ist der Mann dann ja auch aufgestanden. Hat hundert Euro unter sein halb leeres Glas gelegt und ist dem Pärchen hinterher."

Julia Will zückte Stift und Notizbuch und begann, sich Notizen zu machen.

„Kann ich Ihnen vielleicht etwas zu trinken anbieten?", fragte der Barkeeper. „Geht natürlich auf Kosten des Hauses."

Will blickte kurz auf. „Nein, danke."

„Dann vielleicht ein anderes Mal? Ich heiße übrigens Timo May, falls es von Interesse ist."

Will notierte sich den Namen. „Kann ich auch Ihre Adresse und Telefonnummer haben?"

„Selbstverständlich." Der Barkeeper nahm Will den Stift aus der Hand und notierte alles in ihr Heft. „Übrigens. Privat trage ich nicht so steife Klamotten. Hier sind sie leider Vorschrift."

Will nahm ihm den Stift wieder ab, klappte ihr Notizbuch zu und lächelte. „Beim nächsten Mal nehme ich einen Drink."

„Machen Sie sich mal keine Sorgen, wir machen das nicht zum ersten Mal." Bohlan stellte Möller eine Tasse Kaffee vor die Nase.

„Das ist mir auch klar. Trotzdem ist es eine vertrackte Situation. Ich stehe unter Mordverdacht und das Kind meiner Freundin wurde entführt. Den Mordverdacht kann ich nur widerlegen, wenn ich mit Ihnen zusammenarbeite, gleichzeitig verlangen die Entführer das genaue Gegenteil." Möller trank von dem Kaffee.

„Gibt es denn schon genaue Instruktionen?", wollte Bohlan wissen.

Möller schüttelte den Kopf. „Nur was ich Ihnen schon gesagt habe. Keine Polizei. Mehr nicht."

Bohlan fuhr sich mit der Hand über den Kopf. „Ihre Situation ist mit Sicherheit nicht die komfortabelste. Aber vielleicht hilft Ihnen folgende Überlegung. Ich bin der festen Überzeugung, dass der Mord an Esmeralda und die Entführung von Sofia in einem direkten Zusammenhang stehen. Wenn wir die Entführer kriegen, löst sich vermutlich auch der Mordverdacht gegen Sie in Luft auf."

Zum ersten Mal seit Bohlan mit Möller zu tun hatte, lächelte dieser, wenn auch nur für einen kurzen Moment.

Nachdem Linus Möller das Präsidium verlassen hatte, saßen die Kommissare noch einige Zeit zusammen und wendeten Fakten und Vermutungen hin und her.

„Halten wir also fest: Dr. Sartorius wusste von dem Treffen seiner Mitarbeiterin mit Linus Möller. Er kannte nicht nur den Ort, sondern er war sogar live dabei", fasste Julia Will das Ergebnis ihrer Hotelermittlungen zusammen.

„Das bestärkt mich in der Vermutung, dass Möller wohl offensichtlich in eine Falle getappt ist", platzte es aus Bohlan heraus. „Die Frage ist: Welche Rolle hat Esmeralda Gonzales wirklich gespielt?"

„Wie meinst du das?"

„Für mich gibt es zwei denkbare Möglichkeiten. Entweder sie hat auf eigene Faust gehandelt und ist mit diesem Plan aufgeflogen. Sartorius hat sie gewähren lassen, um Möller und Gonzales zu erledigen ...", Bohlan musste kurz husten, bevor er fortfuhr, „... oder Gonzales und Sartorius haben von Anfang an zusammengearbeitet."

„Letzteres halte ich für eher unwahrscheinlich, sagte Steinbrecher. „Wenn dem so wäre, dann wäre es doch logischer, wenn wir Möller tot aufgefunden hätten und nicht die treue Mitarbeiterin."

„Vielleicht war das auch so geplant und an dem Abend ist etwas aus dem Ruder gelaufen. Vielleicht war Gonzales aber auch nicht so eine treue Mitarbeiterin", meldete sich Steininger zu Wort. „Möglich wäre auch, dass Sartorius einfach das perfekte Verbrechen begehen wollte, um selbst möglichst unbehelligt aus der Situation herauszukommen."

Bohlan klopfte auf den Tisch. „Was hilft uns das Spekulieren? Sartorius muss her, und zwar schnell. Mit der Aussage des Barkeepers haben wir genug Indizien, um ihn verhaften zu lassen." Bohlan klemmte sich hinter sein Telefon. Die weiteren Aktionen liefen wie am Schnürchen. Innerhalb von zwanzig Minuten war der Haftbefehl ausgestellt und zwei Einsatztrupps eilten durch das nächtliche und kalte Frankfurt. An ihren Einsatzorten angekommen, geriet die Aktion ins Stocken. Dr. Magnus Sartorius war weder in seinem Haus noch in seinem Büro aufzutreiben. Auch die sofort in die Wege geleiteten Hausdurchsuchungen brachten keine erhellenden Ergebnisse. Es war bereits nach Mitternacht, als Tom Bohlan ernüchtert feststellte: „Heute erreichen wir nichts mehr. Lasst uns nach Hause gehen und ein wenig Schlaf finden. Wir werden die nächsten Tage alle Kraft der Welt brauchen." Bevor sich der Kommissar auf den Weg Richtung Westhafen machte, ordnete er die Observation der beiden Sartorius-Objekte an.

„Wo zum Teufel bist du wieder gewesen?" Maria Costello schien Gift und Galle zu spucken.

„Überall und nirgendwo. Ich bin draußen herumgelaufen und habe noch ein, zwei Bier getrunken", entgegnete Möller. Costello sah ihn skeptisch an.

„Du wirst nachlässig in letzter Zeit. Außerdem wäre es schön, wenn du mir in dieser Scheißsituation ein wenig beistehen würdest."

Möller setzte sich kleinlaut an den Tisch. Er war müde und ausgelaugt und hatte keinerlei Lust auf irgendwelche Diskussionen.

„Ich habe nachgedacht", sagte Costello unvermittelt. Möller blickte fragend auf.

„Wir sollten den Entführern die Daten geben. Alles andere ist doch sinnlos." Costellos Worte trafen Möller ins Mark. Er mobilisierte seine letzten Kräfte. „Ach was, auf einmal willst du einlenken."

„Was heißt auf einmal? Wir haben jetzt eine besondere Situation. Sofia ist in höchster Gefahr."

„Ja klar. Als ich aber vor ein paar Tagen zur Polizei gehen wollte, hast du mich davon abgehalten und wolltest alles auf eigene Faust machen. Jetzt willst du alles aufs Spiel setzen. Was hat sich plötzlich geändert?"

„Was sich geändert hat? Das fragst du nicht im Ernst, oder? Meine Tochter schwebt in Lebensgefahr. Das hat sich geändert."

Möller schüttelte den Kopf. „Das weiß ich. Aber ich werde zu Unrecht eines Mordes verdächtig, darf nichts zur Aufklärung beitragen und diesen Verbrechern gibst du klein bei."

„Linus, du hast keine Ahnung, was du sagst. Im Vergleich zu den Entführern ist die Polizei doch total harmlos. Außerdem haben sie dich ja wieder laufen gelassen. Der Mordverdacht kann also nicht allzu groß sein."

„Ja, zum Glück haben die etwas gefunden, das mich entlastet."

Costello blickte für einen Moment irritiert. „Was denn?"

„Das Sperma, das bei der Toten gefunden wurde, ist nicht von mir. Es kommt also auch ein Dritter als Täter infrage."

Costellos Gesicht veränderte sich für den Bruchteil einer Sekunde zu einer Fratze.

Freitag

Linus Möller schlich auf leisen Sohlen aus der Wohnung. Für ihn war die Nacht kurz und unruhig gewesen. Zu viele Gedanken fegten durch seinen Kopf, als dass er hätte schlafen können. Er vertrieb sich die Zeit damit, die Gedanken kreisen zu lassen und Maria zu beobachten, die tief und fest schlief. Wenn er es nicht besser gewusst hätte, wäre er niemals auf die Idee gekommen, dass ihre Tochter entführt worden war. Er konnte sich auch nicht erinnern, dass sie Schlafmittel genommen hätte. Merkwürdig, dachte Möller und ihn beschlich das Gefühl, dass irgendetwas an der ganzen Geschichte nicht stimmen konnte. Gegen sieben fasste er einen Entschluss. Er stand auf, ging ins Bad und hielt seinen Kopf unter einen eiskalten Wasserstrahl. Dann zog er sich an, vergewisserte sich kurz, dass Maria noch schlief, schnappte sein Handy und verließ die Wohnung. Er lief die Rotlintstraße ein paar Meter entlang und bog dann nach links ab. Dort zog er sein Handy aus der Tasche. Nach kurzem Zögern drückte er in seinen Kontakten den Eintrag „Kommissar Bohlan" und hoffte inständig, dass dieser bereits an seinem Arbeitsplatz saß. Zu seiner Verwunderung meldete sich eine weibliche Stimme. Er fragte nach Tom Bohlan, musste aber erfahren, dass dieser noch nicht da sei. Möller erinnerte sich an die junge Kommissarin, die sich bei dem Verhör gestern im Hintergrund gehalten hatte. Eigentlich wäre es ihm lieber gewesen, mit Bohlan zu sprechen, doch er hatte keine andere Wahl. Schließlich konnte er nicht Stunden durch die Gegend spazieren. Costello würde irgendwann aufwachen und dann vermutlich Verdacht schöpfen. Also nahm er mit Julia Will vorlieb und schilderte die jüngsten Ereignisse.

Als Tom Bohlan die Augen aufschlug, war Barbara Webers Schlafzimmer taghell. Der Kommissar fühlte sich ausgeschlafen und erholt wie lange nicht. Irritiert warf er einen Blick auf den Wecker und fuhr erschrocken in die Höhe. War es wirklich schon halb elf? Er sprang auf und suchte seine Kleidung zusammen, die auf dem Boden verteilt lag. Als er das Wohnzimmer betrat, fand er Barbara zeitunglesend am Frühstückstisch sitzen. Die Journalistin sah auf.

„Na, ausgeschlafen, der Herr Kommissar?"

Bohlan gab ihr einen Kuss. „Ja, so gut wie lange nicht mehr." Er setzte sich an den Frühstückstisch und griff in den Brotkorb.

„Wie lange wolltest du mich eigentlich schlafen lassen?", fragte er, während er Erdbeermarmelade auf eine Hälfte des Brötchens strich.

„Bis du von selbst aufwachst oder dein Handy klingelt", entgegnete Weber in aller Seelenruhe.

„Eigentlich sollte ich dir dafür dankbar sein. Wenn ich aber an die ganze Arbeit denke, die vor mir liegt, bekomme ich schon wieder das Grauen. Sag mal, musst du heute nicht in die Redaktion?"

Weber schüttelte den Kopf. „Nein, Home Office und die Artikel müssen erst am Sonntag fertig sein." Sie grinste über das ganze Gesicht. „Es ist natürlich müßig zu fragen, ob du heute oder morgen ein wenig Zeit für mich hast."

Bohlan musste fast den Kaffee wieder ausspucken, den er gerade im Mund hatte.

„Sorry, Barbara, aber das wird wohl nichts. Der Fall geht in die entscheidende Phase."

„So entscheidend, dass dein Handy penetrant schweigt, obwohl du schon fast zwei Stunden zu spät bist?" In Webers Gesicht lag etwas Vorwurfsvolles, von dem Bohlan nicht wusste, ob es ernst gemeint oder gespielt war.

„Es kann aber jede Sekunde klingeln und das ist entscheidend."

„Wenn du meinst." Weber räumte Teller und Tasse in die Küche.

„Hör mal, Barbara, du weißt doch, wie das ist. Wenn der ganze Spuk vorbei ist, nehmen wir uns wieder Zeit füreinander. Versprochen." Bohlans Worte halten durch die Designerwohnung. Als keine Reaktion aus der Küche erfolgte, stand er auf und ging zu Barbara, die Geschirr in die Spülmaschine räumte. Er stellte sich hinter Weber und umarmte sie. „Der Job ist eben, wie er ist. Das war doch sonst nie ein Problem für dich."

„Ist es eigentlich auch nicht. Es wäre eben nur schön gewesen, wenn wir einmal zur gleichen Zeit Pause gehabt hätten."

Bohlan nickte. „Ich bemühe mich, den Fall so schnell es geht zu lösen."

Weber machte sich von ihm los. „Versprich nichts, was du nicht halten kannst."

Nachdem das Telefongespräch mit Linus Möller beendet war, ließ sich Julia Will in ihren Schreibtischstuhl fallen und schloss die Augen. Die Geschichte, die Möller erzählt hatte, baute sich vor ihren Augen zu einem Thriller zusammen. Die Bilder, die sie sich erdachte, handelten von brutalen Drogendealern und Menschenschändern und von Männern, die mit dicken Geldbündeln zu winken schienen. Will war entsetzt über das Ausmaß, das die internationale Kriminalität angenommen hatte. Was sie aber noch viel mehr traf, war die Tatsache, dass man vor ihr auch in dem scheinbar zivilisierten Europa nicht sicher war und dass die Akteure, die hinter diesen ganzen Schweinereien standen, drauf und dran waren, die demokratischen Strukturen Westeuropas zu unterwandern.

„Schlafen sollte man nachts", Bohlans Stimme ließ Will aufschrecken.

„Ich habe nicht geschlafen, nur nachgedacht", sagte Will.

„Und worüber?"

„Über das, was mir Linus Möller heute Morgen erzählt hat."

„Möller war schon hier? Warum weiß ich davon nichts?"

„Er war nicht hier, er hat angerufen, und zwar auf deinem Apparat. Möller hat mir ein paar Dinge erzählt, die mich mehr als stutzig gemacht haben."

„Welche?"

„Die Tochter von Maria Costello soll nun doch entführt worden sei. Die Entführer wollen sämtliche Dokumente haben, die Möller wegen des Stadionbaus besitzt."

Bohlan machte ein verdutztes Gesicht. „Woher weiß Möller das?"

„Er hat mir den Erpresserbrief am Telefon vorgelesen."

Bohlan fuhr sich mit der Hand über den Kopf und kniff die Augen zusammen.

„Scheiße. Dann sollten wir uns diese Costello noch einmal vorknöpfen." Bohlan sprang auf.

„Warte, Tom. Ich habe Möller versprochen, dass wir seiner Lebensgefährtin nichts davon erzählen. Vor allem nicht, dass er die Entführungsstory ausgeplaudert hat."

Bohlan fuhr herum. „Du hast was? Habe ich das richtig gehört?"

„Hast du, ja."

„Und wie sollen wir jetzt weiterermitteln?"

„Ganz einfach. Ich habe Steinbrecher und Steininger losgeschickt. Sie sollen das nachholen, was wir gestern verpasst haben, nämlich die kleine Sofia bei Costellos Freundin zu suchen. Dann haben wir unser Wissen nicht mehr von Möller, sondern aufgrund eigener Recherchen."

„Chapeau. Das ist ein genialer Einfall."

Bohlan, der sich wieder an seinen Schreibtisch gesetzt hatte, rüttelte an der Maus seines PCs.

„Es gibt da aber ein paar Dinge, die ich äußerst merkwürdig finde", sagte Will.

Bohlan blickte an seinem Bildschirm vorbei.

„Die Erpresser wollen, dass Costello und Möller alle Dateien herausrücken. Das ist einerseits eine klare Forderung. Wie aber können sie sicher sein, dass die beiden Hacker nicht irgendwo im Internet Kopien abgelegt haben? So wie ich Möller einschätze, wird der doch mit Doppelt- und Dreifachsicherungen arbeiten."

„Das ist in der Tat eine interessante Frage", echote Bohlan.

„Und dann ist da noch etwas." Will stockte kurz, bevor sie weitersprach. Sie war sich nicht sicher, ob sie Bohlan in ihre Überlegungen schon einbeziehen sollte. Schließlich waren es bislang nur unausgegorene Gedanken, die sie noch nicht belegen konnte. Bohlan blickte sie fragend an und sie entschied sich dafür, ihren Gedanken freien Lauf zu lassen.

„Ich weiß, dass ich für meine Verschwörungstheorien bekannt bin", begann sie.

Das Café und Bistro Rotlint lag natürlich in der Rotlintstraße, ziemlich direkt gegenüber Costellos Haus und versprühte den Charme des französischen Lebensstils. Die Wände waren hüfthoch mit weinrot gestrichenem Holz vertäfelt. Kleine Tische mit Marmorplatten boten gerade genug Platz für das Frühstück. Bohlan hatte einen Milchkaffee bestellt und blickte durch die bodentiefen Fenster auf die Straße. Die mit Kopfsteinpflaster bedeckten Fahrbahnen waren durch einen mit Bäumen bewachsenen Mittelstreifen getrennt, auf dem sich Bänke und Spielgeräte befanden. Bohlan mochte diese Straße, weil sie eine gewisse großstädtische Gemütlichkeit ausstrahlte. Die Bedienung brachte den Milchkaffee. Bohlan nahm einen Schluck und holte sich sein Notizbuch aus der Jackentasche. In Stichworten versuchte er die Gedanken in Worte zu fassen, die er sich seit dem Gespräch mit Julia Will gemacht hatte. Der Mann zwei Tische weiter dozierte gerade über Sinn und Unsinn sozialer Netzwerke und darüber, dass sie ein gewisses Suchtpotential in sich bürgen. Seit er vernetzt sei, müsse er sich spätestens stündlich einloggen, um nach neuen Meldungen zu schauen. Die Frau neben ihm wandte ein, dass sie auch früher mehrfach am Tag zum Briefkasten gerannt sei, um nach dringend erwarteter Post zu sehen und dies, obwohl sie den Postboten schon Stunden zuvor persönlich abgefangen hatte. Beide mussten schmunzeln. Briefe, dachte Bohlan, stimmt, die gab es auch einmal in grauer Vorzeit. Er wandte sich wieder seinen Aufzeichnungen zu. So wie es aussah, hing der ganze Fall mit einer Geschichte zusammen, die viele tausend Kilometer entfernt ihren Ausgang genommen hatte. Es konnte kein Zufall sein, dass das Mordopfer aus der gleichen Stadt stammte wie Maria Costello. Noch dazu hatte Esmeralda Gonzales das gleiche Schicksal ereilt wie viele junge Mädchen und Frauen auf den Feldern dieser mexikanischen Grenzstadt tief im Drogensumpf. Festgebunden mit dünnen Schnüren oder Riemen und geschändet von einer widerwärtigen Bestie. Was hatte dies alles zu bedeuten? Bohlan ging noch einmal die Stichworte durch, die er sich gemacht hatte. Je mehr er über all dies nachdachte, desto größer wurde sein Respekt Julia gegenüber. Sie hatte, während er gemütlich in Barbaras Bett schlummerte, eine fast meisterhafte Recherchearbeit geleistet. Wie viele Tote in den letzten Jahren in Juarez einem Gewaltverbrechen zum Opfer gefallen sind, wusste offenbar niemand genau. Die zuständige Staatsanwaltschaft des Bundesstaates Chihuahua sprach von 233, Menschenrechtsgruppen von über 320. Angefangen hatte alles offenbar Mitte der neunziger Jahre. Damals fand man in einem Wüstenstreifen zehn halb nackte Leichen. Junge Frauen aus armen Verhältnissen, schlank, braune Haut und lange Haare. Man hatte sie vergewaltigt und erwürgt. Ihre Hände waren mit Schnürsenkeln auf dem Rücken gefesselt, ihre Schuhe standen aufgereiht neben den Körpern. Die Behörden präsentierten einen ägyptischen Chemiker als Täter. Er wurde wegen Mordes verurteilt, beteuerte aber standhaft seine Unschuld. Tatsächlich fand man weitere Frauenleichen in dem Armenviertel Lomas del Poleo. Diesmal verhaftete die Polizei eine Gruppe von Männern und behauptete, der Ägypter habe sie vom Gefängnis aus bezahlt, um seine Unschuld zu beweisen. Ein Jahr später legte man den Ermittlern eine Leiche quasi vor die Tür. Diesmal konnte man die Tat nicht mehr dem Ägypter in die Schuhe schieben. Er hatte sich im Gefängnis erhängt. Schnell wurden zwei Busfahrer verhaftet. Obwohl sie die Frauen im Drogenrausch ermordet haben sollen, konnten sie nicht nur die Namen der Mädchen nennen, sondern auch deren Kleidung zur Tatzeit detailliert beschreiben. Will hatte Fotos der Busfahrer ausgegraben, die nach den Verhören von Journalisten gemacht wurden. Auf der Haut sind Verbrennungen zu erkennen, wie sie bei Elektroschocks entstehen. Vieles spricht also dafür, dass sie während des Verhörs gefoltert wurden. Der Fall sollte so schnell wie möglich abgeschlossen werden. Einer der beiden Busfahrer starb unter mysteriösen Umständen bei einer Operation in der Haft. Zu Beginn des Jahrtausends entdeckten Passanten die Leiche einer jungen Frau. Sie lag auf einem Feld, direkt gegenüber der Firma, in der sie gearbeitet hatte. Ihr nackter Körper war in eine Decke gewickelt. Untersuchungen ergaben, dass das Mädchen gefoltert und vergewaltigt worden war. An ihren Handgelenken entdeckte man dieselben Einschnitte, vermutlich von Schnürsenkeln, wie neun Monate später bei weiteren Leichen, die in einem Baumwollfeld gefunden wurden.

Als sich eine Hand auf Bohlans Schulter legte, zuckte er zusammen.

„Tom, ich bin's." Der Kommissar fuhr herum. „Ich wollte dich nicht erschrecken. Tut mir leid." Julia Will setzte sich neben ihn.

„Ist schon okay." Bohlan trank einen Schluck Kaffee. Will reckte den Hals, um einen Blick auf Toms Aufzeichnungen zu werfen.

„Nur ein paar Gedankenstützen über deinen Vortrag", murmelte Bohlan, der Wills neugierigen Blick bemerkt hatte. Ein Lächeln huschte über ihr Gesicht.

„Du hältst es also nicht für eine Verschwörungstheorie?"

Bohlan zuckte mit den Schultern. „Seit dem letzten Jahr halte ich so ziemlich alles für möglich. Es ist in jedem Fall eine spannende Story, die Stoff für einen aktionsreichen Thriller hergeben würde“, entgegnete Bohlan. „Besonders spannend fand ich den Teil, der sich mit diesem Boss des Kartells in Juarez beschäftigt, wie hieß er noch gleich?“

„Santos.“

„Genau. Meinst du, er ist wirklich tot?“

„Offiziell wurde er für tot erklärt, aber es gibt Gerüchte, die besagen, er habe sich mit einem neuen Gesicht versehen ins Ausland abgesetzt.“

„Neues Gesicht, neue Identität“, murmelte Bohlan.

„Ich habe mir übrigens noch einmal den Lebenslauf von Dr. Sartorius angesehen, der für die Zeit vor 2000 beachtliche Lücken aufweist. Wäre es nicht möglich, dass er dieser verschwundene Drogenboss ist?“

Bohlan nickte nachdenklich.

„Tom, überleg doch mal. Die Sache mit dem ägyptischen Chemiker, der in Mexico unschuldig eingesperrt wurde. Ist das nicht auch eine denkwürdige Parallele zu Linus Möller? Es ist das gleiche Schema. Man verübt einen Mord und legt die Spuren so, dass ein Unschuldiger dafür geradestehen muss.“

„Möglich ist das schon, hast du ein Foto von Santos auftreiben können?“

„Nein, leider bislang noch nicht. Aber ich habe eine Idee. Wir könnten Claudia Fischbach fragen. Vielleicht kann sie uns weiterhelfen.“

„Das ist eine gute Idee.“

In diesem Moment betraten Steininger und Steinbrecher das Café und setzten sich, ohne ihre Mäntel auszuziehen, an den Tisch, der nun seine Kapazitätsgrenze endgültig erreicht hatte. „Und?“, Bohlan blickte Steinbrecher fragend an.

„Nichts. Kein Kind. Keine Sofia. Die ganze Nacht nicht.“ Steinbrecher rieb sich die Hände.

„Kannst du auch ganze Sätze?“, fragte Bohlan.

„Sofia war nicht da und sie hat auch nicht dort übernachtet. Costello hat gelogen.“

„Na also. Geht doch. Dann knöpfen wir uns jetzt diese Costello vor.“ Bohlan stand auf.

„Sind Sie wahnsinnig, hier einfach aufzukreuzen?“ Möllers Gesicht war von Entsetzen gezeichnet, seine Stimme ein einziges Flüstern. Will hielt einen Finger vor ihren Mund, ein Zeichen, das Möller zu verstehen schien.

„Guten Tag, Herr Möller, wir würden gerne mit Maria Costello sprechen.“

„Kommen Sie rein“, sagte Möller ungleich ruhiger. Bevor er die Tür schloss, warf er noch einen verängstigten Blick in das Treppenhaus.

„Kommen Sie mit in die Küche. Maria ist nicht da.“

„Wo ist sie denn?“

„Weiß ich nicht. Sie hat heute Morgen gegen elf das Haus verlassen.“

Bohlan blickte Will fragend an.

„Aber gut, dass Sie gekommen sind, ich wollte mich sowieso schon bei Ihnen melden. Die Entführer haben angerufen.“

Bohlan und Will setzten sich an den Tisch und schauten Möller gespannt an, der von einem Anruf berichtete. Der Hacker sollte die Daten am nächsten Tag übergeben. Wegen der Uhrzeit wollten sie sich nochmals melden. Im Gegenzug würde Sofia wenige Stunden später zu ihrer Mutter zurückgebracht. Nachdem Möller geendet hatte, klingelte Bohlans Handy. Es war Steinbrecher, der berichtete, dass Maria Costello gerade die Haustür aufschloss. Tatsächlich dauerte es nicht lang, bis sie die Wohnung betrat und entsetzt die Kommissare anstarrte.

„Linus, was hat das zu bedeuten? Wir waren uns doch einig ...“

Möller stand auf und hob beschwichtigend die Hände. „Maria, die Kommissare standen plötzlich vor der Tür. Sie waren bei deiner ...“

„Seien Sie ruhig, Herr Möller.“ Bohlan drängte sich zwischen die beiden. „Verhöre werden von uns geführt.“ Er schaute Costello streng an. „Und Sie setzen sich erst einmal.“ Er drückte Costello auf einen Stuhl. „Wir haben Ihre gestrigen Angaben überprüft und mussten leider feststellen, dass Sie uns hinsichtlich des Verbleibs Ihrer Tochter nicht die Wahrheit gesagt haben.“ Costello suchte Möllers Blickkontakt, in dessen Gesicht regte sich kein Muskel.

„Frau Costello, wir alle wissen, dass Sie sich in einer Ausnahmesituation befinden. Wir nehmen Ihnen die Falschaussage nicht weiter übel, wenn Sie jetzt reinen Tisch machen."

„Also gut", antwortete Costello nach einigem Zögern. „Sofia ist seit gestern Abend verschwunden. Wir wissen nicht, wo sie ist."

„Herr Möller sprach von einem Erpresserbrief", entgegnete Bohlan.

Costellos Blick schnitt durch die Luft und traf Möller. Dann stand sie auf, holte den Brief aus dem Arbeitszimmer und übergab ihn Bohlan.

„Danke. Wir wissen, was in solchen Situationen zu tun ist."

„So. Wissen Sie das? Ich glaube, Sie haben keine Ahnung. Mein Kind ist irgendwo da draußen. Es schwebt in höchster Lebensgefahr und die Entführer haben ausdrücklich gesagt, dass ich keine Polizei einschalten soll." Costellos Stimme überschlug sich.

„Beruhigen Sie sich." Will legte ihre Hand beschwichtigend auf Costellos Unterarm. Sie können uns vertrauen."

„Pah", Costello schob Wills Hand zur Seite. „Und wenn es schiefgeht? Wenn meine Tochter stirbt? Was dann? Übernehmen Sie dann auch großzügig die Verantwortung?"

„Wir können Sie natürlich nicht dazu zwingen, mit uns zu kooperieren", sagte Bohlan. „Wir bitten Sie aber, sich die Sache noch einmal zu überlegen." Er schob ihr eine Visitenkarte über den Tisch. „Ich bin jederzeit für Sie erreichbar." Bohlan wartete darauf, dass Costello die Karte ergriff. Doch die Karte blieb unberührt wie ein Stück Gift auf dem Tisch liegen. „War's das jetzt?", fragte sie mit einem grantigen Tonfall.

„Nicht ganz. Wir hätten da noch ein paar Fragen zu Ihrem Lebenslauf."

Es dämmerte bereits, als die Ermittler wieder im Präsidium waren. Bohlan warf einen flüchtigen Blick auf seine E-Mails, ohne etwas von bedeutender Wichtigkeit zu entdecken. Steininger begab sich auf den Weg zur Kantine, um etwas Essbares zu organisieren. Im Geiste richtete er sich auf einen langen Abend ein. Julia Will telefonierte kurz mit Alex, um das heutige Training abzusagen. Sie versprach aber, am späteren Abend in der Vereinskneipe vorbeizuschauen. Danach warf sie einen Blick auf ihre Aufzeichnungen. Irgendetwas ging ihr die ganze Zeit durch den Kopf. Leider konnte sie den Gedanken nicht finden. Er schwirrte durch ihre Gehirnzellen und wollte sich nicht zu erkennen geben. Bohlan wählte Claudia Fischbachs Nummer. Die Journalistin war tatsächlich erreichbar und versprach, sich sofort auf den Weg ins Präsidium zu machen. Steinbrecher, der auf einem der Innenhöfe eine Zigarette geraucht hatte, traf zeitgleich mit Steininger im Kommissariat ein. Sie verteilten belegte Brötchen auf dem Tisch.

„Gibt es eigentlich etwas Neues von Dr. Sartorius?", wollte Bohlan wissen.

Steinbrecher schüttelte den Kopf. „Nein, er scheint wie vom Erdboden verschluckt zu sein. In seinem Haus herrscht tote Hose und auch in seinem Büro weiß niemand etwas. Dort vermutet man ihn auf einer Dienstreise im Ausland. Das kommt wohl öfters vor. Vermutlich arrangiert er ein neues Projekt, um seine Millionen zu schleusen."

„Oder er ist auf der Flucht", entgegnete Bohlan.

„Oder er sitzt in irgendeinem Versteck und hütet die kleine Sofia", sagte Will.

Wenig später klopfte Claudia Fischbach an die Tür.

„Schön, dass Sie Zeit für uns haben", sagte Bohlan und bot ihr einen freien Stuhl an.

„Das ist doch selbstverständlich."

„Ich würde Sie bitten, dass Sie das, was wir mit Ihnen zu besprechen haben, einstweilen vertraulich behandeln. Nicht dass ich morgen irgendetwas darüber in einer Zeitung lesen muss."

„Sagen Sie das auch immer Ihrer Freundin?" Fischbach erntete für diese spitze Bemerkung einen bösen Blick. „Das war ein Scherz, Herr Kommissar. Im Übrigen schreibe ich Bücher. Es dauert also Monate, wenn nicht Jahre, bis zur Veröffentlichung."

„Gut. Lassen wir die Scherze einmal beiseite", entgegnete Bohlan. „Ich habe Sie hergebeten, weil wir Ihren Rat brauchen. Nach unseren bisherigen Ermittlungen stammt die Tote aus Juarez. Mittlerweile wissen wir auch, wo sich Linus Möller aufhält, nämlich bei einer gewissen Maria Costello. Das Merkwürdige daran ist, dass diese ebenfalls aus Juarez stammt." Bohlan machte eine Pause. Fischbach hatte ihm die ganze Zeit aufmerksam zugehört. „Vieles deutet darauf hin, dass die Lösung des Falles mit dieser Grenzstadt zu tun hat. Unsere Annahme wird auch dadurch verstärkt, dass das Mordopfer Spuren aufweist, die auf merkwürdige Weise mit denen vergleichbar sind, die auch in Mexiko des Öfteren zu finden sind." Bohlan legte zwei Fotos auf den Tisch, die die Fesselspuren zeigten. Er glaubte, ein leichtes Zucken in Fischbachs Gesicht entdeckt zu haben. Aber es war nur eine kleine Regung, die alsbald verschwunden war. „Da viele Indizien nach Juarez weisen, fragen wir uns, ob das wirklich alles Zufall ist?"

„Und wie soll ich Ihnen dabei helfen?"

„Sehen Sie, Frau Fischbach, wir könnten natürlich mit der mexikanischen Polizei Kontakt aufnehmen. Ich glaube allerdings nicht, dass uns das weiterhelfen würde. Sie sind die einzige Expertin, die ich kenne. Vielleicht haben Sie die eine oder andere Idee."

Fischbach nickte.

„Zwei Punkte interessieren uns am meisten. Eigentlich geht es um zwei Personen. Zum einen ist es die schon erwähnte Maria Costello, zum anderen Dr. Magnus Sartorius."

Fischbach schaute überrascht. „Was hat Sartorius damit zu tun?"

„Wir haben uns seinen Lebenslauf ein wenig genauer angesehen und dabei sind wir darauf gestoßen, dass alles, was vor dem Jahr 2003 liegt, äußerst nebulös erscheint." Zum Beweis zog Bohlan einen Computerausdruck hervor und überreichte ihn Fischbach. „Aber das ist noch nicht alles. Meine Kollegin, Frau Will, ist bei ihren Recherchen auf einen Umstand gestoßen, der uns stutzig macht. Eduardo Santos, einer der Drahtzieher des Kartells in Juarez, hat sich Ende der neunziger Jahre einer Gesichtsoperation unterzogen. Dabei soll er angeblich verstorben sein. Damals gab es Vermutungen, dass er etwas mit den Morden in Juarez zu tun haben könnte. Wäre es nicht denkbar, dass dieser Mann gar nicht verstorben ist, sondern die OP durchaus lebend und äußerlich verändert überstanden hat? Er könnte zum Beispiel mit einer neuen Identität ausgestattet die Geschicke des Kartells im Ausland lenken. Zufälligerweise taucht der Namen Dr. Sartorius erstmals im

Jahr 2004 in Deutschland auf und zufälligerweise ist dessen Lebenslauf erst seitdem halbwegs plausibel." Bohlans Stimme war rau geworden. Er machte eine Pause, um etwas zu trinken.

„Puh, da haben Sie ja schon einiges zusammengetragen. Was wollen Sie jetzt von mir genau wissen?", fragte Fischbach.

„Zunächst würde mich Ihre Meinung zu unseren Überlegungen interessieren."

Fischbach dachte einen Moment nach, bevor sie antwortete.

„Das alles klingt sehr ...", die Journalistin suchte nach Worten, „... ungewöhnlich. Aber für ausgeschlossen halte ich das nicht. Es wäre natürlich der Hammer, wenn der sagenumwobene Chef des Juarez-Kartells seit Jahren unbehelligt in Deutschland leben würde."

„Das genau ist der Punkt", antwortete Bohlan. „Wir würden gerne eine Gesichtsanalyse machen lassen. Leider haben wir nur von Sartorius ein Foto. Was wir bräuchten, wäre ein Foto von Santos. Zudem wären einige weitere Angaben zu seiner Anatomie nützlich. Vielleicht haben Sie da irgendwelche Möglichkeiten."

Fischbach schaute den Kommissar an. Ein leichtes Lächeln legte sich um ihre Mundwinkel.

„Jetzt haben wir Fischbach gar nicht nach Details zu Maria Costello befragt", sagte Will, nachdem die Journalistin, begleitet von Steinbrecher und Steininger, das Präsidium verlassen hatte.

„Halb so wild, das holen wir nach", entgegnete Bohlan. „Wichtig ist erst mal, dass wir das Foto bekommen."

Will sah Bohlan skeptisch an. „Ich weiß nicht, Tom." Sie kaute kurz auf ihrem Bleistift. „Ich habe ein ungutes Gefühl bei der Sache. Fischbach weiß mehr, als sie uns gesagt hat. Es gibt da eine Sache, die wir noch nicht richtig durchschauen."

Bohlan ließ sich Wills Gedanken durch den Kopf gehen, als es klopfte. Noch bevor irgendjemand etwas sagen konnte, wurde die Tür geöffnet und Linus Möller stand im Raum. Er machte einen aufgewühlten Eindruck und schien außer Atem. Möller schloss die Tür und lehnte sich gegen sie, als wolle er verhindern, dass noch jemand eintrat.

„Herr Möller, ist etwas passiert?"

„Morgen, fünfzehn Uhr soll die Übergabe erfolgen", brach es aus ihm heraus.

„Jetzt setzen Sie sich erst mal", sagte Will. Sie war aufgestanden und zu Möller geeilt. Ihre Hand legte sich beruhigend auf seine Schulter.

„Nein, ich habe nicht viel Zeit", entgegnete Möller. „Maria soll keinen Verdacht schöpfen."

„Okay. Wo soll die Übergabe stattfinden?", fragte Bohlan.

„An der alten Mühle in Heddernheim."

Bohlan ergriff einen Stift und schrieb die Daten auf.

„Gut. Machen Sie sich keine Sorgen. Wir werden da sein und alles unter Kontrolle haben. Wenn sich noch etwas ändert, informieren Sie uns bitte umgehend."

Möller nickte und verließ das Zimmer genauso gehetzt, wie er gekommen war. Er fuhr mit dem Aufzug nach unten, eilte an der Pforte vorbei und blickte prüfend durch die Fensterscheiben nach draußen. Der Bürgersteig machte einen verlassenen Eindruck. Ab und an blitzte das Scheinwerferlicht eines vorbeifahrenden Autos auf. Möller schritt langsam zur Ausgangstür und trat hinaus in die Dunkelheit. Er schaute noch einmal flüchtig nach links und rechts, bevor er zügig in Richtung U-Bahn-Station schritt. Die schwarze Gestalt, die auf der gegenüberliegenden Straßenseite an einem Schaufenster gelehnt stand, übersah er.

„Die alte Mühle in Heddernheim, sagt dir das etwas?", fragte Bohlan, nachdem Möller den Raum verlassen hatte.

„Ja klar. Das ist ein altes zerfallenes Gebäude unmittelbar an der U-Bahn-Station Niederurseler Landstraße. Es liegt am Rande einer Schrebergartenkolonie, eingekeilt zwischen den Gleisen. Eigentlich sollte es schon vor Jahren abgerissen werden."

Bohlan schaute nachdenklich aus dem Fenster. „Ich habe ein ungutes Gefühl bei der ganzen Aktion", sagte er schließlich.

„Warum lassen wir Möller nicht vorher verkabeln?", fragte Will.

„Weil Costello – aus welchem Grund auch immer – nichts von uns wissen darf. Sie würde sonst die ganze Aktion gefährden. Wir lassen das Gelände komplett abriegeln und postieren uns direkt vor Ort."

Will nickte. Wenn das mal gutgeht, dachte sie insgeheim.

Nebelfetzen trieben durch die dunklen Wohnstraßen in Frankfurt-Niederursel, als Julia Will die Haltestelle Wiesenau verließ. Zügig schritt sie voran. Das trübe Licht, das die wenigen Laternen warfen, konnte ihr den Weg nicht leuchten, doch sie kannte hier jeden Zentimeter. Sie warf einen Blick auf die Uhr und stellte ernüchtert fest, dass es schon beinahe Mitternacht war. Mit einem Besuch in der Kneipe wird es wohl nichts mehr, dachte sie resigniert. Dass sie es nicht ins Training geschafft hatte, war schon ärgerlich genug, aber Alex wollte sie auf keinen Fall verpassen. Als sie in die Hohemarkstraße einbiegen wollte, blieb sie unschlüssig stehen. Vielleicht sollte sie doch Richtung Turnhalle laufen. Wäre gut möglich, dass Alex noch in der Kneipe saß und dort auf sie wartete. Doch die Kälte, die sich langsam über ihren Körper legte, schreckte sie ab. Sie holte ihr Handy hervor und wollte gerade Alex Nummer wählen, als dieser um die Ecke bog. Erleichtert stürmte sie ihm entgegen.

„Gott sei Dank bist du noch gekommen", sagte Will.

Alex Feth antwortete nicht. Er sah ihr nur in die Augen, bevor sich seine Lippen um die ihren schlossen.

„Lass uns reingehen", sagte Will nach einigen Minuten. „In meinem Bett ist es deutlich wärmer."

Als die Tür hinter Julia Will ins Schloss fiel, blieb Tom Bohlan nachdenklich an seinem Schreibtisch sitzen und versuchte seine Notizen und Gedanken zu sortieren. Gegen halb zwölf riss Steinbrecher die Tür auf und schwenkte triumphierend die Bilder von Santos' Konterfei. Gemeinsam vertieften sie sich in das Gesicht des Drogenbosses, ohne erkennbare Ähnlichkeiten zu Dr. Sartorius feststellen zu können. Wenn Sartorius Gesicht das Ergebnis einer Operation war, dann hatte der Chirurg ganze Arbeit geleistet. Bohlan hatte bereits das BKA informiert. Er scannte die Bilder ein und schickte sie per E-Mail zur Bildanalyse. Gegen halb eins beschlossen die beiden, den Tag zu beenden. Als sie an der Tür standen und Bohlan das Licht löschen wollte, wandte er sich nochmals um und ließ seinen Blick durch den Raum wandern. Er blieb an Wills Schreibtisch haften. Der Kommissar fühlte sich von den Papierstapeln, die ihn bedeckten, magisch angezogen. Er ging zurück und setzte sich auf Wills Stuhl. Grübelnd schob er die Stapel hin und her.

„Kannst du mir bitte mal sagen, was du da treibst?“, fragte Steinbrecher einigermaßen ungeduldig.

„Moment, ich glaube, ich hab’s gleich.“ Bohlan halbierte einen der Papierhaufen und zog das Exemplar von Fischbachs Buch hervor und steckte es in seine Manteltasche.

„Was hast du denn damit vor?“

„Lesen, oder was macht man sonst mit einem Buch?

Samstag

Entgegen jeglicher Vernunft verbrachte Bohlan die Nacht auf seinem Hausboot mehr mit Lesen als mit Schlafen. Erst als der Morgen nahte, legte er Fischbachs Buch zur Seite und schloss die Augen. Dementsprechend gerädert war er, als sein Wecker um sechs Uhr klingelte. Zum Glück zeigte sich der Samstag von einer eher freundlichen Seite. Es war zwar kalt, aber der wolkenlose Himmel versprach Sonne. Der Kommissar ging ins Bad und spritzte sich eine Ladung kaltes Wasser ins Gesicht. Nachdenklich betrachtete er sich im Spiegel. Sein Gesicht sah übernächtigt aus, bleich, mit dunklen Rändern unter den Augen. Mein Gott, dachte Bohlan, das Leben hat hart zugeschlagen in den letzten Jahren. Er versuchte, die Falten um die Augen glatt zu ziehen. Ein Versuch, der zum Scheitern verurteilt war. Obwohl er sich so fühlte, wie er aussah, entschloss er sich zu einem Lauf. Er zog seine Sportkleidung an, stopfte sich die Kopfhörer in die Ohren und taumelte aus dem Boot auf seine Laufstrecke. Die kalte Luft flutete seinen Körper und vertrieb die Müdigkeit, die in allen Gliedern steckte. Als er zurückkam, kochte er sich einen extrastarken Kaffee und füllte diesen, nachdem er festgestellt hatte, dass sein Kühlschrank total leer war, in einen Thermobecher. Auf dem Weg zum Präsidium hielt er an einer Tankstelle und kaufte zwei Schokoladencroissants. Tatsächlich merkte er nichts mehr von der langen Nacht. Er spürte, dass etwas in der Luft lag, das sich wie die Lösung des Falls anfühlte und ihm neue Energie verlieh.

Kurze Zeit später trafen Steininger und Steinbrecher ein. Gegen elf stieß Klaus Gerding dazu, der den Einsatz des Sonderkommandos vorbereitet hatte. Während Steinbrecher, Steininger, Will und Gerding die weitere Planung des Nachmittages durchgingen, machte sich Bohlan auf den Weg zur Rotlintstraße. Er war tags zuvor mit Möller so verblieben, dass sie sich noch mal kurz im Café Rotlint besprechen wollten. Bohlan setzte sich an einen der Tische im vorderen Bereich und orderte eine Tasse Milchkaffee. Kurze Zeit später traf Möller ein, nickte ihm kurz zu und ließ sich am Nachbartisch nieder, wo er die Karte hob, um sich hinter ihr zu verstecken. Bohlan wollte Möller bereits ansprechen, sah dann aber durch das Fenster, dass auf der anderen Straßenseite Maria Costello stand und aufgeregt mit dem Handy telefonierte. Als er wieder zu Möller blickte, war dieser bereits aufgestanden und hatte ihm beiläufig einen Zettel auf den Tisch gelegt. Möller machte sich auf den Weg in den hinteren Teil des Bistros. Bohlan nahm den Zettel auf und wollte gerade die Notiz lesen, als Maria Costello den Raum betrat. Suchend blickte sie sich um und blieb wie angewurzelt stehen, als sie Bohlan erblickte.

„Guten Morgen, Frau Costello“, sagte der Kommissar.

„Observieren Sie mich etwa?“ Costellos Stimme konnte ihre Verärgerung nicht verbergen.

„Wo denken Sie hin? Wollen Sie sich nicht zu mir setzen?“ Bohlan wies mit der Hand auf einen der freien Stühle. Costello blieb zunächst unschlüssig stehen. Ihr Blick suchte nochmals den Raum ab. Zögernd setzte sie sich.

„Suchen Sie jemanden?“, fragte Bohlan.

„Nein, nein. Ich dachte nur, Linus sei hier. Aber da habe ich mich wohl geirrt.“

„So sieht es aus. Ich habe ihn jedenfalls nicht gesehen“, sagte Bohlan und nippte an seinem Kaffee. „Aber gut, dass ich Sie treffe. Haben Sie sich die Sache mit der Entführung noch einmal durch den Kopf gehen lassen?“

Costello blickte Bohlan genervt an. „Meine Meinung steht. Ich möchte das Leben meiner Tochter nicht gefährden. Das werden Sie doch sicher verstehen?“

„Das will niemand. Gerade deshalb sollten Sie mit uns zusammenarbeiten.“

Costello stand auf. „Entschuldigen Sie, ich muss jetzt wirklich los."

Bohlan blickte ihr hinterher. Als die Tür wieder geschlossen war, ließ er die Hand in seine Jackentasche wandern und zog den Zettel hervor, den er von Möller erhalten hatte. Neugierig faltete er ihn auseinander.

Julia Will überflog das Kurzgutachten, das vor wenigen Minuten aus dem Fax gekommen war. „Das ist ja interessant", murmelte sie vor sich hin. Die anderen blickten sie an.

„Was ist denn?", wollte Gerding wissen.

„Die Gesichtsanalyse ist da. Es ist zumindest mal nicht ausgeschlossen, dass es sich bei Sartorius und Santos um die gleiche Person handelt. Die Schädelform ist sehr ähnlich. Augenfarbe und die anderen Abmessungen stimmen ebenfalls überein." Will reichte Gerding das Gutachten.

Irritiert faltete Bohlan den Zettel zusammen. Tausend Fragen gingen ihm durch den Kopf, doch für eine Beantwortung gab es keine Zeit mehr. Er blickte auf die Straße und sah Costello neben einem goldfarbenen Mercedes stehen und durch die heruntergelassene Scheibe der Beifahrertür mit dem Fahrer sprechen. Merkwürdiges Fahrzeug, dachte der Kommissar und notierte sich das Kennzeichen. Wo zum Teufel steckte Möller? Bohlan stand auf und suchte zunächst den hinteren, abgetrennten Gastraum ab, bevor er sich den Toiletten zuwandte. Er fand sie leer und verlassen vor, allerdings deutete das offen stehende Fenster darauf hin, dass Möller getürmt sein könnte. Der Kommissar stellte sich auf die Toilettenschüssel und warf einen Blick nach draußen. Das Fenster war in jedem Fall breit genug, um auch einen erwachsenen Mann durchschlüpfen zu lassen. Auf der Außenseite der Wand standen einige Mülltonnen. Man konnte sich also völlig sorgenfrei hinablassen. Bohlan stieg von der Toilettenschüssel hinab, ging zurück in den Gastraum, wo er dem Kellner einen Fünf-Euro-Schein in die Hand drückte und das Bistro wortlos verließ. Nachdenklich stieg er in seinen Wagen.

Während Bohlan den Lupo einhändig aus der engen Parklücke herauslenkte, tippte er mit der anderen Hand auf dem Display seines iPhones herum und stöpselte den Kopfhörer ein.

„Hier Tom", sagte er einigermaßen genervt, weil er das Kurbeln am Lenkrad vergessen hatte und der rechte vordere Kotflügel beinahe das vor ihm parkende Fahrzeug touchiert hätte. „Die Übergabe findet doch nicht an der alten Mühle statt. Wir müssen umdisponieren." Der Kommissar gab die Daten durch, die ihm Möller auf dem Zettel notiert hatte. „Ach so. Überprüft doch bitte mal folgendes Kennzeichen."

„Was machen wir jetzt?", fragte Will und schaute gestresst in die Runde. Nachdem keiner ihrer Kollegen etwas sagte, fügte sie hinzu: „Sollen wir wirklich die ganze Planung umstoßen und alles auf den neuen Einsatzort umpolen?"

„Was spricht dagegen?", fragte Steininger. „Außer dem Ort hat sich ja nichts geändert."

„Weil auch die neue Information eine Finte sein könnte", sagte Gerding tonlos und klopfte mit seinem Kugelschreiber auf die Tischplatte. „Wir sollten in jedem Fall zweigleisig fahren und auch die alte Mühle nicht außer Acht lassen."

„Haben wir denn genug Leute, um beide Orte abzudecken?" Will blickte ihren Chef an, der sein Gesicht schmerzhaft verzog.

„Noch haben wir etwas Zeit, aber zwei komplette SEKs, das wird schwierig."

Linus Möller schaute Bohlans Lupo hinterher. Ein mulmiges Gefühl breitete sich in seinem Magen aus. Es wäre ihm sehr recht gewesen, wenn er die bevorstehende Aktion noch einmal im Detail mit dem Kommissar hätte durchsprechen können. Doch er hatte keine Chance gesehen, ein weiteres Treffen vor Maria Costello zu verheimlichen. Sie war hochgradig nervös und über die Maßen auf der Hut. Ihr schien in den letzten Tagen nicht das kleinste Detail aus seinem Leben entgangen zu sein. Sie wollte über jeden seiner Schritte informiert sein und die, über die er sie nicht informierte, fand sie ebenfalls heraus. Selbst sein gestriger Besuch im Polizeipräsidium war ihr nicht verborgen geblieben, obwohl er felsenfest davon überzeugt gewesen war, jede nur denkbare Vorsichtsmaßnahme ergriffen zu haben. Es war immer wieder erstaunlich, wie viel Zeit und Energie sie darauf verwandte, ihn zu beschatten. Anfänglich hatte er ihre Aktionen noch irgendwie verständlich gefunden, doch mittlerweile nervten sie nur noch. Es war ihm unbegreiflich, weshalb Maria solche Aversionen gegen ein Mitwirken der Polizei hegte. Natürlich bestand darin auch eine gewisse Gefahr. Anderseits war davon auszugehen, dass die Polizei nicht unbedarft an die Sache herangehen würde und mit Sicherheit Mittel und Wege hatte, Herr der Lage zu sein und sich gleichzeitig im Hintergrund zu halten. Möller hatte endlose Diskussionen mit Maria zu diesem Thema geführt, doch sie war stur wie ein Esel geblieben. Letztlich waren es wohl zwei Gründe, die sie nicht von ihrer Meinung abbringen konnten. Zunächst war da die Sorge um das Leben ihrer Tochter. Der zweite Grund schien in Marias mexikanischer Vergangenheit zu liegen. Die Polizei war für sie keine vertrauenswürdige Institution, sondern eher ein verlängerter Arm der organisierten Kriminalität. Möller selbst hatte einen gesunden Verstand und konnte durchaus gewisse Unterschiede zwischen den Zuständen in Mexiko und Deutschland erkennen, aber Maria war in diesem Bereich völlig verblendet. Möller schaute Bohlans Wagen hinterher, der gerade um die Kurve bog. Er wandte den Kopf ab und ging ins Haus hinein.

Als Tom Bohlan das Präsidium erreichte, telefonierte Gerding hektisch mit dem Leiter des SEKs. Da die Geldübergabe nunmehr im Frankfurter Stadtwald nicht unweit der Otto-Fleck-Schneise stattfinden sollte, gab es genügend Möglichkeiten, die Einsatzkräfte zu tarnen. Zudem handelte es sich um ein eher abgelegenes Gebiet, und da die Eintracht zurzeit mal wieder ihr Dasein in der zweiten Liga fristete, war der Samstagnachmittag spielfrei. Somit war sichergestellt, dass es zu keinem Aufeinandertreffen mit betrunkenen Fußballrowdys kommen würde, die sich im Suff im Stadtwald verlaufen hatten. Aus Sicht der Entführer war die Wahl des Übergabeortes durchaus geschickt. Waren sie erst einmal im Besitz der Unterlagen, konnten sie sehr schnell auf die Autobahn gelangen und über das Frankfurter Kreuz in alle Himmelsrichtungen flüchten.

„Momentan haben wir alles unter Kontrolle. Ich hoffe nur, dass

Möller nicht noch einmal umgelenkt wird. Dann stünden wir ziemlich veralbert da", sagte der Chef der Mordkommission.

„Leider können wir jetzt keinen Kontakt mehr mit ihm aufnehmen. Er hat Angst, dass Costello, wenn sie nur die kleinste Kleinigkeit bemerkt, die ganze Aktion abbricht."

„Ja, Tom, das ist das Problem. Und diese Maria scheint eine ziemlich gewiefte Person zu sein. Sie kennt sich nicht nur mit Computern und der Hackerei bestens aus. Wenn die Sache mit der Entführung durchgestanden ist, werden wir sie einmal in die Mangel nehmen."

Bohlan nickte nachdenklich.

„Ach übrigens, wir haben entschieden, dass du und Julia nicht mit in den Stadtwald kommt."

Bohlan blickte irritiert auf. „Wieso?"

„Weil wir auf Nummer sicher gehen wollen. Ihr fahrt zur alten Mühle und seht dort nach dem Rechten."

Bohlan, dem diese Arbeitsaufteilung nicht in den Kram zu passen schien, wollte zu einer Gegenrede ansetzen, wurde aber von Julia Will zurückgehalten. Sie blickte ihn mit einem Engelslächeln an und der Kommissar wirkte besänftigt.

Es war fünfzehn Uhr, als sich Linus Möller auf den Weg machte. Zu seiner Überraschung hatte Maria einen alten, etwas klapprigen Seat Ibiza organisiert. „Und du bist sicher, dass du nicht mitkommen willst?"

„Ja, ich werde hier zu Hause warten. Die Entführer haben ausdrücklich gesagt, dass du die Übergabe alleine machen sollst. Ruf mich bitte an, sobald alles überstanden ist." Möller nickte, gab Maria einen Kuss und strich ihr über die Wangen. Dann stieg er in den Wagen, stöpselte das Navigationsgerät in den Anschluss des Feueranzünders und gab die Daten ein. Maria wartete am Straßenrand, bis Möller auf die Allee abgebogen war. Dann zog sie ihren Schal ein wenig fester und lief zu ihrem Auto, einem Audi A3, der nur wenige Meter entfernt stand.

„Es gibt übrigens noch einen anderen Grund, warum wir nach Heddernheim fahren", sagte Will und drehte das Autoradio leiser.

Bohlan schaute kurz zu seiner Kollegin, die ihren Blick auf die Straße gerichtet hielt. Was für eine Überraschung würde seine Kollegin für ihn bereithalten, fragte er sich, während er unverständlich „Aha" murmelte.

„Neben der alten Mühle befindet sich eine Kleingartenkolonie. Und nun rate mal, wer dort eine Hütte besitzt."

Bohlan, der für die Welt der Kleingärtner so wenig übrig hatte wie für den neuesten Tratsch und Klatsch aus der Promiwelt, zuckte kurz mit den Schultern.

„Claudia Fischbach", sagte Will, fast ein wenig triumphierend.

Bohlan zuckte zusammen und riss den Kopf zur Seite. Um ein Haar hätte er das Gleiche mit dem Lenkrad gemacht.

„Da staunst du, was?"

„Wie in aller Welt hast du das denn herausgefunden?"

„Das verrate ich dir in einer ruhigen Stunde. Jedenfalls frage ich mich, ob dies purer Zufall ist, oder ob da nicht doch ein Zusammenhang mit der Geldübergabe besteht. Verstehst du jetzt, warum es mir so wichtig war, nicht in den Stadtwald zu fahren?"

Möllers Blick traf einen Briefumschlag, der auf dem Beifahrersitz lag und einen Stick mit sämtlichen Dateien enthielt, die sich mit dem geplanten Bau eines Sportparks im Frankfurter Stadtwald beschäftigten. Aber nicht nur das, er enthielt auch Dokumente, mit denen sich sehr leicht nachweisen ließ, dass die mit dem Projekt beauftragte Firma der verlängerte Arm eines mexikanischen Drogenkartells war. Zudem ging aus weiteren Dokumenten hervor, dass die Entscheidungsträger der Stadt zwischenzeitlich über die Hintergründe dieser Firma informiert worden waren, was aber keineswegs dazu geführt hatte, das Projekt abzublasen. Im Gegenteil – die Durchführung sollte sogar ausdrücklich beschleunigt werden. Der Umschlag enthielt weiterhin eine von Möller und Costello unterzeichnete Erklärung, dass sie keine Kopien der Dokumente besaßen. Möller empfand diese Erklärung als albern, denn jeder wusste, dass sie nicht das Papier wert war, auf dem sie geschrieben stand. Selbstverständlich hatte er noch Kopien auf einem seiner Server abgelegt. Es war ein Server, der irgendwo in Amerika stand und zu dem nur er die Zugangsdaten hatte. Außerdem hatte er die wesentlichen Dokumente Bohlan und Will zur Verfügung gestellt. Er war sich noch nicht sicher, wie es nach dieser Aktion weitergehen würde. Vermutlich würde er noch ein paar Tage bei Maria bleiben und dann nach Berlin zurückkehren oder an einen anderen Ort auf diesem gottverdammten Erdball. Wenn ein wenig Gras über die ganze Sache gewachsen war, konnte er immer noch sehen, was er mit den Informationen anstellen konnte. Außerdem hatte er noch ein paar Hinweise über ähnliche Geschäftspraktiken der organisierten Kriminalität erhalten. So wie er die Lage einschätzte, gab es jede Menge aufzuklären.

Als Möller die Konstablerwache erreichte und sich anschickte, den Main zu überqueren, klingelte sein Handy. Ein Blick auf das Display verriet ihm, dass es Maria war.

„Linus, hör zu", Marias Stimme klang gleichermaßen hektisch wie nervös. „Sie haben noch mal angerufen. Du sollst jetzt doch zur alten Mühle fahren."

„Was, wieso das denn?" Schweißtropfen schossen auf Möllers Stirn. Gleichzeitig wurde ihm heiß und kalt.

„Was weiß denn ich, was die sich so alles ausdenken. Vielleicht wollen sie sichergehen, dass wir nicht doch die Polizei eingeschaltet haben."

„Scheiße", brüllte Möller, nachdem er das Gespräch weggedrückt hatte. Er fuhr über den Main und überlegte hektisch, wie er nun am schnellsten nach Heddernheim gelangen könnte. Nach kurzem Nachdenken entschied er sich dazu, am Mainufer entlang in Richtung Niederrad zu fahren, um von dort aus die Autobahn zu nehmen. Das war zwar kilometermäßig die längere Strecke, doch dann musste er nicht wieder durch die Innenstadt. Nachdem er diese Entscheidung getroffen hatte, wandte er sich dem nächsten Problem zu. Sollte er die Polizei über die erneute Planänderung informieren und wenn ja, wie? Oder sollte er darauf vertrauen, dass Kommissar Bohlan nicht alles auf eine Karte gesetzt hatte?

„Hier muss es sein", sagte Will und deutete auf eine Gartenparzelle, die sich in gravierender Form von den Anderen unterschied. Weder waren Rasen, Beete und Wege sonderlich gehegt und gepflegt, noch wachten Gartenzwerge oder andere Porzellangesellen über das Anwesen. Im hinteren Teil stand ein altes Holzhaus, das vielleicht die Größe von zwanzig Quadratmetern hatte. Ursprünglich war es wohl einmal laubgrün gestrichen gewesen, doch die Farbe war in den vergangenen Jahren abgeblättert. Fensterländen und Türen waren geschlossen und Will fragte sich, ob sie sich überhaupt öffnen ließen, ohne aus der Halterung zu fallen.

„Meinst du wirklich? Das sieht doch ziemlich unbewohnt aus“, antwortete Bohlan.

„Eben, das perfekte Versteck. Niemand würde hier einen Bewohner vermuten.“

„Ich weiß nicht, aber wenn es deinem Seelenfrieden dient ...“

Hauptkommissar Bohlan flankte in einer für ihn ungewohnten Eleganz über das Gartentor. Will schüttelte den Kopf und öffnete das Tor. Als sie nur noch wenige Meter von der Holzhütte entfernt waren, blieb Bohlan plötzlich stehen.

„Was ist los?“, fragte Will.

Bohlan drehte sich kurz um und legte den Zeigefinger auf die Lippen.

„Schon gut“, flüsterte Will. „Du verlangst jetzt aber nicht von mir, dass wir über den Boden robben.“

Bohlan verzog den Mundwinkel und ging langsam weiter. Als sie die Eingangstür erreichten hatten, bedeutete er Will, die Hütte einmal zu umrunden, was diese vorsichtig tat, ohne etwas Verdächtiges zu bemerken. Alle Fensterläden waren verschlossen, eine zweite Tür gab es nicht. Bohlan zückte seine Dienstpistole, legte die Hand auf die Türklinke und drückte diese langsam nach unten. Vorsichtig lehnte er die Schulter gegen die Tür und versuchte, etwas Druck aufzubauen, was völlig unnötig war, denn die Tür ließ sich leichtgängig und ohne das kleinste Geräusch öffnen. Mit vorgehaltener Pistole betraten die beiden die Hütte, die lediglich aus einem Raum bestand. Die Lamellen der Fensterländen ließen gerade so viel Licht hinein, dass man sich im Halbdunkel zurechtfinden konnte. Der Raum war wohnlich eingerichtet, hatte einen Tisch mit Eckbank und Stühlen, ein Bett, einen Schrank, einen Fernseher und eine kleine Küchenzeile. Ansonsten schien er leer zu sein. Die beiden Kommissare schlossen die Tür und blickten sich an. Bohlan ging zu einem elektrischen Heizkörper, der in der Ecke neben dem Bett stand, und legte die Hand auf ihn. Er war warm. Will, die immer noch ihre Pistole in der Hand hielt, deutete unter das Bett. Bohlan nickte, stellte sich vor das Bett, fasste mit beiden Händen um den Rahmen und hob es mit einer schnellen Bewegung nach oben.

Auf dem Boden, dort wo bis eben das Bett gestanden hatte, das nun an der Wand lehnte, krümmte sich ein menschlicher Körper und wimmerte. Es war eine Frau, was Bohlan unschwer an den langen Haaren und dem zierlichen Körper zu erkennen glaubte. Er berührte ihre Schulter und drehte sie auf den Rücken. Zwei völlig verängstigte Augen blickten ihn an.

„Ist schon gut. Ganz ruhig. Wir wollen Ihnen nichts tun." Der Kommissar sprach mit leiser Stimme. Die Frau schien immer noch verängstigt, hörte aber auf zu wimmern. Bohlan steckte die Pistole in das Halfter und setzte sich auf einen der Stühle. Die Frau rappelte sich auf, blieb aber mit verschränkten und über die Knie gelegten Armen in gekrümmter Haltung auf dem Boden sitzen. Bohlans Blick fiel auf ihre Handgelenke, die unbedeckt waren und kreisförmige Narben aufwiesen. Er wandte sich an Julia Will, die immer noch im Türrahmen stand.

„Ruf Claudia Fischbach an."

Will nickte und holte ihr Handy aus der Jackentasche. Beim Wort „Fischbach" schien sich die Frau auf dem Boden zu entspannen.

Das Heddernheimer Industriegebiet befand sich im unmittelbaren Anschluss an das Gelände der Müllverbrennungsanlage, die die auf der anderen Seite der Rosa-Luxemburg-Straße liegende Nordweststadt mit Fernwärme versorgte. Möller parkte den Wagen vor einem alten, fast verfallenen Gebäude, das früher einmal einen Möbelmarkt beherbergt hatte und in dem jetzt ein schäbig wirkender Getränkemarkt sowie ein Fitness-Studio untergebracht waren. Ein paar zwielichtige Gestalten schlichen um das Gebäude, doch Möller hatte keine Zeit, sich um solche Dinge zu kümmern. Er lief die Straße entlang bis zu ihrem Ende, das ein Wendehammer darstellte. Links lag die U-Bahn-Station Heddernheimer Landstraße. Man konnte von dort aus die Schienen überqueren und durch einen Tunnel in die Nordweststadt gelangen oder vor dem Tunnel rechts über einen asphaltierten Weg in das Mertonviertel. Möller lief aber über den Wendehammer hinaus auf einen Feldweg. Wenige Meter vor ihm konnte er bereits das Dach der alten Mühle erkennen. Schon von Weitem sah er, dass das Haus längst das Zeitliche gesegnet hatte. Die Fenster waren zum großen Teil eingeschlagen, der Putz bestand lediglich aus Mörtelresten und das Ziegeldach war löchrig wie ein Schweizer Käse. Kein Wunder also, dass der Abriss unmittelbar bevorzustehen schien. Rechts neben der alten Mühle grenzte das Gelände einer Kleingartenkolonie an. Verschiedene Fahnen flatterten im Wind. Auf der Rückseite der Mühle befand sich eine zum großen Teil neu angelegte Grünlandschaft mit Rasen, Bäumen und der Lauf des Urselbaches. Möller spürte, wie die Nervosität in ihm emporkroch. In wenigen Augenblicken würde er dem Mann gegenüberstehen, dem er das vorläufige Ende seines Internetprojektes zu verdanken hatte. Ein Mann, der vor nichts zurückschreckte, weder vor der Entführung eines kleinen Mädchens noch davor, Menschen zu foltern und zu töten.

Möller hatte den Bauzaun erreicht, der die alte Mühle gegen unbefugte Eindringlinge schützen sollte oder besser diese vor herunterfallenden Dachziegeln. Ein paar Meter weiter fand er einen offenen Spalt zwischen zwei Bauzäunen und schlüpfte hindurch. Vorsichtig näherte er sich dem Gebäude. Als er die Eingangstür erreichte, schaute er noch einmal nach oben, um nicht von einem herunterfallenden Mauerwerk erschlagen zu werden. Dann drückte er die Türklinke. Quietschend und ächzend schwang die Tür zur Seite und Möller betrat das Gebäude, dessen Fußboden mit Schutt und Scherben bedeckt war. Wahrscheinlich hatten Jugendliche und Obdachlose das Gebäude in diesen Zustand versetzt, dachte Möller. Um besser sehen zu können, schaltete er sein iPhone an und drückte auf die Taschenlampen-App, eine der besten Erfindungen der letzten Zeit. Langsam leuchtete er den Flur aus und betrachtete kopfschüttelnd das ganze Ausmaß des Vandalismus.

Julia Will stellte drei Tassen auf den Tisch und gab in jede zwei Löffel löslichen Kaffee, den sie in einem der Schränke gefunden hatte. Anschließend ließ sie heißes Wasser aus dem Wasserkocher drüber laufen. Auf Bohlans Nacken sträubten sich bei Duft und Anblick des braunen Gesöffs alle Haare, aber es war das beste Mittel, die Barriere zwischen ihnen und der Frau zum Bröckeln zu bringen. Will legte ein paar Päckchen Kaffeemilch auf den Tisch, die sie ebenfalls im Schrank gefunden hatte. Dann nahm sie eine der Tassen und zwei Packungen Milch und stellte sie vor der Frau auf den Boden.

„Wie heißen Sie?", fragte Bohlan. Die Frau blickte ihn verständnislos an.

„Tom", sagte Bohlan und deutete auf sich. „Julia", fügte er hinzu und zeigte auf Will. „Und du?"

Die Frau zog die Augenbraunen zusammen. „Josefina", sagte sie schließlich kaum vernehmbar.

„Haben Sie einen Ausweis? Papiere, Passport?"

Die Frau nickte und stand auf. Sie war von zierlicher, fast zerbrechlicher Gestalt, sie hatte kastanienbraune, leicht gelockte Haare und einen dunklen Teint. Sie kramte hinter dem Nachttisch, der neben dem Bett gestanden hatte, ein Ledertäschchen hervor und holte ihren Ausweis heraus. Ein wenig zögerlich streckte sie das Dokument Julia Will entgegen, die es entgegennahm und einen Blick darauf warf, bevor sie es an Bohlan weiterreichte. Der Kommissar studierte das Dokument und stutzte.

„Sie kommen aus Mexiko?"

„Sí, sí, Mexico, Ciudad de Juárez", zum ersten Mal lächelte die Frau. Sie ging zu der Stelle, an der ihr Bett gestanden hatte, und setzte sich wieder.

„Leider kann ich kein spanisch. Aber Frau Fischbach wird jeden Moment hier sein", sagte Bohlan. „Señora Fischbach muy gente." Wieder huschte ein Lächeln über ihr Gesicht.

Ein lauter Schlag, der sich anhörte, als würde die Decke einstürzen, erfasste den Raum. Möller fuhr erschrocken zusammen. Als er sich umdrehte, wurde er von einem hellen Lichtstrahl dermaßen geblendet, dass er glaubte zu erblinden. Nur langsam konnte er die Umrisse einer Person erhaschen, die im Türrahmen stand und einen Scheinwerfer auf ihn gerichtet hielt. Die Umrisse der Person waren keinesfalls groß und monströs, sondern eher klein und zierlich. Sekundenlang begriff Möller nicht, was vor sich ging. Er fühlte sich wie in einem entsetzlichen Alptraum. Als eine Stimme erklang, glaubte er, der Boden unter seinen Füßen würde sich zu einer gewaltigen Falltür öffnen. Doch außer, dass seine Knie weich wie Butter wurden, tat sich nichts.

„Leg den Umschlag auf den Boden." Es war eine Frauenstimme, deren Tonfall genauso unmissverständlich war, wie er Möllers Ohren vertraut war.

„Maria?", stotterte Möller. „Was zum Teufel hat das zu bedeuten?"

Steinbrecher und Steininger standen im Frankfurter Stadtwald, nicht unweit des Waldstadions, wie die meisten Frankfurter ihr Stadion immer noch nannten, obwohl das Namensrecht längst an eine Großbank verkauft worden war. Vielleicht lag dies daran, dass die glorreichen Spiele der Eintracht zu einer Zeit gespielt worden waren, als der Kommerz den Fußball noch nicht aufgefressen hatte. Steinbrecher, eine Zigarette im Mundwinkel hängend, blies von Zeit zu Zeit blauen Dunst in die kalte Luft und blickte auf hinter Bäumen versteckte Gebäude zahlreicher Sportverbände und Organisationen. Steininger rieb die Handflächen gegeneinander und versuchte die Kälte zu besiegen, die allmählich in ihm emporstieg. Ab und an ratterte ein Zug vorbei und die Kommissare suchten prüfend die Umgebung ab. Die Männer des SEKs waren im angrenzenden Gehölz versteckt. Ein paar hundert Meter weiter stand ein Kleinbus, der so etwas wie die Einsatzzentrale darstellte. Dort hielt sich auch Klaus Gerding auf, Seite an Seite mit dem Einsatzleiter.

„Möller ist jetzt schon eine halbe Stunde über der Zeit", blaffte Steinbrecher zwischen zwei Zigarettenzügen.

„Ich habe ein ungutes Gefühl. Irgendetwas läuft schief", entgegnete Steininger und trat von einem Fuß auf den anderen.

„Warte ab, es ist noch nichts verloren." Steinbrecher versuchte ein zuversichtliches Lächeln, doch es wollte nicht so recht gelingen.

„Du bist wirklich absolut ahnungslos." Maria Costellos Lachen hallte wie ein Donnern in Möllers Ohren nach. „Linus Möller, der große Aufklärer, hat nichts gerafft." Costello fuchtelte mit einer Pistole herum. „Los. Leg den Umschlag vor deine Füße."

Möller beugte sich langsam nach unten. Seine Hände begannen zu zittern, als er den Umschlag losließ und sich wieder aufrichtete.

„Maria, ich verstehe das alles nicht. Warum bist du hier?"

„Du hast wirklich keine Ahnung! Hast du dich nie gefragt, wo ich all die Informationen und Dokumente aufgetrieben habe? Ist es dir nie komisch vorgekommen, dass die Veröffentlichung sich so lange hingezogen hat? Es ging nie darum, die Dokumente zu veröffentlichen. Es ging darum, die Dokumente zu bekommen und die andere Seite zu schwächen. Ja, ich wollte sie dem Santos-Kartell abjagen, aber nicht, um sie zu veröffentlichen. So, und jetzt hebst du langsam deine Arme hoch und drehst dich um. Ich will dir nicht in die Augen sehen müssen, wenn ich dich erschieße."

„Du willst mich erschießen? Aber warum das denn?" Möller hob langsam die Arme. „Wir waren doch ein Team."

Maria lachte erneut laut auf. „Glaubst du wirklich an so einen Schwachsinn? Du warst mein Mittel zum Zweck und nun ist Schicht im Schacht. Akzeptier endlich, dass du dich mit dem Teufel eingelassen hast. Und der Teufel lässt niemanden mehr frei." Costello stellte den Scheinwerfer auf den Boden und kam ein paar Schritte näher. „Du willst einen Beweis dafür, dass du für mich nichts weiter bist als ein Klumpen Scheiße? Hier." Sie spuckte Möller ins Gesicht.

„Und nun dreh dich endlich um und stell dich an die Wand."

Möller blickte Costello ein letztes Mal in die Augen und konnte nur Hass und Verachtung erkennen.

Bohlan und Will lauschten fassungslos Claudia Fischbachs Übersetzungen. Josefina hatte mittlerweile ihren Platz auf dem Fußboden gegen einen der Stühle am Tisch eingetauscht und gab an, aus Ciudad Juárez zu stammen. Dort hatte sie in einer Werkstatt für Autozulieferer gearbeitet, bis sie vor einigen Jahren gemeinsam mit ihrer Freundin auf dem Weg von der Arbeit nach Hause überfallen worden war. Man hatte sie in die Wüste verschleppt, gefesselt und missbraucht. Ihre Körper waren achtlos liegen gelassen worden, offensichtlich in dem Glauben, sie seien tot. Doch wie durch ein Wunder hatte sie überlebt. Fischbach habe sie vor einiger Zeit kennengelernt, als diese über den Drogenkrieg in Mexiko recherchierte. Die Journalistin bestätigte dies und gab an, Josefina mit nach Deutschland genommen zu haben, um mit ihrer Hilfe das Buch fertigzustellen. Sie sei nicht davon ausgegangen, dass ihre Existenz für die polizeilichen Ermittlungen in der Mordsache Esmeralda Gonzales von irgendwelcher Bedeutung sein könnte.

Bohlan konnte nur mit Mühe einen Tobsuchtsanfall unterbinden.

„Sie glauben also nicht, dass es von besonderem Interesse ist, wenn Sie eine Frau beherbergen, die ein Opfer der Gewalt in Mexiko war?"

Fischbach schaute ein wenig bedröppelt aus der Wäsche und sagte kein Wort. Kommissar Bohlan fuhr fort. „Was in aller Welt hatten Sie eigentlich mit dieser Frau in Deutschland vor?"

„Sie hat mir einfach leidgetan", stotterte Fischbach nach einiger Zeit. „Und ehrlich gesagt ... Ich weiß nicht, ob ich das jetzt sagen soll ..."

Bohlan wurde zunehmend unruhig. „Reden Sie in Gottes Namen, Sie haben lange genug geschwiegen."

„Na ja, die Sache mit Santos, Sie wissen schon, die Gesichtsoperation und der Tod. Ehrlich gesagt habe ich nie an diese Geschichte geglaubt. Ich hatte die Hoffnung, ihn mit Josefinas Hilfe in Deutschland ausfindig zu machen."

Bohlan schmetterte wütend seine Hand auf den Tisch. „Frau Fischbach, auf welcher Seite stehen Sie eigentlich? Ich war immer der Auffassung, dass Sie die Polizei unterstützen. Wenn hier jeder auf eigene Faust ermittelt und herumschnüffelt, werden wir gegen diese Kartelle niemals eine Chance haben."

„Ich weiß, dass ich da vermutlich einen Fehler gemacht habe ..."

„Einen Fehler? Das halte ich für untertrieben. Es war eine Aneinanderreihung von Fehlern."

„Lass gut sein, Tom. Das führt jetzt auch nicht weiter", schaltete sich Will in das Gespräch ein. „Wir müssen vorankommen."

„Hast recht", murmelte Bohlan und wandte sich wieder Claudia Fischbach zu.

„Und haben Sie bei Ihren Recherchen etwas herausgefunden?"

Fischbach, die darauf bedacht war, jeden Blickkontakt zu Bohlan zu vermeiden, räusperte sich. Der Kommissar wurde das Gefühl nicht los, dass die Journalistin immer noch nicht alle Karten auf den Tisch gelegt hatte.

„Frau Fischbach, die Zeit des Pokerns ist jetzt endgültig vorbei. Wenn Sie jetzt reden, werde ich Ihnen den Kopf nicht abreißen, wenn Sie noch länger warten, bin ich mir nicht mehr so sicher."

„Also gut. Ich weiß, wo sich Dr. Sartorius aufhält …"

Bohlan, dem nun endgültig die Hutschnur zu platzen schien, wollte erneut losdonnern, doch diesmal war es sein Handy, das ihn davon abhielt.

„Hallo, Walter, was gibt's?" Bohlans Miene verfinsterte sich zunehmend, je länger er Steinbrecher lauschte.

„Also gut. Wir sehen uns später." Bohlan klickte das Gespräch weg. Will sah ihn fragend an. „Im Stadtwald ist niemand aufgetaucht. Die stehen da und trinken Kaffee."

Will dachte einen Moment nach. „Was, wenn die Übergabe doch an der alten Mühle stattfindet? Vielleicht wurden wir und Möller bewusst auf eine falsche Fährte gelockt."

Bohlan blickte Will an. „Dann sollten wir das schnell klären."

„Und was machen wir mit den beiden?"

„Um uns brauchen Sie sich keine Sorgen zu machen. Wir bleiben einfach hier und warten auf Sie", sagte Fischbach.

„Ich weiß nicht, ob das eine so gute Idee ist." Bohlans Gesicht war von Skepsis gezeichnet.

„Wirklich, Herr Bohlan. Wir machen keine Extratouren mehr."

„Also gut", sagte Bohlan nach kurzem Überlegen. Der Kommissar wusste, dass diese Entscheidung mehr dem aktuellen Sachzwang als seiner Überzeugung folgte.

Linus Möller sah in gespannter Erwartung seinem Tod entgegen. Wie würde es sich anfühlen, wenn ein gezielter Schuss seinem Leben ein abruptes Ende setzte? Würde es dunkel um ihn herum werden oder würde er sich einem unvergleichlich hellen Licht nähern und dann in die Unendlichkeit eintreten? In wenigen Sekunden würde die letzte aller Fragen für ihn beantwortet sein. In der Gewissheit des sicher geglaubten Todes starrte Möller auf die vor ihm stehende Wand. Es war still um ihn herum geworden. Sequenzartig dachte Möller an Stationen seines Lebens. Bilder aus der Vergangenheit tauchten vor seinen Augen auf. Bilder, die tief in seinem Inneren eingegraben waren und die die Todesangst nun aus den Erinnerungen hervorspülte. Von irgendwoher drangen Stimmen an seine Ohren, gefolgt von einem Klacken. Das ganze erinnerte ihn an eine Art Tumult, doch er war immer noch zu erstarrt, als dass er die Situation erfassen konnte. Plötzlich vernahm er einen lauten Schuss. Er wartete auf das Eindringen der Kugel in seinen Kopf. Doch Stattdessen folgte ein dumpfer Schlag, der an den Aufprall eines Körpers erinnerte. Möller blieb stehen, starrte weiter gegen die Wand.

„Es ist vorbei, Herr Möller." Möller wandte den Kopf zur Seite und blickte in zwei dunkle Rehaugen, umgeben von ebenmäßigen Gesichtszügen und dunklen, langen Haaren.

„Merkwürdig. Ich dachte immer, Engel seien blond."

„Sind Sie vielleicht auch. Aber der Himmel muss auf Sie noch warten." Julia Will legte ihre Hand auf Möllers Schulter und wandte den Kopf zur Seite. Möller folgte ihrem Blick, der zu dem auf dem Boden liegenden Körper wanderte. Eine Blutlache bildete sich unter ihm.

„Wir müssen zurück zu Fischbach." Es waren Bohlans erste Worte, nachdem er den Auslöser seiner Pistole betätigt hatte. Soeben war der Notarzt eingetroffen. Sanitäter stürmten mit einer Trage herein und blieben unmittelbar neben Costello stehen. Der Notarzt untersuchte Costello und gab ihnen schließlich ein Zeichen. Sie betteten die offensichtlich Schwerverletzte um. Der Arzt ging zu Bohlan, Will und Möller, die in einem sicheren Abstand warteten.

„Sie ist schwer getroffen, aber noch am Leben. Mit etwas Glück bekommen wir sie durch."

Bohlan nickte, ein wenig erleichtert.

„Bist du okay?", fragte Will.

„Wird schon wieder", antwortet Bohlan mit leicht belegter Stimme.

Will umarmte ihren Kollegen und drückte ihn an sich. „Du

hattest keine andere Wahl. Wenn du nicht geschossen hättest, wäre Möller jetzt tot. Costello hat unsere Warnungen in den Wind geschlagen und keine Anstalten gemacht, sich von ihrem Vorhaben abbringen zu lassen."

Langsam hob der Kommissar die Arme, die bislang wie leblos an ihm heruntergehangen hatten, und legte sie nun ebenfalls um seine Kollegin.

„Sieht hier irgendwie aus wie ein Schlachtfeld. Was können wir tun?"

Will blickte auf und sah Walter Steinbrecher, der soeben den Raum betreten hatte. Hinter ihm stand Steininger. Sie mussten sich mächtig beeilt haben, um den Weg vom Stadion hierher zu schaffen.

„Das Beste wäre, wenn ihr die Absicherung übernehmt und die Untersuchung durch KTU und Spusi überwacht", sagte Bohlan.

„Wir haben in der Kleingartenkolonie noch etwas zu erledigen."

Will sah Bohlan überrascht an. „Bist du sicher, dass du noch dienstfähig bist?"

„Blöde Frage. Natürlich bin ich dienstfähig. Was soll das?"

„Tom, du hast immerhin gerade fast einen Menschen erschossen."

„Machst du mir jetzt Vorwürfe?"

„Quatsch. Natürlich nicht. Ich bin mir nur nicht sicher, ob es wirklich klug ist, wenn du den starken Cowboy markierst."

Die Sanitäter hoben die Trage hoch und transportierten Costello vorsichtig Richtung Ausgang.

„Ich will dir mal etwas sagen, Julia. Wenn ich diesen Fall erfolgreich zu Ende bringe, hilft mir das mehr als jeder Scheiß-Psychologe, der mit mir über Gott und die Welt quasselt. So und jetzt gehen wir gemeinsam da rüber und fahren mit Fischbach zu Dr. Sartorius."

Mit wenigen Schritten erreichte Bohlan die Tür. Steinbrecher und Steiniger sahen Will fragen an. „Ihr kennt den Aufenthaltsort vor Dr. Sartorius?"

„Wir nicht, aber Claudia Fischbach und die ist in einer

Gartenlaube. Aber das wird jetzt zu kompliziert. Ich erklär es euch später."

Will erreichte Bohlan am Bauzaun. Gemeinsam liefen sie zu Fischbachs Laube, ohne auch nur ein Wort miteinander zu wechseln. Will beschlich ein seltsames Gefühl, als sie das Gartentor passierten. Haus und Garten sahen keineswegs anders aus, als vor einer Stunde, als die beiden zum ersten Mal hier gewesen waren. Nichts deutete darauf hin, dass sich seitdem irgendetwas verändert haben könnte und doch war sich Will sicher, dass etwas nicht stimmte. Möglicherweise lag es an dieser Stille, die über dem Grundstück lag. Es war nicht die übliche Stille einer Gartenoase, in der sich Menschen vom hektischen Alltagsstress erholten. Es lag auch nicht daran, dass Bohlan und sie weiterhin schwiegen. Nein, es musste einen anderen Grund dafür geben.

Die beiden erreichten die Gartenlaube. Bohlan legte die Hand auf die Klinke und wollte sie nach unten drücken, als Will ihn an der Schulter packte.

„Warte."

Bohlan drehte sich um. „Was ist?", raunte er.

„Lass uns vorsichtig sein. Irgendwas stimmt hier nicht."

„Ach was, du siehst Gespenster." Bohlan drückte die Klinke nach unten. Die Tür sprang auf. Das Knarren war lauter, als Will es in Erinnerung hatte. Die beiden Kommissare blickten in den Raum, der absolut leer war. Nur ein Zettel auf dem Tisch deutete darauf hin, dass hier vor Kurzem noch jemand gewesen war.

Claudia Fischbach lenkte ihren Wagen durch die Altenhöferallee den Riedberg hinauf. Linker Hand lagen die Neubauten der naturwissenschaftlichen Fakultäten der Universität, rechter Hand erstreckten sich zahllose Reihenhäuser sowie Blocks mit exklusiveren Apartements. Ab und an warf sie einen Blick zu Josefina, die es vorgezogen hatte, auf der hinteren Beifahrerseite zu sitzen. Die Mexikanerin schaute gebannt aus dem Fenster und wirkte angespannt. Auch die CD mit mexikanischer Musik, die Fischbach in den Player des Autos gelegt hatte, hellte ihre Stimmung offensichtlich nicht auf. Fischbach überlegte, ob es wirklich sinnvoll gewesen war, entgegen den Anweisungen des Kommissars auf eigene Faust loszufahren. Möglicherweise wäre es schlauer gewesen, zu warten, bis die beiden von ihrem Einsatz in der alten Mühle zurückgekehrt waren. Mit der Polizei im Rücken befände sie sich in einer komfortableren Situation, als alleine mit einer eingeschüchterten Mexikanerin dem Chef eines Drogenkartells gegenüberzutreten. Andererseits hatte es auch gewisse Vorteile, lediglich als Journalistin aufzutreten. Möglicherweise ließ sich Sartorius auf einen Deal ein. Fischbach wollte eine größere Summe Geld herausschlagen. Nicht für sich, sondern für Josefina und ihre Familie. Sozusagen als Wiedergutmachung für das erlittene Unrecht in Mexiko. Sie hoffte, dass Sartorius lieber ein kleines Vermögen, das für ihn allenfalls Peanuts darstellte, abtrat, als in die Fänge der deutschen Justiz zu gelangen. Natürlich konnte dieser Plan auch nach hinten losgehen. Immerhin war Sartorius ein gefährlicher Krimineller, der mit allen Wassern gewaschen war. Es war also gut möglich, dass er, statt auf den Deal einzugehen, Gewalt anwenden würde. Aber auch für diesen Fall hatte Fischbach vorgesorgt. Sie hatte einen Zettel in der Gartenlaube hinterlassen, auf dem sie Sartorius Aufenthaltsort beschrieben hatte. Für den Fall, dass es zu Komplikationen kam, galt es also auf Zeit zu spielen und auf das Eintreffen der Kommissare zu warten.

Als die beiden Frauen das Apartmenthaus erreichten, verließ ein Mann mittleren Alters das Haus. Fischbach schnellte nach vorn und schaffte es, die Tür zu greifen, bevor sie ins Schloss fiel. Sie gelangten in das Treppenhaus und stiegen hinauf bis in den zweiten Stock. Dort betätigte Fischbach den Klingelknopf. Die beiden warteten, ohne dass sich etwas regte. Nach einiger Zeit drückte Fischbach erneut auf die Klingel. Für einen Moment glaubte Fischbach, ein leichtes Scharren gehört zu haben. Sie hob die Hand und klopfte gegen die Tür.

„Dr. Sartorius. Wir haben eine Lieferung aus Pueblo für Sie." Wieder tat sich nichts. „Oder sollte ich Sie lieber Santos nennen?"

Fischbach vernahm das Geräusch eines sich im Schloss drehenden Schlüssels. Sekunden später wurde die Tür einen Spalt geöffnet und Sartorius Gesicht erschien im Türspalt.

„Ich wüsste nicht, was ich für Sie tun könnte", sagte Dr. Sartorius.

„Zunächst sollten Sie uns hereinbitten", antwortete Fischbach.

„Nennen Sie mir einen Grund dafür."

Fischbach trat einen Schritt zur Seite und gab den Blick auf Josefina frei, die die ganze Zeit hinter ihr gestanden hatte. Fischbach glaubte, ein Zucken in Sartorius Gesicht erkannt zu haben. „Sie sollten vielleicht einen Blick auf ihre Handgelenke werfen." Fischbach griff nach Josefinas Arm und zog ihn nach vorne, sodass die Narben deutlich zu sehen waren. Sartorius Gesichtszüge verfinsterten sich. Er dachte den Bruchteil einer Sekunde nach, trat dann einen Schritt zurück und öffnete die Tür.

„Wir sollten kein Drama aus der ganzen Sache machen, finden Sie nicht auch?", sagte Sartorius, als sie im Wohnzimmer saßen. Er blickte Fischbach musternd in die Augen und vermied jeden Blickkontakt mit Josefina, die ihn ihrerseits finster und forschend zugleich anschaute.

„Ich weiß nicht, ob Sie wissen, wem Sie gegenübersitzen", antwortete Fischbach und versuchte mehr Mut und Verwegenheit auszustrahlen, als sie hatte. Sie war in ihrem Leben mehrfach brenzligen Situationen ausgesetzt gewesen und hatte schon dem einem oder anderen Schurken gegenübergesessen. Dennoch war sie keineswegs so unerschrocken, wie es oft den Anschein hatte. Und nach allem, was sie über Dr. Sartorius wusste, war sie voller Wut und Abscheu gegen diesen Mann, der bestimmt mehrere hundert Menschenleben auf dem Gewissen hatte. Viele Morde hatte er in Auftrag gegeben, um sich nicht selbst die Hände schmutzig zu machen. Aber Fischbach zweifelte keine Sekunde daran, dass Dr. Sartorius jederzeit dazu in der Lage war, selbst Hand anzulegen.

„Erkennen Sie die Frau, die neben mir sitzt?", fragte Fischbach.

„Ist das von einer besonderen Wichtigkeit?"

„Für Sie vielleicht nicht. Für Sie ist sie nur irgendein kleines Licht. Aber sie könnte durchaus zu einer Gefahr für Sie werden, wenn sie ihre Geschichte erzählt."

„Ich wüsste nicht, was das für eine Geschichte sein soll."

„Gehen wir ein paar Jahre zurück in die Vergangenheit. Ein anderer Kontinent, ein anderes Leben. Sie ist eine jener Frauen, die Sie und Ihre Kumpanen geschändet, vergewaltigt und wie Abfall in den Dreck geworfen haben. Nur mit einem kleinen Unterschied zu den anderen. Sie hat überlebt."

Sartorius, der die Kontrolle über jeden seiner Gesichtszüge zurückerlangt hatte, zuckte mit den Schultern.

„Ich weiß nicht, wovon Sie sprechen. Aber ich will mal nicht so sein. Sie bekommen von mir 20.000,– Euro bar auf die Hand. Dafür verschwinden Sie von hier, packen diese Frau ein und lassen vor allem Ihren dreckigen Kugelschreiber in der Tasche."

„Halten Sie das wirklich für einen angemessenen Betrag?"

Sartorius machte eine abfällige Handbewegung. „Sie haben Glück, dass ich heute Morgen mit guter Laune aufgewacht bin. Ich verdoppele mein Angebot. Aber nur, wenn Sie mich dann sofort in Ruhe lassen und verschwinden. Meine Zeit ist begrenzt."

„In Ordnung", sagte Fischbach mit fester Stimme.

Dr. Sartorius beugte sich nach vorne und streckte den rechten Arm über den Tisch, wobei das Hemd nach oben rutsche und ein Ein-Euro-Stück großes Muttermal über dem Handgelenk freigab.

„In meinen Kreisen ist es üblich, ein Geschäft mit Handschlag zu besiegeln."

Zögerlich und mit einer Menge Verachtung im Bauch streckte Fischbach ihren Arm aus und reichte Dr. Sartorius die Hand, der dies mit einem noch breiteren Grinsen quittierte.

„Eres un cerdo asyueroso", schrie Josefina, als sich Fischbachs und Sartorius Hände trafen. „Matrona!" Sie spuckte auf den Boden.

„Sie sollten Ihre Freundin besser im Griff haben", sagte Sartorius und stand auf. „Warten Sie hier, ich hole das Geld."

Fischbach nickte und drehte sich zur Seite, wo Josefina immer noch wutschäumend stand und spanische Schimpfworte schrie. Sie legte ihr ein Hand auf die Schulter, um sie zu beruhigen. Doch die Mexikanerin schlug sie weg, drehte sich um und spuckte direkt in Fischbachs Gesicht. Die Journalistin kniff reflexartig die Augen zusammen und wischte fluchend mit dem Ärmel über ihr Gesicht. Als sie wieder einen klaren Blick hatte, sah sie, wie Dr. Sartorius im Türrahmen verschwand, gefolgt von Josefina, die wie eine wildgewordene Katze über den Tisch sprang und hinter ihm her stürmte.

„Dort vorne muss es sein“, sagte Bohlan und deutete auf ein kastenförmiges Wohnhaus im Konrad-Zuse-Weg.

„Wieso hat es Fischbach eigentlich geschafft, Dr. Sartorius Aufenthaltsort herauszufinden und unsere Männer tappen immer noch im Dunkeln?“

„Was weiß denn ich?“, knurrte Bohlan. „Ist aber auch egal.“ Die beiden stiegen aus dem Wagen und beeilten sich, den Hauseingang zu erreichen. Plötzlich blieb Bohlan stehen und wandte den Kopf.

„Was hast du?“, fragte Will.

„Siehst du den goldfarbenen Mercedes mit den abgedunkelten Scheiben?“ Will nickte. „Ist ja kaum zu übersehen.“

„Der hielt heute Morgen in der Rotlintstraße neben Costello. Ist doch merkwürdig, oder? Ich hatte eine Halteranfrage gemacht. Der Wagen gehört Jürgen Delius, einem Boxtrainer und stadtbekannten Kriminellen. Allerdings hat er seit einigen Jahren eine saubere Weste.“

„Ja, aber lass uns weitergehen. Wir müssen Fischbach finden.“

Kopfschüttelnd lief Bohlan hinter Will her. Als sie die Haustür erreicht hatten, sagte der Kommissar: „Trotzdem, mir gefällt das alles nicht. Bleib du hier unten und behalte den Wagen im Auge. Ich erledige das in der Wohnung.“

„Aber …“, Will wollte zu einer Gegenrede ansetzen, doch Bohlans unmissverständlicher Blick verriet ihr, dass es sinnlos war.

Bohlan drückte auf sämtliche Klingelknöpfe und musste keine zehn Sekunden warten, bis die Eingangstür aufsprang. Er stürmte die Treppen hinauf. Als er an Sartorius Tür vorbeikam, stand Claudia Fischbach zitternd und leichenblass im Türrahmen, hinter ihr Josefina. Bohlan schuppste sie zur Seite und drängte in die Wohnung.

„Dort hinten“, schrie Fischbach und deutete mit der Hand den Flur entlang. Bohlan, der seine Pistole im Anschlag hielt, beeilte sich, die Tür am Ende des Flures zu erreichen. Er warf sich mit der Schulter gegen sie und stand unvermittelt in einem – offenbar als Arbeitszimmer genutztem – Raum. Dr. Magnus Sartorius lag röchelnd auf dem Boden, auf seinem Hemd hatte sich ein Blutfleck in Höhe der Brust gebildet. Bohlan zog sein iPhone aus der Tasche und rief Gerding an. „Schnell, wir brauchen einen Notarzt und Unterstützung.“ Er sah sich im Zimmer um, das aber leer zu sein schien.

„Ja, das ist am Riedberg. Stichwunden in der Brust.“

„Frau Fischbach?“ Bohlan blickte die Journalistin fragend an, deren Augen den Weg in Richtung Treppenhaus wiesen. Geistesgegenwärtig stürmte Bohlan aus der Wohnung. Im Treppenhaus vernahm er das Geräusch von davoneilenden Schritten und beugte sich über das Geländer. Zwei Stockwerke tiefer fiel die Haustür ins Schloss.

„Verdammte Scheiße! Was soll das?“ Bohlan rannte die Stufen hinunter, wobei er die jeweils letzten drei eines Absatzes im Sprung nahm. Als er im Erdgeschoss angekommen war, riss er die Haustür auf und rannte auf das Trottoir. Sein Blick flog über die Straße und er erblickte einen Mann, der Will zur Seite schubste und auf den goldfarbenen Mercedes zulief.

Bohlan begann, den Blick starr auf sein Ziel gerichtet, zu rennen. Der Mann erreichte den Mercedes, stieg ein und startete den Motor. Bohlan lief schneller, doch er sah seine Felle davonschwimmen. Die Vorderräder des Mercedes drehten sich zur Fahrbahn. Die Angst, zu spät zu kommen, erfasste den Kommissar. Doch am Rande seines Sichtfeldes registrierte er plötzlich etwas, das ihn mit tiefster Genugtuung erfüllte. Die Fahrzeugkolonne, die um die Ecke gebogen kam, bestand aus Gerdings Dienstwagen, gefolgt von mehreren Einsatzfahrzeugen des SEKs. Bohlan rannte weiter und erreichte den goldfarbenen Mercedes gleichzeitig mit Gerdings Fahrzeug, das die Fahrbahn blockierte, sodass der Mercedes nicht mehr ausparken konnte. Uniformierte Männer sprangen aus den Fahrzeugen und rissen Fahrer- und Beifahrertür des Wagens auf. Der Mann hinter dem Lenkrad ließ sich, ohne Widerstand zu leisten, festnehmen.

„Delius, was zum Teufel machen Sie denn hier?“, entfuhr es Steininger.

Die Sonne war längst untergegangen, als die Kommissare im Präsidium saßen und versuchten, sich und die Ereignisse zu sortieren.

Etliche Stunden hatten sie bereits mit Verhören und Gesprächen zugebracht. „Halten wir also fest: Die Frau, die wir die ganze Zeit für Maria Costello hielten, heißt in Wahrheit Camilla Vasquez Pena, zumindest lautet ihr Pass auf diesen Namen. Ansonsten wissen wir nicht viel über sie. Mehr bekommen wir vielleicht heraus, wenn sie wieder vernehmungsfähig ist." Bei diesen Worten schoss Bohlan der Gedanke durch den Kopf, dass es dazu vielleicht gar nicht kommen würde. Doch er verdrängte diese Möglichkeit. „Sie scheint ein doppeltes und undurchsichtiges Spiel gespielt zu haben. Einerseits betätigte sie sich als Möllers Komplizin, gleichzeitig torpedierte sie seine Arbeit. Warum, ist mir noch nicht ganz klar. Jedenfalls war die Entführung der kleinen Sofia tatsächlich gefakt."

Steininger nickte zustimmend. „Ja, Sofia ist mit ihrer Oma vor zwei Tagen nach Spanien geflogen. Wir haben Buchungsbestätigungen gefunden."

„Die spanischen Kollegen haben das vor Ort überprüft", ergänzte Steinbrecher.

„Und wer ist dieser ominöse Mann, der Dr. Sartorius dermaßen zugerichtet hat?", wollte Gerding wissen.

„Jürgen Delius, ein ehemaliger Berufsboxer, der eine Boxhalle betreibt", sagte Steininger etwas betrübt. „Ich habe auch bei ihm trainiert."

Die Kommissare blickten sich irritiert an. „Du boxt?", fragte Will.

„Ja, seit einigen Monaten. Jetzt werde ich mir wohl einen anderen Trainer suchen müssen."

Das war es also, was zur Wesensveränderung ihres Kollegen geführt hatte, dachte Will. Boxen.

„Und was hat Delius mit der ganzen Sache zu tun?", wollte Gerding wissen.

„Delius hat ein ellenlanges Vorstrafenregister. Vor einigen Jahren konntest du alles bei ihm bekommen, was du haben wolltest. Doch eigentlich schien er sich zur Ruhe gesetzt zu haben. Jedenfalls ist er in der letzten Zeit nicht mehr auffällig gewesen. Wie Costello alias Vasquez Pena mit ihm ins Geschäft gekommen ist, ist noch etwas nebulös. Jedenfalls hat er sie mit seinen Kontakten in die Unterwelt unterstützt. Außerdem hat Möller bei ihm trainiert. Doch dann kam es zu einem verhängnisvollen Zufall. Auch

Sartorius hat versucht, ihn zu engagieren. Vasquez Pena hat dies herausbekommen und Delius hat sich zum Schein auf das Spiel eingelassen. Eine Zeit lang agierte er quasi als eine Art Doppelagent. Letztlich stand er aber auf Vasquez Penas Seite und hatte den Auftrag, Sartorius zu eliminieren. Er sollte reich belohnt werden und hätte sich endgültig zur Ruhe setzen können. Jetzt kann er wohl den Rest seiner Tage im Knast absitzen."

„Ist der Fall nun gelöst?", sagte Steinbrecher müde. Ein lautes Gähnen folgte.

„Ich denke schon", antwortete Bohlan. „Lasst uns dennoch anhören, was Fischbach und diese Josefina über die Ereignisse in Sartorius Wohnung zu sagen haben."

„Aber nimm sie nicht zu hart ran", sagte Will.

„Nicht hart rannehmen! Fischbach hat unsere Ermittlungen torpediert. Wegen ihrer Alleingänge wurde Dr. Sartorius schwer verletzt", blaffte Bohlan.

„Immerhin ist er einer der kriminellsten Drogendealer des Planeten", sagte Will und es klang beinahe wie eine Rechtfertigung.

Bohlan und Will verließen den Raum und gingen in das Vernehmungszimmer. Claudia Fischbach wurde von zwei Polizisten bewacht und sah hinter dem großen Tisch beinahe etwas verloren aus. Bohlan stellte ihr eine Tasse Kaffee vor die Nase und setzte sich ihr gegenüber. Will nahm neben ihm Platz.

„Bevor wir auf Ihren erneuten Alleingang zu sprechen kommen, möchten wir wissen, was sich in der Wohnung zugetragen hat", sagte Bohlan und blickte Fischbach mit strenger Miene an. Die Journalistin trank einen Schluck Kaffee und starrte einige Minuten schweigend auf den Tisch. Will spürte, wie Bohlans Unruhe stieg. Innerlich zählte sie die Sekunden, bis er laut lospoltern würde. Doch Fischbach kam ihm zuvor.

„Also es war so, dass ich Dr. Sartorius so schnell wie möglich stellen wollte. Ich hatte Angst davor, dass er uns im letzten Moment entkommt."

„Überschätzen Sie da nicht Ihre Kompetenzen ein ganz klein wenig?", fuhr Bohlan dazwischen. „Solche Dinge erledigt in Deutschland immer noch die Polizei."

„Da haben Sie sicher recht. Vielleicht habe ich mich auch nur falsch ausgedrückt. Ich wollte mit Dr. Sartorius sprechen, bevor er verhaftet wird. Danach würde ich keine Möglichkeiten mehr dazu haben. Eine Konfrontation mit einem seiner Opfer, das wäre ein wirklicher Knaller für mein neues Buch gewesen. Natürlich wollte ich, dass er von Ihnen, so schnell es geht, verhaftet wird. Dass ein Krimineller dieses Kalibers hinter Gitter gehört, steht doch völlig außer Frage."

Bohlan wollte Fischbach erneut unterbrechen, doch Will hielt ihn zurück. „Erzählen Sie weiter", sagte sie aufmunternd.

„Wir saßen einige Zeit im Wohnzimmer. Zunächst hat Dr. Sartorius seine wahre Identität bestritten. Aber Josefina hat ihn an einem Muttermal an seinem rechten Handgelenk erkannt. Das hat man wohl bei den Operationen vergessen." Fischbach lachte verächtlich. „Auch einem gewieften Kriminellen unterlaufen Fehler. Irgendwie beruhigend, nicht wahr?"

Bohlan nickte. „Und weiter?"

„Wie aus dem Nichts heraus bot Dr. Sartorius einen Betrag von 40.000 Euro an, wenn wir sofort das Land verlassen würden. Ich wollte mich zum Schein darauf einlassen. Oder besser gesagt, ich wollte den Betrag für Josefina herausschlagen. Sie und Ihre Familie haben genug Unrecht erlitten. Ein solcher Betrag wäre immerhin ein kleines Schmerzensgeld. Dr. Sartorius wollte, dass ich ihm zur Bestätigung des Deals die Hand gebe. Ich habe einen Augenblick gezögert, doch dann seinem Wunsch entsprochen. Diese Geste muss Josefina in den falschen Hals bekommen haben. Jedenfalls wurde sie fuchsteufelswild, schimpfte wie ein Rohrspatz und spuckte mich an. Dann stürzte sie hinter Sartorius her, der das Zimmer verlassen hatte, um das Geld zu holen. Irgendwie muss dieser Mann in die Wohnung gelangt sein. Vermutlich war er schon vor uns da, ich weiß es nicht. Jedenfalls stach er auf Dr. Sartorius ein, als ich das Schlafzimmer erreichte. Ich zerrte Josefina weg. Der Mann stach ein letztes Mal auf Sartorius ein und wollte an uns vorbeistürmen. Dann haben Sie geklingelt. Der Mann stürmte aus der Wohnung. Er muss sich im Treppenhaus versteckt haben."

Bohlan wusste nicht, was er sagen sollte. Zum einen war er

stinksauer auf Fischbach. Zum anderen konnte er viele Handlungen in Anbetracht der Vorgeschichte nachvollziehen.

„Was ist mit dem Geld passiert?“, fragte Will.

„Es kam zu keiner Übergabe mehr“, antwortete Fischbach. „Der Mann hat auf Sartorius eingestochen, bevor er das Geld übergeben konnte.“

Bohlan runzelte die Stirn.

Eine halbe Stunde später waren Bohlan und Will wieder in ihr Dienstzimmer zurückgekehrt. Während Will mit Alex telefonierte, saß Bohlan grübelnd und in sich versunken hinter seinem Schreibtisch. In seinem Gehirn ratterte es. Immer wieder spulte es die gleichen Bilder von Sartorius Wohnung ab und blieb jedes Mal wie eine Festplatte, die sich aufgehängt hatte, an derselben Stelle hängen. Bohlan sah den verletzten Dr. Sartorius blutend und röchelnd auf dem Boden liegen. Er versuchte, sein Sichtfeld zu weiten, aufzuzoomen auf den ganzen Raum. Und immer wieder stellte er sich ein und dieselbe Frage: Wo war dieser Tresor?

„Was ist los, Tom?“ Will hatte das Telefon zur Seite gelegt und sah Bohlan an. „Vielleicht solltest du wirklich zu unserem Psychologen gehen.“

„Was?“ Bohlan blickte überrascht auf. „Wieso sollte ich zu einem Psychologen? Ich denke nur nach.“

„Na, wegen deines finalen Rettungsschusses. Schließlich schießt man auch als Polizist nicht tagtäglich auf Menschen.“

Bohlan fuhr sich mit der Hand über den Kopf. „Ach, die Geschichte meinst du. Ehrlich gesagt habe ich das total verdrängt. Ich grüble über einer ganz anderen Sache.“

Die beiden blickten sich an und Will war sich nicht sicher, ob Bohlan seine Gedanken wirklich so einfach auf den Verdrängungsmodus stellen konnte. Als könnte er die Gedanken seiner Kollegin erraten, setzte Bohlan zu einer Erklärung an.

„Fischbach sprach vorhin von einem Tresor in Sartorius Arbeitszimmer. Ich versuche die ganze Zeit, mich auf die Szene zu konzentrieren, als wir Sartorius gefunden haben. So sehr ich mich auch anstrenge, ich bekomme die Bilder nicht auf die Reihe. Ist dir in diesem Zimmer ein Tresor aufgefallen?“

Will dachte einen Moment nach, bevor sie antwortete. „Nein, aber ich habe nur kurz auf Sartorius geschaut und mich dann wieder umgedreht. Ist das denn so wichtig?"

„Ich frage mich, ob Fischbach nicht doch das Geld von Sartorius genommen hat."

„Hm … möglich wäre das natürlich. Aber wenn ja, müsste sie es bei sich tragen. Und das halte ich für ausgeschlossen. Jedenfalls wurde bei der Personenvisite nichts gefunden."

„Und wenn sie es irgendwo versteckt hat?"

„Wo soll sie denn etwas versteckt haben?"

„Hast recht. Wahrscheinlich ist es so, wie Fischbach ausgesagt hat", murmelte Bohlan. Eigentlich war es auch nicht fallentscheidend, doch er konnte das mulmige Gefühl in seiner Magengegend nicht verdrängen.

Nachdem endlich eine Dolmetscherin für Spanisch eingetroffen war, vernahmen Bohlan und Will Josefina. Sie bestätigte im Wesentlichen Fischbachs Aussagen. Zudem gab sie an, durch das Muttermal an Sartorius Handgelenk derart geschockt gewesen zu sein, dass sie sich in die schlimmsten Tage ihres Lebens zurückversetzt fühlte. Ausgelöst durch die plötzlich auftauchenden Erinnerungen, habe sie die Kontrolle über sich verloren. Die Tatsache, dass sie dem Mann gegenübersaß, der ihre beste Freundin auf dem Gewissen hatte, der sie selbst vergewaltigt und beinahe getötet hatte und der Unrecht, Elend und Gewalt in ihre Heimat gebracht hatte, sei völlig unerträglich gewesen.

Sonntag

Als Tom Bohlan erwachte, war es bereits fast elf Uhr. Eigentlich hatte er nach dem gestrigen Tag die Nacht alleine verbringen wollen. Er hatte sich bereits auf der Autobahn in Richtung Höchst befunden, als wie aus dem Nichts heraus das Verlangen nach Zweisamkeit in ihm aufgestiegen war. An der Ausfahrt zum Main-Taunus-Zentrum fuhr er ab und wendete. Er legte eine alte Meat Loaf CD in den Player und fuhr in den Forellenweg im Frankfurter Westhafen, wo er Barbara Weber aus dem Bett klingelte. Gemeinsam leerten sie eine Flasche Rotwein und Bohlan berichtete in aller Ausführlichkeit über die Ereignisse des Tages. Sehr viel später krochen sie in Barbaras Bett und schmiegten sich eng aneinander. Erschöpft schlief Bohlan Sekunden später ein. Entgegen aller Befürchtungen war sein Schlaf tief, fest und traumlos.

Der Duft von frischgebrühtem Kaffee und aufgebackenen Brötchen stieg in seine Nase. Er zog sich einen Bademantel über und ging ins Wohnzimmer, wo Barbara sich gerade mit einer Tasse Kaffee an den Frühstückstisch setzen wollte. Die Sonntagszeitung lag aufgeschlagen neben ihrem Teller. Bohlan gab Weber einen Kuss und setzte sich.

„Siehst erholt aus“, strahlte ihn Weber an.

„Bin ich auch. Als ich gestern zu dir gefahren bin, hatte ich Angst vor Alpträumen und Schlaflosigkeit. Doch deine Nähe war ein gutes Omen. Sie hat all das Schlechte vertrieben.“ Weber lächelte noch ein bisschen mehr, bevor sie auf ein Thema zu sprechen kam, das schon seit Tagen wie ein Damoklesschwert über ihr schwebte.

„Ich vermute mal, dass du heute wieder arbeiten musst?“

Bohlan machte ein zerknirschtes Gesicht. „Ja, leider.“ Er vermied es, Weber dabei anzusehen. „Du weißt doch, wie es ist.“

„Der Fall ist doch geklärt. Ihr habt den Täter und wisst, was passiert ist. Da kommt es doch auf einen Tag mehr oder weniger nicht an, den ihr für die Abschlussarbeiten benötigt.“ Webers Stimme klang fast ein wenig trotzig. „Und außerdem …“

„Was, und außerdem?“, wollte Bohlan wissen.

„Ach, ist nicht so wichtig.“ Weber sah demonstrativ aus dem Fenster.

„Ich verspreche dir, dass ich mir nächste Woche ein paar Tage frei nehme. Dann haben wir Zeit für uns. Was hältst du davon?“

„Gute Idee, schlechtes Timing.“

Steinbrecher saß bereits seit sechs Uhr im Präsidium und versuchte die Müdigkeit zu vertreiben. Bohlan hatte ihn und Steininger gestern Nachmittag mit dem eindringlichen Auftrag nach Hause geschickt, sich auszuschlafen. Das hatte er auch vorgehabt, doch dann war zu seiner Überraschung Julian, den er seit Tagen nicht mehr zu Gesicht bekommen hatte, ziemlich zeitgleich mit ihm nach Hause gekommen und sie hatten den Abend zusammen verbracht. Die gemeinsame Zeit tat gut, aber Steinbrecher hätte gut und gerne noch zwei, drei Stunden länger schlafen können. Als er heute Morgen das Kommissariat betrat, wartete ein Blatt Papier mit Arbeitsaufträgen auf seinem Schreibtisch. Unter diesem Blatt entdeckte er ein weiteres, auf dem Will die Ergebnisse der gestrigen Vernehmungen sowie Fragen und Schlussfolgerungen daraus notiert hatte. Steinbrecher las alles gewissenhaft durch, lehnte sich dann zurück und drehte eine Zigarette. Gerade als er sich auf den Weg zum Hof machen wollte, betrat Steininger den Raum. Steinbrecher verschob die Zigarettenpause und setzte seinen Kollegen ins Bild. Danach machten sie sich über die Unterlagen her, die gestern in Sartorius Wohnung beschlagnahmt worden waren. Es war nur ein dünner Stapel, das Meiste hatte sich in seinem Haus befunden und die wichtigen Geschäftsunterlagen waren wohl alle in den Firmenräumen gewesen. Als sie damit fertig waren, klickte sich Steinbrecher durch die Digitalaufnahmen, die die KTU gemacht hatte.

„Schau an", entfuhr es ihm plötzlich. „Da hatte Tom doch recht."

Steininger, der über den Unterlagen brütete, blickte auf.

„Sieh dir das mal an." Er deutete auf den Bildschirm, der ein Foto von Sartorius Arbeitszimmer zeigte. Am äußersten rechten Rand der Aufnahme war deutlich ein offen stehender Tresor zu sehen.

„Was meinst du?", fragte Steininger.

„Hier", Steinbrechers Finger drückte gegen den Bildschirm. „Bohlan hat die Vermutung, dass Sartorius, bevor er von Josefina angefallen wurde, Fischbach einen Geldbetrag übergeben hat. Der offenstehende Tresor spricht für diese These."

„Und was soll uns diese Information sagen?"

Steinbrecher zuckte mit den Schultern. „Weiß nicht. Aber wenn es so ist, dann hat Fischbach gestern im Verhör wieder nicht die Wahrheit gesagt."

„Sollten wir Tom sofort informieren?“, wollte Steininger wissen.

Steinbrecher sah auf die Uhr. „Noch nicht. Ich werde mich jetzt erst einmal in der Uniklinik nach unseren Verletzten erkundigen.“ Der Kommissar griff zum Hörer und wählte die Nummer des Krankenhauses.

„Was ist los?“, fragte Weber. Bohlan hatte wenige Sekunden zuvor sein Handy zur Seite gelegt. Der Kommissar machte einen nachdenklichen Eindruck.

„Ich muss los“, sagte er schließlich in die Stille hinein. Danach stand er auf und ging wortlos in den Flur, zog sich Schal und Jacke an.

„Willst du mir nicht sagen, was passiert ist?“

„Das war Steinbrecher. Die Frau, auf die ich gestern geschossen habe, ist heute Nacht gestorben und Dr. Sartorius wird vermutlich auch nicht überleben. Die Verletzungen sind zu schwer. Aber er ist ansprechbar. Vielleicht kann ich ihm noch irgendwelche Details aus der Nase ziehen, bevor er das Zeitliche segnet.“ Als er bereits an der Tür stand, drehte er sich noch einmal um und ging zurück zu Barbara. „Ich melde mich später.“ Er gab ihr zum Abschied einen Kuss.

Dr. Magnus Sartorius lag in einem gut bewachten Einzelzimmer der Frankfurter Uniklinik. Sein Gesicht hatte wenig von dem Lebemann, der er noch vor einigen Tagen gewesen war. Es war eingefallen und schal. Sein Oberkörper war ein einziger Verband, das Sprechen fiel ihm schwer. Die Worte flossen nur schleppend aus seinem Mund. Bohlan saß schweigend neben ihm. Er hatte ein Diktiergerät auf den Tisch gestellt und hörte Sartorius aufmerksam zu.

„Ja, ich bin Eduardo Santos. Lange Jahre habe ich die Geschäfte des Santos-Kartells in Ciudad organisiert. Es tobte ein schwerer Kampf zwischen zwei Kartellen, der immer heftiger wurde. Die andere Seite hatte es zunehmend auf meinen Kopf abgesehen. Schließlich entschlossen wir uns zu einem radikalen Schnitt. Nach einer schwierigen Gesichtsoperation wurde ich mit einer neuen Identität ausgestattet. Die ersten Monate verbrachte ich in den

USA. Dann siedelte ich nach Deutschland um, weil in Europa die besseren Geschäfte zu machen sind. Nirgendwo sonst auf der Welt steht ein besseres und schnelleres Datennetz bereit. Gerade für Internetgeschäfte ist Deutschland ein Eldorado." Über Sartorius Gesicht huschte der Anflug eines Lächelns. Doch es war gepaart mit sichtlicher Anstrengung. Bohlan wusste, dass dem Drogenboss das Sprechen schwerfiel. Er sah ihn aufmunternd an.

„Was soll ich sagen, die neue Arbeit machte mir sehr viel Spaß. Schnell lernte ich die neue Sprache und es gelang mir, Kontakte zu Wirtschaft und Politik zu knüpfen. Wenn man Geld zu verteilen hat, stehen alle Schlange, egal welcher politischen Couleur. Und keiner fragt, woher das Geld kommt." Sartorius wurde von einem heftigen Hustenanfall unterbrochen. „Natürlich musste ich immer auf der Hut sein. Meine neue Identität war zwar vortrefflich, aber die Welt ist voller Schnüffler und Neider. Es war nicht die Polizei, die hinter mir her war. Entschuldigen Sie, wenn ich das so offen sage. Für die war ich völlig uninteressant." Bohlan konnte ein Lächeln um Sartorius Augen erkennen. „Uninteressant und unwichtig." Seine Hand tastete nach dem Glas Wasser, das auf dem Tisch stand. Bohlan reichte es ihm und wartete geduldig, bis Sartorius ausgetrunken hatte.

„Es waren Journalisten und Vertreter dieser neuen Art von Enthüllern, die mir gefährlich werden konnten. So sehr die Vorzüge des Internets uns helfen, Geschäfte effektiver zu gestalten, so sehr erleichtert es auch Computergenies, sich in unser System einzuhacken und Informationen zu entlocken. Natürlich beschäftigen wir eine Menge Spezialisten, die versuchen, unser System gegen solche Angriffe zu schützen, aber man muss ständig alles überprüfen." Das Erzählen strengte Sartorius zunehmend an. Bohlan spürte, dass er eine Pause benötigte. Er füllte das Wasserglas und reichte es Sartorius erneut, der gierig, aber langsam trank. Nachdem er das Glas wieder abgestellt hatte, fragte Bohlan: „Und auf welcher Seite stand Esmeralda Gonzales?"

Sartorius Gesichtszüge verfinsterten sich, doch er schwieg für einige Zeit. „Sie war eine feige Schlange", entfuhr es ihm, als Bohlan nicht mehr mit einer Antwort gerechnet hatte. „Ein Krebsgeschwür, das sich in meiner Firma eingenistet hat – und der größte Fehler meines Lebens." Sartorius Stimme wurde schwächer, obwohl seine Erregung zu steigen schien. Bohlan spürte, dass er nicht mehr viel Zeit hatte.

„Sie hat lange für mich gearbeitet und war eine meiner fähigsten Mitarbeiterinnen, wofür sie fürstlich entlohnt wurde. Ich habe sogar mit dem Gedanken gespielt, sie zu meiner Nachfolgerin zu machen. Doch dann gab es einige Anzeichen dafür, dass es mit ihrer Loyalität doch nicht so weit her war, wie ich dachte. Einer meiner Mitarbeiter äußerte den Verdacht, dass sie für die andere Seite arbeitet. Ich konnte das nicht glauben, doch er legte mir Dokumente vor, die bewiesen, dass sie Kontakt mit Linus Möller hatte. Sie wollte sich sogar mit diesem Computerhacker treffen. Ich war zornig vor Wut und stellte sie zur Rede. Zu meiner Verwunderung blieb sie völlig cool und gelassen. Sie gab zu, Kontakt mit Möller zu haben, aber keineswegs um mich zu verraten, sondern um Möller ans Messer zu liefern. Dazu hatte sie sich einen perfiden Plan ausgedacht. Sie wollte sich mit ihm treffen, um ihn dann der Vergewaltigung zu beschuldigen. Damit wäre er für die Rolle der moralischen Internet-Ikone gänzlich ungeeignet und würde außerdem ins Gefängnis wandern. Der Plan erschien mir teuflisch, aber gut und vor allem glaubwürdig. Gonzales schlug mir vor, mich an den Vorbereitungen zu beteiligen. Begeistert und vor allem erleichtert darüber, dass sich die Anschuldigungen gegen sie als unbegründet erwiesen, willigte ich ein. So organisierte ich das Zimmer im Marriott, während Gonzales mit Möller Kontakt hielt. An jenem Abend sorgte ich dafür, dass die Videoüberwachung im Hotel ausfiel und setzte mich in die Hotelbar, bestellte einen Whisky und wartete. Tatsächlich tauchten Gonzales und Möller dort auf. Ich beobachtete sie eine ganze Zeit lang, sah, wie sie ihm irgendwelche Unterlagen zeigte und dann standen beide auf und fuhren nach oben zu dem angemieteten Zimmer. Kurz bevor ich ihnen folgen wollte, erreichte mich jedoch der Anruf meines Mitarbeiters, der berichtete, dass Gonzales sich streng geheime Daten auf ihren Rechner gezogen hatte, und zwar unmittelbar, bevor sie sich mit Möller traf. Das machte mich stutzig. Sollte sie doch ein doppeltes Spiel spielen? Ich trank mein Glas leer und folgte den beiden. Als ich das angemietete Zimmer betrat, erwischte ich die beiden in flagranti. Gonzales lag aufreizend gekleidet auf dem Bett und grinste mich an. Ich war mir plötzlich sicher, dass sie mich hinterging. Plötzlich sank Möller bewusstlos vom Bett. Gonzales muss ihm irgendetwas in das Getränk gegeben haben. Ich nutzte die Situation und wandte mich Gonzales zu. Es hat mir schon immer Spaß gemacht, Frauen zu fesseln, um sie gefügig zu machen. Ich tat es so, wie wir es in Mexiko erledigen." Ein Grinsen huschte über sein Gesicht. Dann blickte er zu Bohlan, „Sie verstehen, was ich meine, nicht wahr?"

Bohlan nickte und versuchte seine Abscheu zu verbergen.

„Das Beste an der Sache war, das es genauso lief wie in Mexiko. Ich hatte meinen Spaß und konnte das Ganze jemand anderen in die Schuhe schieben. Möller lag immer noch betäubt auf dem Boden vor dem Bett. Nachdem ich mit Gonzales fertig war, zog ich Möller aus und legte den Strang, mit dem ich Gonzales die Kehle zugeschnürt hatte, neben ihn."

Sartorius Stimme war rau und brüchig geworden. Seine Kraft schien langsam, aber kontinuierlich nachzulassen. Er schloss für einen Moment die Augen. Bohlan ließ sich Sartorius Geständnis durch den Kopf gehen. Es erschien ihm schlüssig und stimmig zu sein. Der Drogenschieber stand am Ende seines Weges. Eine Frage beschäftigte Bohlan, die er noch beantwortet haben wollte, bevor er Sartorius die Ruhe zum Sterben geben wollte.

„Sagen ihnen die Namen Maria Costello und Camilla Vasquez Pena etwas?"

Sartorius riss die Augen auf.

„Woher wissen Sie von Camilla Vasquez Pena?"

„Ich habe sie gestern erschossen, als sie Linus Möller töten wollte."

„Sie war in Deutschland?" Sartorius legte den Kopf zur Seite und schaute Bohlan an. „Was hat sie in Deutschland gemacht?"

„Sie hat lange Zeit mit Linus Möller zusammengearbeitet. Angeblich wollte sie mit ihm eine neue Internetplattform gründen – ähnlich wie Wikileaks –, um geheime Dokumente über die organisierte Kriminalität zu veröffentlichen. Doch in Wahrheit hat sie Möller nur benutzt, um an seine Informationen heranzukommen. Weiß der Teufel, was sie mit den Informationen anstellen wollte."

„Das kann ich Ihnen sagen, Herr Kommissar. Sie wollte mich

vernichten. Sie ist mittlerweile Chefin des Los-Blancos-Kartells, meines schärfsten Widersachers."

„Ich dachte immer, dass Frauen im Drogengeschäft nur als Geliebte, oder bestenfalls als Kuriere vorkommen."

Santos lachte auf. „Das war einmal. Seit Präsident Calderón den Krieg gegen die Kartelle führt und die Bosse getötet und festgenommen werden, übernehmen immer mehr Frauen Aufgaben im operativen Geschäft. In vielen Familien ist die Tradition des Drogengeschäfts so fest verwurzelt, dass die Mädchen schon von klein auf mit den Regeln des Milieus vertraut sind. Vasquez Pena hat die Führung des Los-Blancos-Kartell übernommen, nachdem ihre Brüder erschossen wurden. Seitdem führt sie zusammen mit ihrer Mutter das Kartell und sorgt für immer mehr weiblichen Einfluss. Sie hat sogar eine paramilitärische Bande aus lauter Mädchen gezielt als Killer ausgebildet. Die Bande steht in dem Ruf, standhafter, ausdauernder und brutaler zu sein als alle Männer. Seit ich meine ursprüngliche Identität aufgegeben habe, sind sie auf der Suche nach mir. Und Vasquez Pena ist ein wahres Wunderwerk, was Computerkenntnisse angeht. Zudem ist sie blitzgescheit und völlig unerschrocken. Sie hat den Killerinstinkt."

„Sie hatte sie längst gefunden. Warum hat sie Sie nicht getötet?"

„Weil das zu einfach gewesen wäre. Sie wollte unser System zerstören. Mein Tod wäre als krönender Abschluss gekommen." Sartorius lächelte wieder. „Aber nun ist es anders gekommen. Ich werde sterben und unser System wird überleben." Er streckte Bohlan seine Hand entgegen. „Bitte lassen Sie mich jetzt alleine. Ich bin sehr erschöpft." Der Kommissar stand auf, ohne Sartorius Hand zu greifen. „Machen Sie es gut, Herr Kommissar, und danke, dass Sie sie erschossen haben." Bohlan wurde mulmig zumute und er versuchte, möglichst schnell aus dem Zimmer zu kommen. Es war schlimmer als gedacht. Er hatte nicht nur einen Menschen erschossen. Er fühlte sich, als sei er zum Handlanger eines Drogenkartells geworden.

Steinbrecher, Steininger und Will diskutierten heftig, als Bohlan ins Präsidium kam. Doch davon bekam er nichts mit, zu sehr war er in Gedanken mit Dr. Sartorius beschäftigt. Er setzte sich wortlos an seinen Schreibtisch und schaute in sich versunken aus dem Fenster, ohne irgendetwas wahrzunehmen. Düstere Gedanken übernahmen die Macht über sein Gemüt. Warum wurde er immer wieder in solche Strudel der Verstrickungen geführt? Warum lag nicht mal ein normaler Mord auf seinem Tisch? Irgendeine Eifersuchtsgeschichte, eine Beziehungstat oder was auch immer. Seit er an jenem Morgen im Oktober vor vier Jahren wieder in den Polizeidienst getreten war, hatte er es mit korrupten Politikern, zweifelhaften Sportlern und jetzt mit international agierender organisierter Kriminalität zu tun bekommen. Bohlan sehnte sich nach Normalität. Oder war das, was er erlebte, die Normalität? Verdrängte die Öffentlichkeit den eigentlich offensichtlichen Betrug? Ahnte sie nicht, wie dieser Planet tatsächlich tickt? Die ganze Welt erschien ihm wie ein organisierter Wahnsinn. Drogen- und Waffenschieber schienen mehr zu sagen zu haben, als die Politiker, die vorgaben, die Geschicke der Welt zu lenken. Wohin Bohlan auch blickte, es gab bei den großen Staatenlenkern niemanden mehr, dem man vertrauen konnte. Und jene Politiker, die für Hoffnung und Frieden warben, hatten dafür schon vor Jahren eine Kugel in den Kopf bekommen. Die dunklen Gedanken ließen Bohlan nicht mehr los. Und er fasste den Entschluss, in der nächsten Woche tatsächlich Urlaub zu nehmen, viel Zeit mit Barbara zu verbringen und wenn das alles nichts half, dann würde er auch den Weg zum Psychologen auf sich nehmen.

„Was meinst du?“

Bohlan blickte erschrocken auf. Julia Will stand mit verschränkten Armen vor ihm und blickte ihn forschend an.

„Was meine ich wozu?“

„Du hast uns überhaupt nicht zugehört, stimmt's?“

„Ja, stimmt, mir geht momentan einfach zu viel durch den Kopf.“

„Den Eindruck habe ich auch. Du brauchst dringend eine Auszeit. Aber zuerst müssen wir noch eine Entscheidung treffen.“

„Und welche?“

„Sollen wir der Sache mit dem verschwundenen Geld nachgehen?“

„Verschwundenes Geld? Hatte ich doch recht?“

Will nickte. „Ja, Steinbrecher hat auf einem der Bilder einen offenstehenden Tresor erkannt. Das deutet darauf hin, dass deine Theorie stimmen könnte. Wir könnten Fischbach noch mal in die Mangel nehmen. Andererseits …“ Will machte eine Pause.

„Andererseits, was?“, fragte Bohlan.

„Wir könnten diesen Tatbestand unter den Tisch fallen lassen“, antwortete Will und schaute Bohlan erwartungsvoll an. Der Kommissar blickte verständnislos zurück.

„Das ist es, worüber wir die ganze Zeit diskutieren. Wen stört es, wenn das Geld da bleibt, wo es ist und niemand etwas davon erfährt? Ich glaube nicht, das Fischbach das Geld für sich genommen hat und Josefina hat in ihrem Leben genug Leid ertragen müssen.“

Bohlan dachte einen Moment nach, bevor er antwortete.

„Ach, was soll’s. Wenn der Tresor leer war, dann war er auch leer.“

Für einige Augenblicke herrschte eine ungewohnte Stille im Kommissariat. Dann sagte Steinbrecher. „Hast recht, Tom. Wir wissen nichts von fehlendem Geld.“ Erleichterung kehrte in alle Gesichter und jeder war froh, dass eine Entscheidung gefallen war.

Der Regen peitschte durch die Straßen. Bohlan beeilte sich, die schwere Holztür zu erreichen, die den Eingang zur Gaststätte „Zum lahmen Esel“ bildete. Obwohl es nur wenige Meter vom Parkplatz bis dorthin waren, war der Kommissar regelrecht durchnässt, als er den Vorraum der Gaststätte betrat. Er schob den schweren Stoffvorhang zur Seite, der hinter der Tür lauerte, und stand im Gastraum. Es war halb sechs. Zu früh, als dass der Laden brummte. Die meisten Tische waren unbesetzt. Sein Blick richtete sich nach rechts, wo ein runder Tisch stand. Tatsächlich saß Steinbrecher schon da. Er hatte ein Glas Äppelwoi vor sich. Ein junger Mann saß an seiner Seite. Bohlan folgerte, dass es sich nur um Julian handeln konnte. Das letzte Mal, als er Steinbrechers Sohn gesehen hatte, war dieser noch in den Kindergarten gegangen. Er lächelte Steinbrecher an und reichte Julian die Hand.

„Hallo, Julian, erkennst du mich noch?“

„Klar, wie könnte ich den berühmten Kommissar Bohlan vergessen“, ein Grinsen, das gut und gerne auch aus Steinbrechers Gesicht hätte kommen können, flog ihm entgegen.

„Hast du dich halbwegs in Frankfurt eingelebt?“, fragte Bohlan, nachdem er sich gesetzt hatte.

„Ich bin auf den Weg. Schließlich gibt es einiges zu entdecken Wenn man einige Jahre auf einem Kaff gewohnt hat, ist vieles ungewohnt.“

„Die einschlägigen Kneipen in Bornheim habe ich ihm schon gezeigt“, mischte sich Steinbrecher ein und nahm einen Schluck aus seinem Glas. Bohlan überlegte, ob Steinbrecher der geeignete Fremdenführer für einen jungen Mann war. Möglicherweise lagen die Interessen Julians auf einem ganz anderen Gebiet als die seines Kollegen. Julian, der Bohlans Gedanken zu erraten schien, warf einen kurzen Blick auf sein iPhone.

„Keine Sorge, ich habe schon mehr von Frankfurt mitbekommen, als alteingesessene Kneipen“, sagte er und legte das Smartphone umgedreht vor sich. „Außerdem ermittle ich in Papas Fernseh-Fall.“

„Na ja, so hoch brauchst du die ganze Geschichte nicht zu hängen“, wiegelte Steinbrecher ab, dem man ansah, dass er nur ungern über dieses Thema reden wollte. Bohlan bestellte einen Süßgespritzten, der zeitgleich mit Steininger und Will eintraf.

„Mal langsam, Walter, mich interessiert die ganze Geschichte doch sehr“, kam Bohlan wieder auf das Thema zu sprechen und blickte Julian an.

„Im Prinzip ist die Sache klar. Papa ist auf einen Fake-Shop hereingefallen. Geschäftsmodell dieser Bande ist es, virtuelle Läden im Internet zu eröffnen. Diese Läden sind nichts weiter als Internetseiten, die vorgeben, zu einem Geschäft zu gehören. Durch perfekte Programmierung stehen sie immer an einer der obersten Stellen in der Google-Liste. Das heißt, wenn jemand zum Beispiel die Worte „Kaffeeautomat“ und „supergünstig“ eingibt, wird einer dieser Fake-Shops als Topadresse gezeigt. Der Kunde klickt auf diese Seite und findet dort tolle Angebote. Er bestellt und muss Vorkasse leisten. Geliefert wird aber nichts. Ein paar Tage später gibt es die Seite nicht mehr. Man hat kaum Chancen, an die Hintermänner zu gelangen. Auf diese Art und Weise werden Millionenumsätze generiert.“

„Und man hat wirklich keine Chance, diesen Leuten auf die Schliche zu kommen?“, hakte Will nach.

„Doch, es gibt schon Möglichkeiten.“ Julian lächelte verschmitzt. Bohlan, der Gefallen an Steinbrechers Sohn zu finden schien, nickte ihm auffordernd zu.

„Ich hatte da so eine Idee“, begann Julian. „Ich habe einige Stunden gezielt nach Produkten gegoogelt, die von diesen Leuten gerne angeboten werden. Dabei habe ich eine Auffälligkeit festgestellt. Häufig tauchten diese Produkte auch in den bezahlten Google-Anzeigen auf, die neben den Suchergebnissen abgebildet werden. Wer zum Beispiel nach Papas Flachbildfernseher sucht, findet schnell passende Anzeigen, die zu den neuesten Fake-Shops führen. Offenbar wird von den Betreibern gezieltes Marketing betrieben.“

„Dann verdient Google an der ganzen Abzocke also mit!“, warf Steininger ein.

„Zwangsläufig“, antwortete Julian.

„Und was nützt dir dieses Wissen?“, wollte Bohlan wissen.

„Wenn man an der Sache dran bleibt, könnte man zum Beispiel eine eigene Seite betreiben und dort vor neuen Websites der Bande warnen. Ich bin gerade dabei, eine solche Website zu erstellen. Auf dieser sollen Screenshots der neusten Fake-Shops erstellt und veröffentlich werden.“

„Genial“, sagte Will anerkennend.

„Dein Sohn hat echt was auf dem Kasten“, sagten Bohlan zu Steinbrecher. Und zu Julian: „Hast du mal darüber nachgedacht, dich bei der Polizei zu bewerben?“

„Ich weiß nicht, ob das das Richtige für mich ist“, entgegnete Julian ausweichend.

„Denk mal darüber nach. Aber eine Bitte hätte ich noch.“

Julian zog die Augenbrauen nach oben. „Welche?“

„Ich möchte deine Erkenntnisse Clemens Wedel zur Verfügung stellen. Das ist ein Kollege vom Dezernat für Wirtschaftskriminalität. Du könntest ihm bestimmt weiterhelfen.“

Claudia Fischbach stand hinter einer der Glasfassaden am Frankfurter Flughafen und blickte in den dunklen Abendhimmel. Es war nicht viel los an den Theken der Schnellrestaurants und die meisten Tische waren leer. Sie hielt einen Plastikbecher mit Cola in der Hand und blickte in den Himmel. Die blinkenden Lichter der startenden und landenden Flugzeuge sahen fast aus wie leuchtende Sterne am Horizont. In einem dieser Flugzeuge saß Josefina auf dem Weg in eine ungewisse Zukunft. Der Abschied fiel ihr schwerer als gedacht. Zu viel hatten sie in den letzten Wochen durchlebt. Zu sehr war sie in ihr Leben eingedrungen. Gerne hätte sie sie noch ein Stück begleitet. Doch es war besser, wenn Josefina an einem anderen Ort ihr Leben sortieren konnte, unbelastet von der Vergangenheit. Fischbach war sich nicht sicher, ob Josefina ihr weiteres Leben unentdeckt von den Drogenkartellen verbringen konnte, aber ein Versuch war es allemal wert. Und die Wahrscheinlichkeit, dass es gelingen könnte, war größer, wenn sie keinen Kontakt mehr zu ihr hatte. Fischbach wollte auch keine Verantwortung für sie übernehmen. Die Verantwortung für sich selbst war schon groß genug. Sie würde sich ebenfalls ein paar Wochen zurückziehen und das halbfertige Manuskript zu Ende schreiben. Sie trank die Cola aus, warf den Becher in einen Mülleimer und schlenderte in Richtung Ausgang.

Tom Bohlan legte zwei Holzscheite in die glühende Glut. Der Feuerschwall brannte auf, Funken sprühten. Er beeilte sich, die Tür des gusseisernen Ofens zu schließen. Dann setzte er sich auf einen Sessel und schaute dem Feuer durch das schützende Glas zu. Eine angenehme Wärme breitete sich im Wohnzimmer seines Hausbootes aus. Draußen stürmte der Wind und Regen schlug gegen die Fensterscheiben. Der plötzlich auftretende Geruch von Knoblauch und Meeresgetier weckte ein Hungergefühl in seinem Magen. Schweigend ging er in die Küche, wo Barbara ihm den Rücken zuwandte und Nudeln in ein Sieb goss. Bohlan stellte sich neben sie und hob den Deckel des Topfes, der auf dem Herd stand.

„Miesmuscheln in Weißweinsoße“, sagte Barbara.

„Und Knoblauch“, ergänzte Bohlan.

„Ist doch in deinem Sinn, oder?“

Bohlan nickte und lächelte zum ersten Mal an diesem Abend. Er nahm Barbara in seine Arme und drückte sie fest an sich.

„Schenk mir einen Traum“, sagte er nach einiger Zeit.

Barbara blickte ihm in die Augen.

„Was meinst du damit?“, fragte sie.

„Am Ende sollte das Gute gewinnen. Deshalb will ich, dass du mir nicht erzählst, wie die Welt wirklich ist, auch wenn wir beide wissen, dass es gelogen ist.“

Weber nickte und küsste Bohlan. Für einen Moment hatte sie ein schlechtes Gewissen. Eigentlich hatte sie mit ihm über eine Sache sprechen wollen, die ihr schon seit ein paar Tagen auf dem Herzen lag. Doch dann entschied sie, dass es auf einen Tag länger auch nicht mehr ankam. „Das mache ich gerne. Dieser Abend gehört uns allein. Uns und dem Guten auf der Welt.“

Sie genossen das Essen, tranken viel zu viel Wein und beendeten den Tag engumschlugen vor dem Holzofen. Als Bohlan die Augen schloss, war er erschöpft – aber glücklich.

Röschen-Verlag

Macht, Gier und Mobbing ...

Die Anwältin Miriam Faust will ganz nach oben und spielt dabei ein übles Spiel, in dem Moral keine Rolle zu spielen scheint. Zunächst scheint alles nach Plan zu laufen, doch dann hängt ein Privatdetektiv halbnackt und tot an der Decke seines Schlafzimmers. Als Hauptkommissar Tom Bohlan und seine Kollegin Julia Will an den Tatort gerufen werden, ahnen sie noch nicht, in welche Verstrickungen sie dieses Verbrechen führen wird.

Macht, Gier, Mobbing und üble Machenschaften ziehen sich durch die Ermittlungen und rütteln an den Grundwerten der Kommissare.

Frankfurt Krimi · Taschenbuch · 182 Seiten · 9,80 Euro

Eitle Staatsanwälte, unfähige Richter und Kollegen, dazu die immer wiederkehrende Frage: **„Wie können Sie solch einen Verbrecher verteidigen?"**

Der Frankfurter Staranwalt Edgar Liebrucks beschreibt hier 20 seiner teils unglaublichen und spektakulären Fälle, bei denen er Mörder, Vergewaltiger und nicht zuletzt die „Jugo-Mafia" zu seinen Mandanten zählt.

„Ein Muss für alle Krimifreunde, die einen ungewöhnlichen und auch beängstigenden Blick hinter die Kulissen der Justiz wagen möchten".

ISBN: 978-3-940908-06-3

Kriminal-Sachbuch · Taschenbuch · 425 Seiten · 12,95 Euro